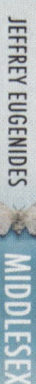

The Little Library Cookbook
我的文学烹饪图书馆：
复刻故事里的100道美食

〔澳〕凯特·杨 著

深蓝 译

人民文学出版社
PEOPLE'S LITERATURE PUBLISHING HOUSE

著作权合同登记号　图字 01-2023-3188

Kate Young
The Little Library Cookbook
Copyright © Kate Young, 2017
Photography © Lean Timms, 2017
Photograph on p.83 © Kate Young, 2017

图书在版编目（CIP）数据

我的文学烹饪图书馆：复刻故事里的100道美食 ／
（澳）凯特·杨著；深蓝译. —— 北京：人民文学出版社，
2024

ISBN 978-7-02-018297-8

Ⅰ. ①我… Ⅱ. ①凯… ②深… Ⅲ. ①随笔－作品集
－澳大利亚－现代 Ⅳ. ① I611.65

中国国家版本馆 CIP 数据核字（2023）第 195906 号

责任编辑	卜艳冰　郁梦非
装帧设计	钱　珺

出版发行	人民文学出版社
社　　址	北京市朝内大街166号
邮政编码	100705

印　　刷	山东临沂新华印刷物流集团有限责任公司
经　　销	全国新华书店等

字　　数	225千字
开　　本	720毫米×1000毫米 1/16
印　　张	20.25
版　　次	2024年1月北京第1版
印　　次	2024年1月第1次印刷

书　　号	978-7-02-018297-8
定　　价	138.00元

如有印装质量问题，请与本社图书销售中心调换。电话：010-65233595

献给所有和世界分享故事的作者

一个人如果不好好吃饭,那就不能好好思考,好好恋爱,好好睡觉。

——弗吉尼亚·伍尔芙

饮食和阅读是两个能极好结合的乐趣。

——C. S. 路易斯

{ iv }

{ v }

目 录

引言 {xi}

中午前

燕麦粥 {4}
《秘密花园》，弗朗西丝·霍奇森·伯内特

橘子酱 {6}
《帕丁顿熊》，迈克尔·邦德

松饼 {9}
《长袜子皮皮》，阿斯特里德·林德格伦

(冷)苹果派 {12}
《铁路少年》，伊迪丝·内斯比特

坚果面包 {16}
《红城王国》，布莱恩·雅克

肉桂卷 {18}
《金翅雀》，唐娜·塔特

极其柔软的水煮蛋 {22}
《爱玛》，简·奥斯丁

绿鸡蛋和火腿 {25}
《绿鸡蛋和火腿》，苏斯博士

鸡蛋葱豆饭 {27}
《甘菊草地》，玛丽·威斯利

焗豆 {32}
《大森林里的小木屋》，劳拉·英格尔斯·怀尔德

米饭、味噌汤、渍菜和鸡蛋 {35}
《挪威的森林》，村上春树

咖喱鸡 {38}
《海军协定的冒险》，选自《福尔摩斯历险记》，阿瑟·柯南·道尔

中午

一条面包、胡椒、醋和生蚝 {44}
《爱丽丝镜中奇遇记》，刘易斯·卡罗尔

野蒜和土豆沙拉 {46}
《我将如何生存》，梅格·罗索夫

蟹肉牛油果沙拉 {49}
《钟形罩》，西尔维娅·普拉斯

土豆韭葱汤搭配黑麦面包 {51}
《偷书贼》,马克斯·苏萨克

酿茄子 {54}
《霍乱时期的爱情》,加西亚·马尔克斯

烤野鸡 {58}
《世界冠军丹尼》,罗尔德·达尔

煎比目鱼 {60}
《我的法兰西岁月》,
朱莉娅·查尔德和亚列克斯·普吕多姆

辣牛肉酥饼 {62}
《白牙》,扎迪·史密斯

杜松子马提尼和鸡肉三明治 {65}
《弗兰妮与祖伊》,J.D.塞林格

布丁香肠 {68}
《艾德里安·莫尔的秘密日记,十三又四分之三岁》,苏·汤森

五伙伴的农舍早餐 {72}
牛排啤酒派;腌甜菜根;腌洋葱
《五伙伴历险记》,伊妮德·布莱顿

下午(茶)

蜂蜜迷迭香蛋糕 {80}
《小熊维尼》,A.A.米尔恩

面包、黄油和蜂蜜 {82}
《我的秘密城堡》,多迪·史密斯

葡萄干面包 {86}
《彼得兔的故事》,毕翠克丝·波特

司康 {88}
《蝴蝶狮》,麦克·莫波格

香料饼干 {92}
《我们一直住在城堡里》,雪莉·杰克逊

椰子酥饼 {94}
《艾克塞斯之蛇》,莎拉·佩里

蛋白饼和冰咖啡 {97}
《看得见风景的房间》,爱德华·摩根·福斯特

闪电泡芙 {99}
《追爱》,南希·米德福德

玛德莱娜小蛋糕 {102}
《追忆似水年华》,马塞尔·普鲁斯特

哈尔瓦 {104}
《灿烂千阳》,卡勒德·胡赛尼

香草奶油蛋糕 {107}
《绿山墙的安妮》,露西·莫德·蒙哥马利

松饼 {110}
《蝴蝶梦》,达夫妮·杜穆里埃

薄荷酒 {113}
《了不起的盖茨比》,F.S菲茨杰拉德

哈什的盛宴 {116}
南瓜司康;拉明顿蛋糕;澳纽军团饼干
《袋貂魔法》,梅姆·福克斯

晚餐餐桌

那不勒斯披萨 {126}
《我的天才女友》,埃莱娜·费兰特

肉丸意大利面 {130}
《教父》,马里奥·普佐

一千个猪肉生姜饺子 {134}
《灶神之妻》,谭恩美

希腊菠菜派 {137}
《中性》,杰弗里·尤金尼德斯

西非辣椒炖鱼饭 {140}
《美国佬》,奇玛曼达·恩戈齐·阿迪契

美味咖喱 {142}
《名利场》,威廉·梅克比斯·萨克雷

炸鱼薯条 {144}
《没有人想要这只小熊》,
珍妮特·阿尔伯格和艾伦·阿尔伯格

砂锅焗鸡 {148}
《优秀的女性》,芭拉拉·皮姆

咖喱香肠 {150}
《与女王相处的两个礼拜》,莫里斯·葛雷兹曼

牛排和洋葱 {152}
《恋情的终结》，格雷厄姆·格林

蛤蜊浓汤 {156}
《白鲸》，赫尔曼·梅尔维尔

黑色冰淇淋 {159}
《101斑点狗》，道迪·史密斯

面包黄油布丁 {161}
《赎罪》，伊恩·麦克尤恩

蓝莓派 {163}
《夏洛的网》，E.B. 怀特

无花果和卡仕达酱 {166}
《都柏林人》之《死者》，詹姆斯·乔伊斯

糖浆馅饼和迷迭香冰淇淋 {169}
《哈利·波特与魔法石》，J.K.罗琳

在英国的双人晚餐 {173}
多宝鱼佐柠檬酱；龙蒿烧鸡；水果沙拉
《安娜·卡列尼娜》，列夫·托尔斯泰

女性套餐 {179}
蔬菜清汤；牛肉，绿色蔬菜和土豆；
阿玛尼亚克酒浸西梅配黑面包和黄油冰淇淋
《一间自己的房间》，弗吉尼亚·伍尔夫

宵夜

巧克力特尔 {190}
《北极光》（《黄金罗盘》），菲利普·普尔曼

奶油鳕鱼吐司 {192}
《沉睡谋杀案》，阿加莎·克里斯蒂

橘子酱卷 {195}
《狮子、女巫和魔衣柜》，C.S.路易斯

棉花糖 {198}
《明日，战争爆发时》，约翰·马斯登

牛奶甜酒 {202}
《威洛比城堡斗狼记》，琼·艾肯

拉面 { 204 }
《厨房》，吉本芭娜娜

汤与麦芬 { 207 }
《小公主》，弗兰西斯·霍奇森·伯内特

香肠卷 { 211 }
《哈利·波特与火焰杯》，J.K.罗琳

香籽蛋糕 { 213 }
《霍比特人》，约翰·罗纳德·瑞尔·托尔金

派对和庆祝活动

巨大的圆形巧克力蛋糕 { 220 }
《玛蒂尔达》，罗尔德·达尔

红心王后的浆果塔 { 222 }
《爱丽丝梦游仙境》，刘易斯·卡罗尔

梨子柠檬生日蛋糕 { 225 }
《姆明谷的彗星》，托芙·扬松

乳脂松糕 { 230 }
《我淘气的小妹妹》，多萝西·爱德华兹

莱恩蛋糕 { 233 }
《杀死一只知更鸟》，哈帕·李

法式牛奶冻 { 236 }
《小人物日记》，
乔治·格罗史密斯，维顿·格罗史密斯

冰布丁 { 240 }
《令人难以宽慰的农庄》，斯黛拉·吉本斯

安妮女王的布丁 { 243 }
《尤利西斯》，詹姆斯·乔伊斯

三王节面包 { 245 }
《巧克力情人》，劳拉·爱斯基维尔

树莓灌木丛鸡尾酒 { 250 }
《凯蒂做了什么》，苏珊·柯立芝

马默杜克·斯卡利特的宴席 { 254 }
藏红花蛋糕；奶油海螺面包；康沃尔馅饼
《古堡里的月亮公主》，伊丽莎白·古吉

圣诞节

圣诞蛋糕 { 262 }
《树袋熊没有圣诞节》，
简·布瑞尔，迈克尔·杜根

土耳其软糖 { 265 }
《狮子，女巫和魔衣橱》，C.S.刘易斯

肉馅派 { 268 }
《博物馆幕后》，凯特·阿特金森

荞麦松饼 { 271 }
《小妇人》，路易莎·梅·奥尔科特

圣诞晚餐 { 274 }
《圣诞颂歌》，查尔斯·狄更斯

烟熏主教热红酒 { 280 }
《圣诞颂歌》，查尔斯·狄更斯

圣诞布丁 { 283 }
《圣诞颂歌》，查尔斯·狄更斯

姜糖 { 286 }
《圣诞布丁历险记》，阿加莎·克里斯蒂

新年火鸡咖喱 { 288 }
《布雷吉特·琼斯的日记》，海伦·菲尔丁

食谱索引 { 292 }

作家索引 { 296 }

致谢 { 298 }

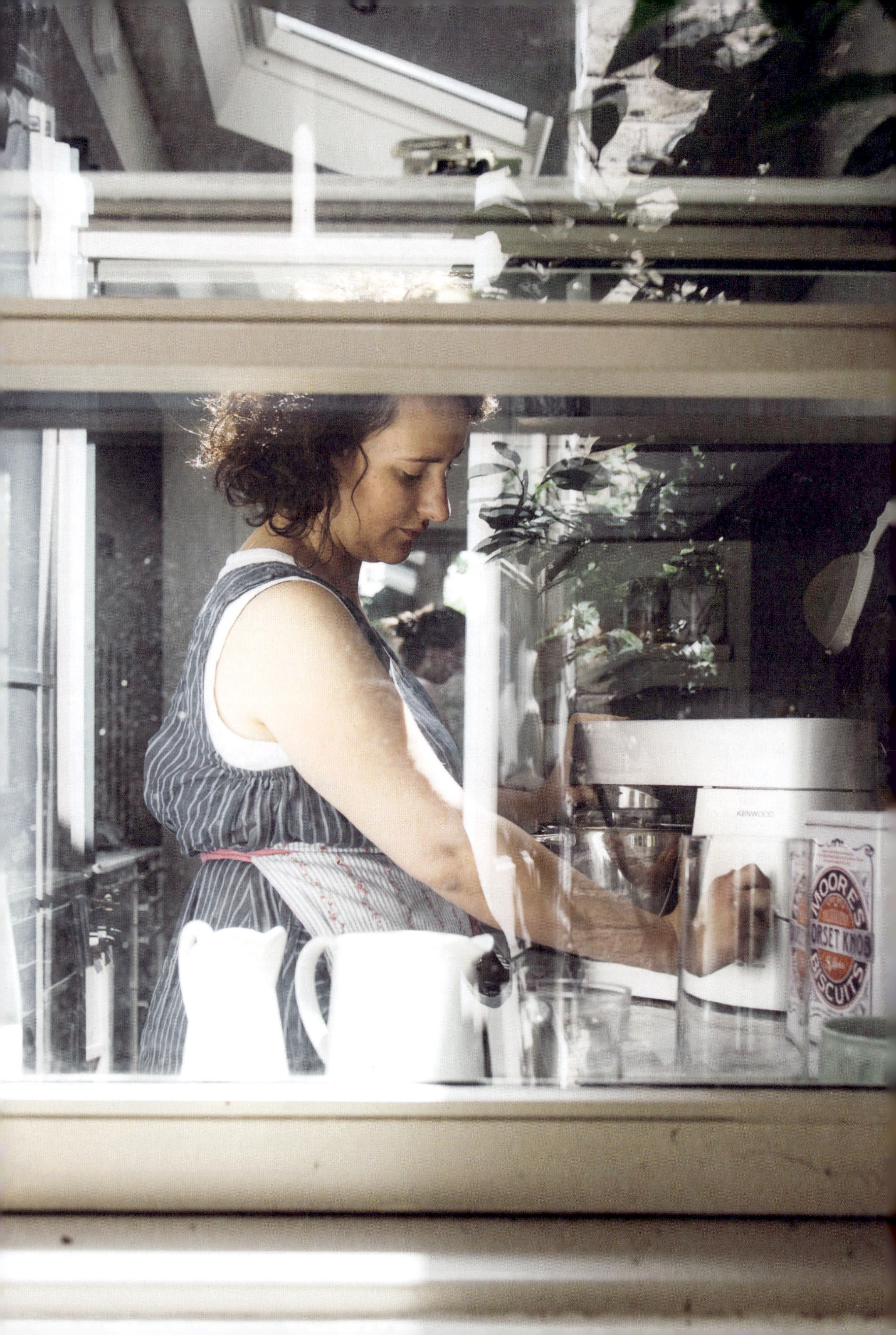
KENWOOD
MOORES
ORSET KNOB
BISCUITS

引 言

我是一个很容易被种草的读者。当我得到一本新书或重新去看一本很喜欢的书时，我便会想象书里的人物在品尝的那些食物的味道。不管是盛夏里熟透的草莓、香气四溢的烤鸡，还是一大杯热腾腾的巧克力，都能够诱导我拿着书走向厨房。

我甚至不记得自己是什么时候开始烹饪的，好像当我能够得着厨房台面的时候，我就开始做料理了。在我们家，食物并不只是维持生命的一种道具，相反地，我们认为食物是维持我们社会生活的根本，是始终陪伴着我们并让我们一直保持着热情的东西。很小的时候我便会去阅读一些烹饪书中的故事和菜谱，标记出那些我想要尝试制作的食物，并牢记我所喜欢的一些句子。

我现在做料理的灵感来源于很多方面，比如英国的四季、我在澳洲的童年生活、我和家人们一起吃过的料理、我走过的旅程，以及我从朋友那里学到的一些技巧。在离开家后，我开始自己做饭，我会从自己喜欢的书籍中获取灵感，那是我所拥有的关于食物最切实的记忆。

当我还很小，不能进入厨房的时候，陪伴我的便是书籍。我会阅读任何的手边读物，包括产品安装说明书、道路指南，甚至是麦片盒背面的说明。不管是通过什么形式去获取，我对文字与故事真的拥有超强的热情。每逢周末，我的父亲都会叫我去公园转转，多呼吸点新鲜空气。而他并不知道，我出门前总是在运动短裤里塞了本书，然后躲在任意一棵大树下畅游于简·奥斯丁笔下的大英帝国、伊妮德·布赖顿所描述的海边德文郡或者哈珀·李刻画的大萧条时期的阿拉巴马州。我觉得自己的童年就如田园诗歌一般，充满阳光与绿色植物，并且总是有我那聪明的小妹妹的陪伴，不过，占据我童年生活最多的还是那些来自书中的奇幻世界。

在我长大离开澳大利亚后，我对于阅读的兴趣依旧未减。那些我在童年时期阅读的书籍逐渐染上了一层浓厚的怀旧感，仍旧待在书架上我最喜欢的书籍旁边。我发现自己总是能够清楚地记得第一次阅读每一本书的地方。这对于如今远离家乡的我来说是一种深深的慰藉。在我想念家人、朋友或家乡的海滩时，我便会重新阅读一些书。每每这时候我都会发现，自己记忆中的每篇文章都是和食物相关的，所以在阅读它们的同时我便开始制作料理。

我做的食物就好像将自己带回过去的一扇大门。咬一口蜜糖小酥饼能将我带回爸爸家的双层床下铺，我在那里第一次看了《哈利·波特与魔法石》。当我烤了麦芬并给它们涂上黄油时，我便会想起妈妈在房间给我和妹妹阅读《小公主》的场景。而蜂蜜蛋糕的香气也总能将我带回我们家之前那台古董车的后座上，那时候我们正在前往堪培拉，听着录音带里阿兰·本奈特朗读的《小熊维尼》。

在我开始写这些文章和料理博客后，便有一些朋友和家人（之后还有一些陌生人）跑来跟我分享他们最喜欢的一些来自书籍里的食物记忆。似乎我们中的很多人都拥有类似的童年生活：我们会和《五伙伴历险记》里的同伴们一起在克林岛上吃沙丁鱼罐头搭配姜汁啤酒；我们都很羡慕布鲁斯能够吃到那样的巧克力蛋糕；我们甚至也都想知道绿鸡蛋和火腿到底是什么样的味道。这些都不是我们长大后就丢弃的东西。我们会去想象《蝴蝶梦》中曼陀丽庄园里的小圆煎饼，并垂涎于《恋情的终结》里那完美的煎牛排。

我想要通过这本书去分享自己通过书籍获取灵感而做出的一些食物。我非常希望这些内容也能够唤起你的童年记忆，或者带你去发现那些你未曾看过的新书，将你带去你想要去的任何地方，并和你喜欢的角色一起享用美食。祝你阅读愉快，用餐愉快。

关于食谱

这本书里汇聚了那些我在第一次看到便垂涎欲滴的食谱。每到周六我总是会一头栽进厨房里，我总是有许多需要花费好几个小时去完成的烘焙计划。大多数情况下我都没有耐心好好坐下来品尝一碟美味的食物，所以我总是会准备一些能在三十分钟内快速吃完的简单饭菜（当然你也可以在一天中的任何时候去享用这些料理）。

我曾尝试过来自乔治王时代、摄政时代以及维多利亚时代的食谱，我也使用过来自《安娜·卡列尼娜》或《圣诞颂歌》等书籍里的食谱，而与此同时我也希望这些食谱能够适用于你们家的烤箱，并且所需食材也是你在当地超市能够轻松买到的。所以，比起恪守传统，我对这些食谱进行了适当的调整。

我也会与朋友、熟人甚至是一些陌生人讨论那些我不怎么熟悉的料理。逐渐地，我明白了做任何事都没有绝对"正确"的方式，就像我妈妈制作的咖喱香肠那样，其他人或其他家庭肯定也有属于自己的不同方法。而我在这本书中分享的食谱便是我自己认为最好吃的配方。

关于配方和工具

我最喜欢那些能够像祖母站在炉灶前给你提供建议或窍门一样的烹饪书。我希望这本书能够在你的厨房中发挥这样的功效。

你几乎不怎么需要为了这本书去购买新的工具。我希望你们能在任何厨房中轻松实践这些食谱，我也提到了一些能够取代搅拌器、冰淇淋机等你很少有机会用到的工具。在为这本书去测试食谱的时候，我便用过空的红酒瓶去卷酥油面团，用过旧纸板和铝铂纸去制作奶油角，还会用玻璃杯去取代饼干模具。所以我在这里提供的工具列表只起到指导作用。我不想吓跑你们，只是希望你们在到达第八步之前便清楚，这里可能会用到细眼滤网。

也就是说呢，在写到烘焙的时候我可能会提及特定的模具规格，而如果你想要使用自己现有的模具（我也经常这么做），你就需要适当地调整一下烤箱温度或烘烤时间。如果你并不是一个有自信的烘焙师，我会建议你最好遵循给定的模具规格和烘烤温度。

关于烘焙材料，除非另有说明，我都是使用大鸡蛋、全脂牛奶和无盐黄油去测试这些食谱。当然我也会使用冰箱里现有的材料或者我所拥有的工具去制作，但如果你是个烘焙新手，我依旧建议你不要随便替换任何配方，因为改变糖、面粉或黄油的比例会使制作出来的糕点味道也完全不同。

我在本书中提到的大多数材料都是我能在当地超市买到的，而我也非常幸运地能够轻松获得来自亚洲和中东地区的一些食材。如果你买不到其中的一些材料并且真的很想尝试某个食谱，你可以选择网购或者搜索可替换的食材。

必要工具列表

烤盘

菜刀和砧板

冷却架

刀、叉、勺

平底锅

油纸

保鲜膜和铝箔纸

厨房用纸

大、小炖锅

量杯

搅拌盆

滤网

刮刀

茶巾

削皮刀

打蛋器

木勺

关于阅读

我真的收集了好多好多书籍。并且无论书籍变得多破旧，我也很难将其舍弃。有些书因为我在洗澡的时候不小心掉落而皱得厉害，也有些是我在路上捡到后重新修整过的，还有几本书因为我带到沙滩上去阅读而在书脊中留下了不少沙子。除了书籍里所包含的故事外，书籍本身也拥有自己的故事，它们陪伴了我不少假日与每个通勤日，在我需要它们并找到它们之前，这些书籍都会开心地住在我的书架上。

从记事以来我就一直在收集书籍。不管是破旧的平装书还是华丽的精装书，或者是我用代金券或零花钱购买的书籍，都曾出现在我童年时期的卧室里。现在这些书籍中的大多数都被搬到我母亲家的空房间里了，其中也包括我二十一岁生日时收到的那一套特别版精装《哈利·波特》，那是我在离开家之前阅读过的最后几本书。

上学的时候，家附近的图书馆就像我的避风港一般。我总是能在那里的书架上找到自己想要体验的惊奇世界与想要相遇的各种角色。我的童年还算开心，但因为我有点笨拙，且比我表现出来的更加害羞，所以学校生活对我来说并不简单。虽然功课还不错，但比起和朋友一起玩，周末的时候我更倾向于和父母、姐妹与其他家人待在一起。在学校里我也不曾加入任何小团体，书籍便是我在这段棘手的青少年时期的最佳避风港。

到大学的时候我才最终找到属于自己的小团体，在这个团体中我可以轻松地做自己。我也经常会跑去剧场阅读各种各样的剧本。我非常了解我们学校的图书馆以及各种小说所在的区域。在澳大利亚的最后一个暑假（毕业之后），因为还能用学生卡，所以我每次都会借六本书并快速看完它们，生怕搬到英国后我就很难找到这些书籍了。但事实证明并非如此。

刚搬到英国时，我认识的人只有三个：赖利、亚历克斯和蒂姆，他们都是我大学时的朋友，我们各自都在努力适应英国生活。这样的适应花费了我们好几个月，而在一开始，当我每天都需要坐很久地铁时，我便会用阅读去消磨时间。我故意找些以英国为背景的书来看，而当我发现自己刚好身处书里提到的街道或建筑里的时候，我便会特别兴奋。虽然一开始我只带三本书来英国，但很快地，我的公寓里便涌入了几百本书。

过去几年里，我的生活发生了一些改变，我的大多数书籍便只能屈尊于仓库。每当我去朋友家，我会在他们的书架前扫视每本书的书脊，去寻找我所熟悉的名字以及完全陌生的新名字。我也因此获得了一些来自喜欢的人所推荐的新书。

虽然有时候我会忽视某些书，但书籍们始终都会耐心地等待我再次去发现它们。它们就是我生命中的定律，是我在念家、焦虑与孤独时的最佳慰藉。只要拥有书籍，我便能穿梭于时间与空间中，进入那些并不存在的虚幻世界。

我在本书中提到的所有书籍都是我看过的，它们就是我生活中的一部分。你们可以将这本书当成是我推荐的一间小小图书馆，而我就像一名图书管理员，向你们真挚地介绍这些好书。

Shopping list
unsalted butter x 2
milk
dozen eggs
pears
cheese - something strong and blue
strong bread flour
cling film
2 boxes raspberries
parsley
coriander
tins anchovies

中午前
before noon

中午前

在早晨，我通常更愿意去想几百件事而不是起床。我深刻地记着起床前的几分钟，那是我一天中最痛苦的时候。我的继父非常不喜欢母亲在楼上喊我和妹妹起床，所以他搬进来的时候便在我们的卧室和厨房里安装了对讲机。每个早上他都会不厌其烦地靠在蜂鸣器旁直到我们走下楼。虽然我并不推荐这种叫醒方式，因为这并不是什么让人愉快的方法，但说实话，它的确蛮有效的。

当我们光着脚来到楼下，一家人便会开始享用早餐。母亲总是站在炉灶前，搅拌着、烤制着或是翻转着锅里的食物。我和妹妹从小就对料理很有信心，所以我们经常会帮母亲准备晚餐，不过早餐还是主要由母亲掌勺。虽然我总是赖床，但吃早餐确实是我在一天中最喜欢的时刻。

现在，对于已经成年的我来说，早餐仍是最期待的一顿。我非常渴望能够拥有一段悠闲的早餐时光，匆匆忙忙往包里装根香蕉就跑出门是我最害怕的情况。

我可以在一天中的任何时刻开心地享用早餐。所以虽然我在这里提到的食谱是书籍中一些角色在早晨享用的，但或许对你来说更像是午餐或晚餐。我当然欢迎这种灵活的改变，就像我自己也经常在午餐时制作绿鸡蛋和火腿，或制作一份搭配冰淇淋的苹果派，甚至米饭、味噌汤和渍菜也不止一次成为我的晚餐选择。我经常会在半夜写稿的间隙给自己制作一碗燕麦粥，所以这些早餐完全也可以出现在宵夜的章节中。

{ 3 }

燕麦粥
Porridge

在外面奔走了好几天后,她终于在某个早晨醒来时知道什么是饥饿了,当她坐下准备享用早餐的时候,她不再轻视并拒绝那碗燕麦粥,而是拿起勺子开始享用,最后,吃得精光。

《秘密花园》,弗朗西丝·霍奇森·伯内特

燕麦粥可以说是我生活的一部分。冬天的时候,母亲总是披着一件睡袍站在炉子前搅拌一锅燕麦,煮好后装在碗里并倒点黄糖或蜂蜜在上面。以前的我在看到燕麦粥时总是忍不住翻白眼,抱怨这是最烦人的早餐,因为相较而言,我更想吃蘑菇吐司、烤番茄或炒鸡蛋。

在搬到英国后,我的第一份工作在布希,这对于住在怀特查佩尔的我来说是非常遥远的距离,我不得不每天早起。而在又冷又饿的清晨,我最渴望的便是一些快捷又能带给我温暖的食物。那时候母亲给的建议便是燕麦粥。就像玛丽·兰诺丝那样,我突然间也开始发现了燕麦粥的魅力。

现在我们家总是常备燕麦,并且我会换不同方式去烹饪它们,满足自己在早上六点(或下午三点或午夜时分)的需求。这便是我心中的完美燕麦粥。

燕麦粥
Porridge

1人份

1. 小火加热平底锅，倒入燕麦。待燕麦烤至金黄后，将锅从火上挪开降温。将燕麦和水倒进炖锅中浸泡，这时候你可以去冲个澡，打开电子邮件或靠在门上打个小盹，等待10分钟。

2. 在燕麦里加点盐。将炖锅置于小火上，准备一把木勺（如果你有搅粥棒就更好了），以绕圈圈的方式不断搅拌燕麦5分钟。我发现这是开启全新一天的一种有趣方式。锅里的水将慢慢被燕麦吸收掉，而你的燕麦粥也会慢慢变得浓稠。只要煮至你喜欢的浓稠度便可。

3. 将煮好的燕麦粥装碗，放一勺奶油或者糖浆都可以。然后开吃吧。

替代选择： 玛莎建议玛丽在粥上放1勺糖浆或白砂糖，这都是不错的选择。或者你们也可以选择以下的搭配：

◆ 加一勺橘子酱（详见下一篇），如果你够大胆也可以尝试加一大勺威士忌（当然我不建议你们这么做）；

◆ 加一餐勺牛奶、一小把蓝莓和切碎的榛果；

◆ 加一餐勺希腊酸奶、一点蜂蜜和一茶勺烤香的芝麻；

◆ 加几滴玫瑰水、一小把切碎的开心果和一些橙汁；

◆ 加一大勺花生酱、一点金黄糖浆和一些牛奶；

◆ 加一餐勺芝麻酱、一些蜂蜜和一把烤香的杏仁片。

配方

30克／1盎司／⅓杯燕麦，可以混合压制燕麦（rolled oats，由整粒燕麦蒸熟，经滚轴挤压变软的燕麦米，烘干后而成）和钢切燕麦（steel cut oats，由整粒燕麦米切割而成，比前者熟得慢）*。

250毫升／8½液盎司／满满1杯冷水

1小撮盐

搭配

1餐勺淡奶油

2茶勺黑蜜糖／黑蔗糖浆

工具

搅粥棒**（或木勺）

*本文提到的水和燕麦的比例是3:1。如果你没有量杯，可以直接使用小茶杯或250毫升的马克杯进行测量。我通常是先盛⅓杯压制燕麦后从中去掉2餐勺，换入2餐勺的钢切燕麦。当然你也可以根据自己的选择进行改变，你全部使用压制燕麦也没事。

**搅粥棒是苏格兰用于搅拌燕麦粥使用的工具，其实就是一根细长的木棒，如果你没有，使用其他木勺也没关系。

橘子酱
Marmalade

小熊弯下了腰,用挂在脖子上的小小钥匙打开了箱子,拿出一罐几乎见底的玻璃瓶。他非常自豪地说道:"我吃了橘子酱。熊都喜欢橘子酱。"

《帕丁顿熊》,迈克尔·邦德

不管是搭配芝士、肉类、蛋糕还是吐司,橘子酱都是很棒的选择。每个圣诞节我都会做好几罐橘子酱,送给家人和朋友们,并留几瓶给新年。我发现几乎所有柑橘类水果都能用来做橘子酱,但不得不说,用粉色葡萄柚制作出来的最特别,而每年年初的塞维利亚柑橘或血橙都是我不会错过的。这些装着明亮果酱的瓶子总能让我兴奋一整年。

和帕丁顿熊一样,我也是带着几罐酱一起来到这座新城市的,只是我带的是澳大利亚的咸味酱。二〇〇九年三月十二日,我下飞机走进了希思罗机场,然后坐了很久的车去麦尔安德区,那里有我朋友的一间空屋子。那时候的我真的很迷茫、很孤独,不知道自己到底为何要来到这个跨越了大半个地球的地方。比起童年,此时的我更能和帕丁顿熊产生共鸣。

尽管有时候我制作一大批果酱作为礼物,但偶尔我也会心血来潮地只做一瓶。所以如果你并不想做太多果酱,或者你只拥有少量的橘子,你大可以减少分量,并根据你所拥有的水果数量去计算所需要添加的糖量。

橘子酱
Marmalade

大概可以制作1升/夸脱的量——可以装满3瓶果酱瓶（剩下的你可以留着自己吃）

1. 通过滤网过筛橘子汁。塞维利亚柑橘籽总是很多，所以过筛便是一种有效去籽的办法。你需要挖出每个橘子中的果肉并和滤网中的橘子籽放一起。

2. 将橘子汁倒进一个大碗中，添加适量水确保这些液体达到1.25公升。将橘子皮切成细长条状，并加到果汁和水中。将橘子籽和果肉用棉布包裹住，绑紧，丢进装着果汁的碗里，盖上盖子放入冰箱冷藏过夜。

3. 隔天先在冰箱冷冻室放几个小碟子。将昨天冷藏在冰箱里的所有东西（包括果汁和棉布包裹着的籽和果肉）倒进大炖锅中进行慢炖。盖着锅盖熬煮1.5 － 2小时，直至里面的果皮变软。同时需要不断地搅拌，避免果皮粘锅。等果皮都煮软后关火让其冷却。

4. 取出果皮待用。使用滤网过滤出液体，并用力挤压棉布挤出所有果汁，里面会有很多果胶（果胶能帮助果酱凝结），所以一定要都挤出来。测量这些液体的容量，如果不够就加水至750毫升。

5. 将橘子汁重新倒回炖锅中，加入柠檬汁。加入糖，开中火且不断搅拌，直至糖全部融化。然后加入果皮并煮沸。

6. 开盖慢煮20 － 25分钟，搅拌直至果酱逐渐浓稠。不断撇去表面上的浮渣。为了测试橘子酱是否凝固，可以先关火并取出放在冰箱冷冻室的碟子。舀一茶勺橘子酱在碟子上，等待20秒然后倾斜碟子一边。如果果酱不会流动了，那么你的橘子酱便算做好了。但如果果酱还是处于液体状态，

配方

800克／1¾磅塞维利亚柑橘
2颗柠檬的果汁
1千克／2¼磅蜜饯糖

工具

棉布
消过毒的瓶子

*蜜饯糖是指不添加果胶的大块晶体糖。因为橘子含有大量果胶，所以在这个食谱中需要使用专门的果酱糖。蜜饯糖融化得比较慢，你将能够做出更清澈的橘子酱。但如果你找不到蜜饯糖或者你是在大半夜制作橘子酱，能买到蜜饯糖的店铺都关门了，换成砂糖也是可以的。只是你需要在熬煮的时候不断地撇掉表面的浮渣。

你便需要继续熬煮。

7. 冷却橘子酱10分钟，这能确保里面的橘子皮更均匀地分布在果酱中。

8. 最后你需要将果酱装进瓶子中。在果酱还很热的时候便盖上盖子密封好，然后让其自然冷却。你可以将做好的果酱置于干燥阴凉处保存至少6个月，但如果开瓶后就需要放在冰箱里冷藏保存，并尽快在几周内吃完。

松饼
Tunna Pannkakor

她叫喊道:"快吃。在冷掉前赶紧吃掉。"
于是汤米和安尼卡便开始吃了,他们觉得那是非常美味的松饼。

《长袜子皮皮》,阿斯特里德·林德格伦

忏悔星期二(基督教传统耶稣受难节前的大斋期前夕,是大斋首日的前一天,又称"薄饼日")即将到来的时候,我都会非常兴奋。小时候每当这一天,我们都会在放学后的宗教课上排队领取小圆饼和果酱,这是对我们在不能食用巧克力的大斋节前的最后优待。而现在,虽然不需要再戒任何东西,我也还是会在节日到来前制作至少四种类型的松饼。有较大且很松软的美式松饼并搭配枫糖,有搭配芝士和火腿的荞麦松饼,有很薄且会搭配柠檬汁的法式可丽饼,也有和果酱一起吃的瑞典松饼。当然所有松饼我都喜欢。

在皮皮的家乡瑞典,他们通常都会在周四享用松饼作为甜品。而我个人更喜欢在早餐的时候吃松饼,因为它们不会太甜、太有负担,并且不到五分钟就可以制作出一大碟。这也是帮助我快速把保姆叫下楼吃早餐的有效武器。

{ 10 }

瑞典松饼
Swedish Pancakes

大约可以做16片

1. 鸡蛋打散，先加入几餐勺面粉（并不需要精确的重量），将它们均匀地混合在一起。加入剩下的面粉和牛奶，继续搅拌均匀。搅拌好的面糊应该拥有淡奶油那样的浓稠度。加点盐、糖以及融化的黄油（在煎制松饼前加入）。

2. 小火加热平底锅，放入一小块黄油融化。因为面糊里已经有黄油了，你便不需要在煎每面松饼的时候都加黄油融化，一开始加点黄油是为了避免第一片松饼粘锅。舀2餐勺面糊到平底锅中央，旋转平底锅让面糊均匀地覆盖锅面。煎至饼底变成浅棕色后使用锅铲，或者你也可以通过自己手腕的力量将其翻面（我是做不到这点的）。

3. 将煎好的松饼放在置于低温炉上的耐热的碟子/烤盘上进行有效保温，直至你煎好所有松饼。确保你在煎松饼期间不时搅拌下面糊，避免面粉沉淀在碗底。

4. 拿果酱、糖、柠檬、巧克力酱或蜂蜜搭配松饼吃，当然你还有很多不同的搭配选择。

配方

2颗鸡蛋

240克／8½盎司／1¾杯中筋面粉

600毫升／1品脱／2½杯牛奶

½茶勺盐

1茶勺糖

30克／1盎司／2餐勺融化的黄油

搭配

果酱

柠檬汁和糖

巧克力酱

蜂蜜

工具

量杯（拥有1.5升/夸脱容量的大量杯）

（冷）苹果派
(Cold) Apple Pie

那真是非常棒的早餐。我们通常很少一早就吃冷苹果派，但孩子们都说比起肉更想吃苹果派。

《铁路少年》，伊迪丝·内斯比特

第一次读《铁路少年》的时候我才十岁左右。那时的我非常想要去冒险，想和我们那堆兄弟姐妹中的任何一个去冒险。我妹妹便是一个非常好的选择，因为她非常忠诚。但因为我们生在一个家长很多的大家庭里，所以很少能够体会到像《著名五人帮》《燕子与鹦鹉》以及《铁路少年》等书里所描述的自由。我们都迫切希望赶紧长大去探索那些新世界，能够通宵熬夜并将苹果派作为美味早餐。

在我开始做美食博主的时候，我通常都需要利用自然光去拍摄照片。对我来说这真是个不小的挑战，特别是在冬天，因为我总是得在太阳刚升起时离家，直到日落后才能回家。于是我经常在下班后的晚上制作料理，在第二天早上出门前拍照片。

所以，当我第一次做苹果派的时候，我便是在早餐时享用它的。那时的我终于实现了童年的心愿。切一块苹果派再搭配一勺酸奶真的是一天中非常美好的开始。当然它也可以作为一道甜品，只是我更想建议你们像铁路少年那样在早餐时享用它。

苹果派
Apple Pie
8人份

1. 在大碗中混合面粉、糖粉和盐制作油酥面团。在面粉中加入冰冷的黄油揉搓直至它们变成面包屑一般。加入蛋黄和1—2餐勺的冷水。用手在碗中将其混合均匀。将面团转移至撒了面粉的案板上揉成圆球。不要过度揉搓，否则面团容易起筋。

2. 用保鲜膜包裹面团放进冰箱冷藏30分钟。千万不要略过这一步，否则面团很容易在烤箱里回缩。

3. 现在来做内馅。在装满水的碗里挤入柠檬汁。苹果削皮去核，尽可能地切成薄片。将切好的苹果片放进柠檬水中浸泡，防止氧化。当所有苹果都切好后将柠檬水倒掉，用厨房用纸擦掉苹果片上多余的水分。混合糖、柠檬、豆蔻、玉米面粉，将苹果片拌入其中。

4. 将面团一分为二，将其中的一半放入冰箱中。在撒了面粉的案板上擀平面团（如果厨房温度过高的话面团会很黏，这时候你可以在面团上下各铺一层油纸再将其擀开）。将面团擀成硬币一般厚的大圆形即可。

5. 用擀面杖将擀好的面团铺在派盘上。用多余的面团去填补缝隙与破掉的地方。将整个派盘放进冰箱中冷藏。烤箱调制200摄氏度／400华氏度／第6档进行预热，并将烤盘放到烤箱中加热。

6. 从冰箱取出另一半面团并擀至同样的厚度。这次的面团最好擀成和派盘一样宽的矩形，长度随意。将其切成1.5厘米宽的长条，在油纸上拼接成网格状：首先拿两根面条交叉成十字型，将垂直的面条置于水平放置的面条下方。然

配方

酥皮面团

250克／8¾盎司／2杯中筋面粉

2餐勺精细白砂糖

1小撮盐

175克／6盎司／1½根黄油，直接从冰箱中取出，切成小方块的

1个蛋黄

内馅

1颗柠檬

1千克／2¼磅脆苹果

70克／2½盎司／不足6餐勺超细白砂糖

2茶勺肉桂粉

1茶勺豆蔻粉

1餐勺玉米淀粉

1颗鸡蛋

工具

大号派盘（我的是直径25厘米／10英寸的派盘）

后，在水平面条上方放置另一条垂直面条，与第一根面条间隔几厘米。将第一根垂直面条对折，暂时置于水平面条上，然后在第一根水平面条下方几厘米处水平放置第四根面条，并摆回刚刚对折的第一根垂直面条。现在便能看到格子的雏形了。重复这些步骤进行编织。当你编织的网足够覆盖你的派盘便可停止。如果这是你第一次编织酥皮网，你可以先用一些纸条做练习，毕竟直接操作粘手的面团会比较困难。

7. 在蛋液中加一茶勺水搅拌均匀，涂抹在铺于派盘中的酥皮边缘。将苹果放进派盘中并小心将编好的网格从油纸挪到苹果上方盖住它们。按压边缘处进行修整。如果你不想做网状的苹果派或者你觉得天气太热了很难加工酥皮，你也可以直接将另一半面团擀成和派底一样厚度的圆形，直接将其扣在苹果馅上，在上面划几个斜纹方便排出蒸汽。

8. 有兴趣的话你也可以使用边角料制作几片装饰用的叶子（我参考了苹果上的叶子）。将剩余的蛋液涂抹在派皮上，放上你做好的叶子并涂上蛋液。做好的苹果派放入预热好的烤箱烤熟。

9. 先烤10分钟后将烤箱温度调低至180摄氏度／350华氏度／第4档，继续烘烤35分钟，记得不时看下烤箱内的情况，避免烤焦。

10. 烤好的苹果派可直接食用或留到第二天作为早餐。因为酥皮很脆，切的时候得小心一点，不过不管怎么小心，第一块都会切得比较糟糕（大多数派都是如此）。

{ 15 }

坚果面包
Fruity Nutbread

马蒂亚斯坐在洞窟里吃他的早餐：坚果面包、苹果和一碗新鲜的山羊奶。

《红城王国》，布莱恩·雅克

在我撰写来自书籍里的料理的第一年，我对自己未读过《红城王国》感到愧疚。幸好现在不是这样了。尽管我已经被剧透过，但当我看到第一本书里提及的食物数量时还是惊讶不已，这本书几乎被我翻烂了，每个折起来的页面都是关于那群拟人化的老鼠在修道院里享用的美食。

尽管那些美食都很适合出现在这本书里，但我还是决定选择这款坚果面包：毕竟它贯穿了整本书，书里各种各样的角色几乎都在早餐中吃过它。有时候搭配山羊奶酪，有时候适合搭配水果，它有着扎实的口感、香甜的滋味，非常适合搭配红酒。它同样也适合带在路上吃，就像你可以在早上快迟到时选择它，或者就像恶魔之鞭克鲁尼（《红城王国》中那只凶恶的黑鼠）一样一把夺走它。

称这款面包为面包，就好像说香蕉面包是面包一样，事实上它们都算蛋糕。

坚果面包
Fruity Nutbread

可以切10块

1. 烤箱预热至190摄氏度／375华氏度／第5档。在模具上涂一层油并铺上油纸。

2. 在一个碗里混合搓碎的苹果、鸡蛋、融化的黄油、肉桂粉、香草精、蜂蜜和切碎的核桃。

3. 拌入杏仁粉、面粉和泡打粉。记住千万不能过度搅拌，只要看不到面粉和杏仁粉便可停止搅拌。

4. 将面糊倒进铺了油纸的模具中并抹平表面。放入预热好的烤箱中间。快烤好时用一根细长的叉子插进面包中，如果抽出来没有其他面糊就说明烤好了。

5. 把坚果面包放在模具中冷却10分钟，然后挪至烤网上。可以在温热的时候享用或者再复烤一下，可以搭配黄油、山羊奶酪、芝士、里科塔奶酪和蜂蜜一起食用。

配方

500克／3¾杯搓碎的红苹果（大约5个的量，最好使用较甜较脆的苹果）

3颗鸡蛋

60克／2盎司／½条融化的黄油

1茶勺肉桂粉

1茶勺香草精

3餐勺蜂蜜

100克／3½盎司/1杯切碎的核桃

200克／7盎司／2杯杏仁粉

80克／不到3盎司／¾杯斯佩尔特小麦粉

2茶勺泡打粉

工具

摩擦器

磅蛋糕模具（2磅的容量／9×4英寸大小）

肉桂卷
Cinnamon Rolls

在我迈进走廊前我并未意识到自己的饥饿，而当我饥肠辘辘站在那里，去思考我的最后一餐想吃什么的时候，我觉得没有什么能够比得上甜蜜又温暖的经典欧式早餐组合，咖啡和肉桂卷。

《金翅雀》，唐娜·塔特

很少有其他香味能像肉桂卷和咖啡那样拥有足以叫我起床的魔力。黄油、肉桂、糖和面团以多元化的早餐香气结合在了一起。也正是这组香气，充斥着阿姆斯特丹旅馆的楼梯，并让西奥意识到这是自己的最后一个早晨。

当我在马拉喀什的屋顶上阅读《金翅雀》的时候，离荷兰的圣诞假期其实还有好长时间，但是我已经开始渴望在早餐吃到肉桂卷了，所以我好想赶紧回到英国去制作我的肉桂卷。我沉迷于寻找最完美的肉桂卷方子，值得让我不断揉压并让我在一天的开始就拥有满满幸福感的方子，我真的尝试了不计其数的配方。而我在这里提供的是我认为最理想的配方。

你可以在前一天晚上便开始制作。在晚上睡觉前先执行前几个步骤会让你在隔天早上轻松许多。

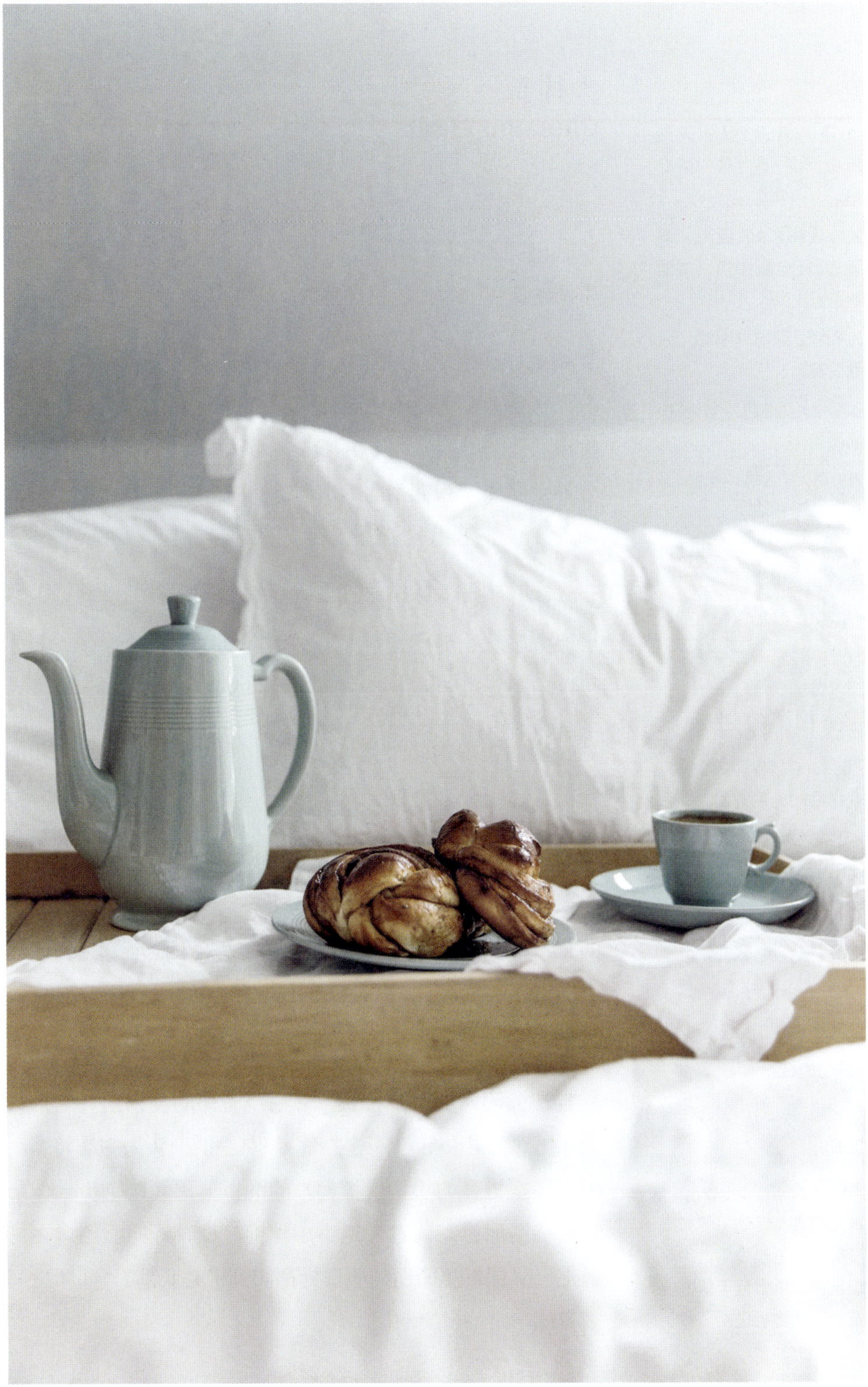

配方

20克／满满1餐勺天然酵母（或7克/1茶勺酵母粉）

250毫升／9液盎司／满满的1杯全脂牛奶（常温状态）

½茶勺豆蔻粉（或10个豆蔻豆荚）

200克／7盎司／1½杯中筋面粉

200克／7盎司／不到1½杯高筋面粉

70克／2½盎司／⅓杯黄砂糖

1小撮盐

70克／2½盎司／5餐勺无盐黄油

内馅

75克／2½盎司／5餐勺软化后的无盐黄油

75克／6餐勺黑糖

茶勺肉桂粉

浇汁

3个豆蔻豆荚，敲碎

70毫升／不足5餐勺水

50克／4餐勺黑糖

1茶勺肉桂粉

工具

毛刷

搅拌器很有帮助（但如果没有搅拌器也没事，你可以自己动手，但可能需要反复不断地揉搓）

肉桂卷
Cinnamon Rolls

14个

1. 在碗里放入酵母粉并倒入温热的牛奶。搅拌至酵母粉和牛奶融合在一起，放置10分钟。

2. 如果你使用的是豆蔻豆荚而非豆蔻粉，你需要先敲碎豆蔻豆荚的外壳并将里面的豆蔻籽碾碎。将面粉、黄砂糖、盐和豆蔻倒进搅拌盆中，加入牛奶和酵母粉混合物，搅拌5分钟至面团变得光滑且有弹性。保持搅拌机的运作，分次加入黄油，直至黄油完全融入面团中。

3. 洗干净大碗并涂上油。将揉好的面团放到碗里并盖上一层保鲜膜。让面团发酵90分钟，直至变成两倍大（或者你可以先发酵30分钟，然后将其挪至冰箱中放置一个晚上）。

4. 在面团发酵的同时你可以先制作内馅。将黄油、糖和肉桂粉混合在一起搅拌至顺滑状态。

5. 取出发酵好的面团放在撒了面粉的案板上，将其擀成1/2厘米或1/4英寸厚、30厘米或12英寸宽、60厘米或24英寸长的长方形状。将长方形中较短的一边置于你前方。在面团上撒些肉桂糖粉，将右边1/3叠进去，再将左边1/3叠进去。将叠好的面团垂直切成14块。

6. 捏住面团两端将其拉长，然后绕着你的食指扭转它，直至面团达到4厘米或1½英寸长。以其中的一头为中心将剩下的面团塞进你的手指所撑起来的洞里。重复这个步骤做出14个小圆面包，或者说是小小螺旋。将做好的面团排在烤盘上（确保每个面团的收口处都压到中心底部），面团之间要留出一定的发酵空间。

7. 盖住小面团让其发酵一个小时。烤箱预热230摄氏度／450华氏度／第8档。放入二次发酵好的面团烤8分钟直至其变成金黄色。

8. 在烤制过程中,你可以将浇汁倒进小炖锅中让其慢慢炖煮,直至白砂糖融化。取出烤好的肉桂卷,将做好的浇汁刷在上面,让其在烤网上自然冷却,在肉桂卷还温热的时候就可以直接享用啦。

极其柔软的水煮蛋
An Egg Boiled Very Soft

"贝茨太太，我建议你试试这些鸡蛋。煮得非常柔软的鸡蛋并不代表不健康。塞尔真的比任何人都更擅长煮鸡蛋。真的，除了他我不推荐你吃其他人煮的鸡蛋；也请你别害怕，这些鸡蛋都非常小；你看，这么小的鸡蛋怎么可能伤害到你。"

《爱玛》，简·奥斯丁

当我开始考虑写这本书的时候，选择合适的食谱真是最大的难题。我会考虑：它们是否具有多样性？自己到底写了多少个三明治食谱？（事实证明只有一个。）它们是否容易做到？

当我搬到英国并开始自己做饭时，我真的非常羡慕母亲对于基本料理知识的了解。独居的前几年，我最常做的事便是在谷歌上搜索"怎么煮鸡蛋"。而就算几年过去了，我每次要煮鸡蛋的时候还是很紧张。我很喜欢吃那种蛋黄还能流动的水煮蛋，所以我更倾向于制作水波蛋，至少我在烹煮过程中能够观察到蛋黄的凝固状态。水煮蛋总是隐藏在蛋壳里，里面什么情况都有可能发生。

有很多制作水煮蛋的方法：先煮一锅冷水，在水即将沸腾的时候加入鸡蛋，关火，让鸡蛋在水的余温中慢慢煮熟。我真的尝试了所有的方法。

而我在这里说的便是我自己最喜欢的水煮蛋方法，也是爱玛的父亲所认可的方法。你可以搭配一小撮盐和黑胡椒食用（可能伍德豪斯先生不会吃得这么麻烦），而我最喜欢的吃法更加荷兰，也就是加一些醋、盐和黄油一起吃。通常我都是搭配烤面包一起食用，用面包蘸蛋液。而如果你想要制作的是能够剥壳的半熟蛋，你可以在《鸡蛋葱豆饭》那一篇（第27页）找到准确的煮蛋时间。

水煮蛋加烤面包
Boiled Egg with Soldiers
1人份

1. 煮一小锅水，用勺子将鸡蛋轻轻放入水中，避免蛋壳敲到锅底而破裂。计时3分钟。

2. 当计时器响了后，将锅拿到水槽里加入大量冷水。当你的鸡蛋摸上去变冷后你便可以直接将其装在蛋杯里，尖头朝下。用勺子敲破鸡蛋从上数大约2厘米或3/4英寸的位置。在蛋黄里倒点苹果醋并加点黄油。最后你可以用盐进行调味。用烤面包或芦笋蘸着蛋液食用。

配方

2颗室温大鸡蛋

少量苹果醋

1小块黄油

1小撮盐

搭配

黄油烤过的热吐司，切成条状

芦笋（如果够新鲜够鲜嫩你可以直接吃，或者煮2分钟再吃）

24

绿鸡蛋和火腿*
Green Eggs & Ham

《绿鸡蛋和火腿》，苏斯博士

在我们家（也就是我母亲和父亲的家里），周末早餐是一个特别时刻。我的父母都觉得自己做的炒鸡蛋是最完美的，所以我们经常吃炒鸡蛋，通常是搭配蘑菇、培根或香肠，再加点牛油果或直接放在吐司上一起吃。他们做的炒鸡蛋真的很美味，就刚好介于煮熟与未煮熟的边缘，而他们做法的区别便在于，父亲往蛋液里加奶油，而母亲则是加牛奶，并且他们最后都会再加点黄油。

当我搬到英国时，我说不出自己更想念哪个版本的炒鸡蛋。通常我都是看冰箱里有什么食材就加什么，谁都不偏袒。而当我读了《掌握烹饪法国菜的艺术》这本书时，朱莉娅·查尔德告诉我们，鸡蛋里除了黄油什么都不要加。按她的方子做出来的炒鸡蛋，真是我吃过最好吃的炒鸡蛋，既顺滑又具有非常丰富的口感，那是你能做到的最美妙的鸡蛋料理。这时候，我真要对父亲母亲说声抱歉，因为这一次朱莉娅真的赢了。

在我还小的时候，如果听到绿鸡蛋和火腿的组合真的会觉得很恶心。因为通常情况下绿色是我们会在冰箱里头放了很久的火腿上看到的颜色。所以我非常同情苏斯博士所描写的无名主角，他真的不管在哪里都不想去碰绿鸡蛋和火腿（不管是在房子里或和老鼠一起，还是在盒子里或和狐狸一起）。但说真的，加入新鲜的青酱后炒出来的鸡蛋会变得更有生命力。突然间我觉得绿鸡蛋和火腿迎来了光明的前景。

* 它就是它，没有必要再引用了。

配方

青酱鸡蛋

50g／5餐勺杏仁

1瓣大蒜

大把欧芹

30g搓碎的硬山羊芝士

1茶勺粗粒海盐

50毫升／3½餐勺橄榄油

15克／½盎司／1餐勺黄油

4颗大鸡蛋

搭配

2片厚的酸面包

2大片火腿（不管厚的薄的都可以，随你喜好）

黄油（用于炒鸡蛋）

盐和胡椒

工具

料理机

或研磨棒和臼

或刀和案板（以及一点点耐心）

装青酱的罐子

绿鸡蛋（青酱）和火腿
Green(Pesto)Eggs and Ham

2人份

1. 先制作青酱。青酱的分量会比你炒鸡蛋所需要的青酱更多，但是因为青酱可以在冰箱里储存几个礼拜所以多做点也没事，你之后可以用于制作意面、沙拉酱汁，当然也可以继续炒鸡蛋。在一个干燥的平底锅中烘烤杏仁几分钟，避免烤焦。烤好后冷却几分钟。

2. 将杏仁和大蒜一起磨碎/切碎。加入香草继续研磨/切碎。如果你使用的工具是刀，你可以将切好的所有食材混合到一个碗中。加入芝士、盐，并倒入橄榄油，继续搅拌，直到青酱变成较为松散且可滴落的状态。将其舀到罐子里密封保存。

3. 当你准备制作绿鸡蛋火腿时，你需要先烤面包，将棉布放到面包机或热锅里加热：对于制作炒鸡蛋来说最大的错误便是鸡蛋炒好了面包还没烤（因为鸡蛋很可能在锅里越煎越老）。当面包和火腿都准备好时你便可以开始炒鸡蛋了。

4. 将鸡蛋敲到碗里并用叉子打碎蛋黄，稍微搅拌均匀，不需要过度搅拌。开中火，在锅里加入黄油融化，当黄油冒泡时将火改成最小火。倒入蛋液并用锅铲快速搅拌，直至出现一些凝固的鸡蛋，但旁边还有一些未熟的蛋液。将火关掉，加入两餐勺青酱并继续搅拌，直至鸡蛋处于刚煮熟的状态。

5. 将鸡蛋盛到火腿和吐司上，加点盐和黑胡椒马上食用。

鸡蛋葱豆饭
Kedgeree

"需要来点鸡蛋葱豆饭吗?"

"我吃了。"波莉起身离开桌子。

卡里普索低声说道:"你吃光了?"

《甘菊草地》,玛丽·威斯利

一九七八年九月一个很普通的早上,在托特纳姆的圣安妮医院外,安吉拉坐在黛旁边介绍自己。她们都是第一天来到这家医院,并且都是理疗师。黛是我母亲,她和安吉拉很快就变成了好朋友。十一年后,即使我的父母已经带着我和妹妹露西离开了英国,相隔一万英里的她们仍旧保持着联系。

而现在,当我再次回到英国,安吉拉和她的丈夫克里斯便成了我的监护人。他们会在税务、保险和驾照等方面给我提供各种建议,并且愿意随时给我提供热腾腾的食物与温暖的床铺,而我也总是会第一时间想要将好消息分享给他们。他们的儿子与女儿,汤姆和安娜也变成了我的兄弟姐妹与最好的朋友。

尽管我去过他们家无数次,但是在我搬到哈克尼公寓的前几年,安吉拉和克里斯从未去过我家。那时候我的家里真是堆了太多东西。书架上是满满的图书,厨房里是各种罐子与餐具。为了迎接他们的到来,我非常努力地打扫,希望他们能够认可我的小小公寓。为了让他们高兴,当他们坐在我房间的折叠桌边时,我便开始制作克里斯最喜欢的料理之一,鸡蛋葱豆饭。

我第一次知道鸡蛋葱豆饭是因为威斯利的《甘菊草地》。当母亲跟我解释那是一道什么样的料理时,我厌恶地屏住了呼吸。但现在我变了。如今,适度的香料、鱼片以及柔软的水煮蛋成了我在早晨最期待的东西。我终于理解波莉为什么能吃光整份鸡蛋葱豆饭了,这不仅是克里斯心爱的料理,也成了我心爱的料理。

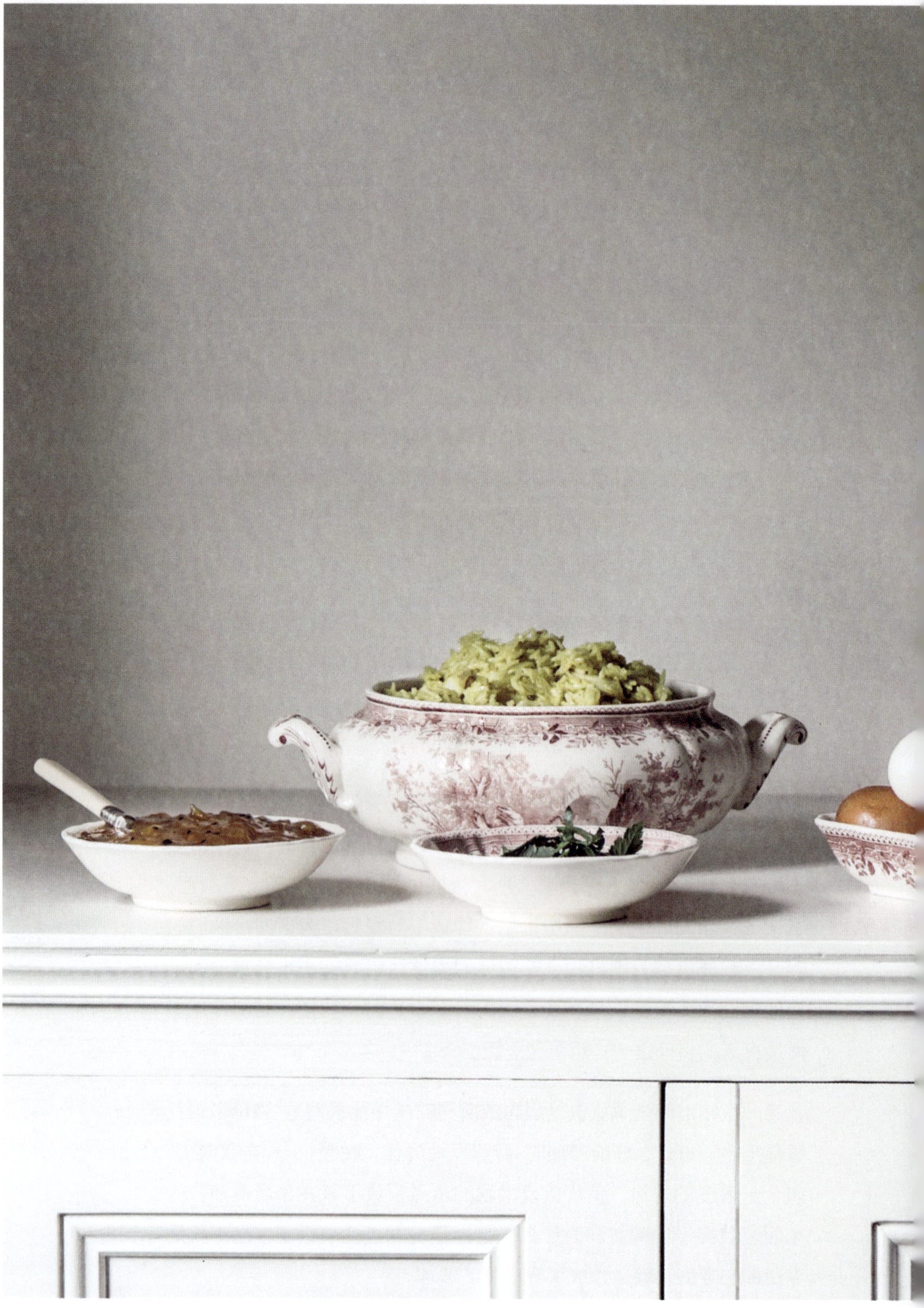

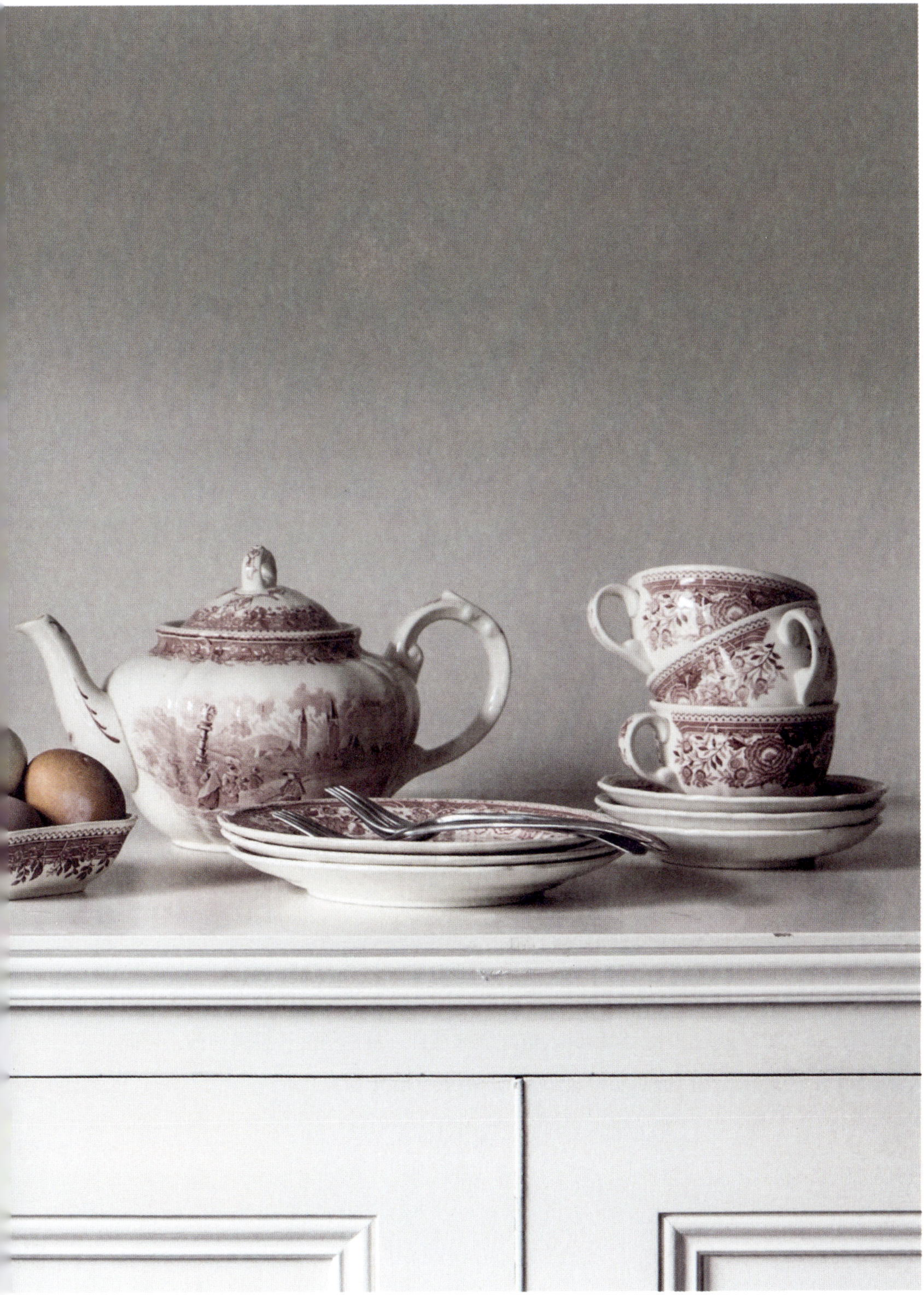

配方

1颗洋葱，切碎

1根小的胡萝卜，切碎

1根芹菜，切碎

5颗黑胡椒

1片月桂叶

300克／10½盎司烟熏黑线鳕鱼

500毫升／17液盎司／满满的2杯水

250克／9盎司／不到1½杯印度香米

30克／1盎司／2餐勺黄油

3颗小的棕色洋葱，切片

2瓣大蒜，切碎

1茶勺姜黄粉

1茶勺孜然粉

1茶勺香菜粉

1茶勺茴香籽

3个捣碎的豆蔻豆荚

180毫升／6液盎司／¾杯奶油

4颗常温鸡蛋

搭配

芒果酸辣酱

欧芹

鸡蛋葱豆饭
Kedgeree

4人份

1. 将处理过的蔬菜、干胡椒、月桂叶与黑线鳕鱼一起放在一个宽底的锅中，倒水并开中火烹煮。煮沸后将火关掉并置于旁边冷却——这样鱼便煮好了。

2. 将米倒进中等大小的炖锅中，用冷水反复冲洗三遍。加入高出米1指节位置的水。盖上盖子煮开，然后转小火焖煮，直至水平面和米平面持平。这大概需要8至10分钟。将火关掉并继续盖着盖子，如果盖子不够贴合可以用茶巾盖着。如此焖个15分钟。

3. 在平底锅里加热融化黄油直至冒泡，放入大蒜和洋葱翻炒至变软且呈半透明状。加入香料再煎2分钟。倒入300毫升／½品脱／1¼杯刚刚煮鱼的水，煮至液体减少一半的量。最后加入奶油煮至浓稠。

4. 同时取一只小锅加入水煮沸。用勺子小心放入鸡蛋，计时6分钟。计时器响后，取出鸡蛋放入冷水里。等鸡蛋冷却后敲碎蛋壳并剥掉它们。利用茶勺撕掉鸡蛋的薄膜，完整地去除蛋壳。

5. 将米饭倒入酱汁中搅拌，确保每粒米都能均匀地裹上酱汁。然后倒入鱼片继续搅拌。最后搭配芒果酸辣酱、切碎的欧芹和去壳切片的鸡蛋一起食用。

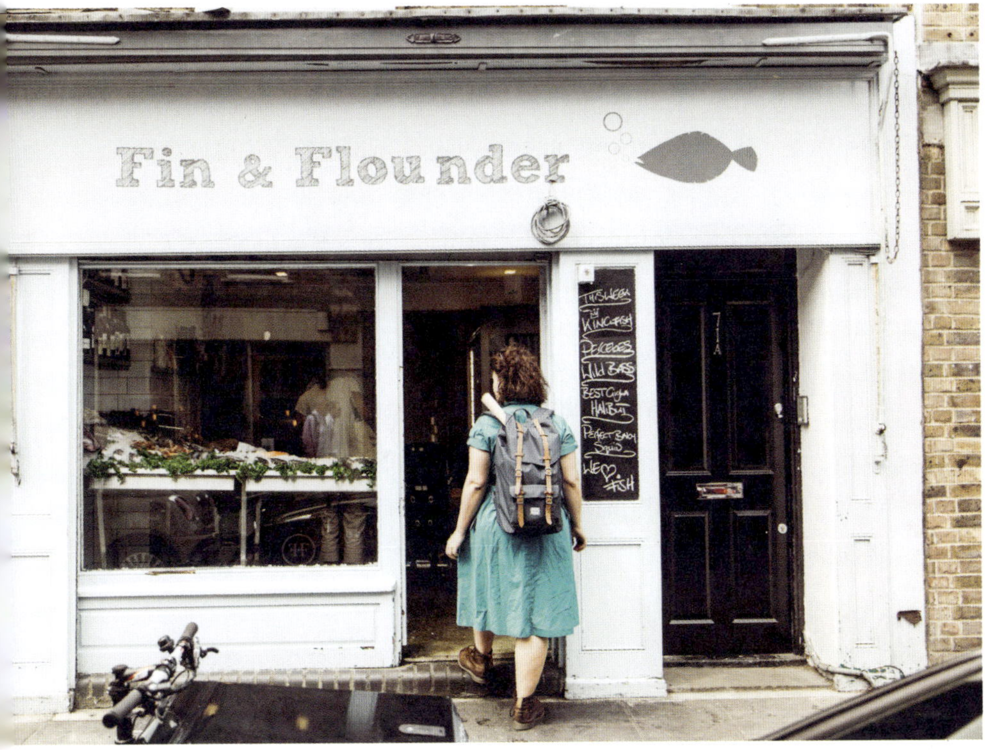
Fin & Flounder

焗豆
Baked Beans

玛丽一整天都在忙碌着,为圣诞节制作料理。她烤制了自然发酵的面包和黑麦面包以及瑞典脆饼,还有一大锅搭配咸肉和糖浆的焗豆。

《大森林里的小木屋》,劳拉·英格尔斯·怀尔德

我在无数种场合里吃过无数次焗豆。童年时期我吃了无数焗豆罐头,我会在早晨搭配便宜的小香肠一起吃,也会夹在烤三明治里或者搭配芝士粉放在吐司上食用。当我看到尼基尔·斯拉特(在他的《厨房日记》里)承认自己对于各种罐头的喜爱之时,我便决定好好珍惜它们,我觉得自己离不开这些罐头并且总是想用各种方法让它们变得特别一些(如使用硬质车达奶酪、芥末籽、伍斯特酱、一点塔巴斯科特辣酱做搭配)。虽然这不值得骄傲,但说实话,我经常在剧院一边观看三个小时的话剧,一边考虑回家后要往橱柜的焗豆罐头里加些什么。

英格尔斯·怀尔德自传中描述的美国生活里所出现的豆子和我们熟悉的豆子并不同。他提到的焗豆搭配了糖浆和一些腌猪肉,充满浓郁且丰富的口感。如果你喜欢的话也可以选择干豆子和新鲜番茄,但罐头真的超级方便,可以让你在三十分钟内迅速上菜。

我不曾在圣诞节早上为了吃豆子而那么折腾。但没准今年就会这么做。之前我就受到了玛丽的启发,在前一个晚上煮豆子。等到圣诞节那一天,当所有人都在袜子里掏圣诞礼物的时候我便可以将一大锅豆子放在炉灶上加热,这对于寒冷的十二月早晨来说真的会是很棒的早餐。

焗豆
Baked Beans

至少可以供应4人份的早餐

1. 如果你选择使用意大利腌肉，先在平底锅里煎制它们直至烟肉变得很脆，盛出待用，锅里的油不要倒掉。而如果你没有腌肉，也可以直接在锅里倒油并加热。

2. 往锅里加入切粒的洋葱中火加热，炒到变软，确保不要炒焦。加入切碎的大蒜再炒几分钟。

3. 加入番茄罐头，百里香枝叶，切碎的辣椒，芥末酱和糖浆。小火焖煮20分钟。

4. 倒入白芸豆罐头并搅拌。如果你使用的是腌肉，这时候可以将它们加入锅中。再煮10分钟，尝尝味道并使用盐和胡椒调味。搭配吐司一起吃。

配方

150克／5½盎司切小块的腌肉（可选择的）

1餐勺植物油（如果你没有使用腌肉的话）

1颗洋葱，切碎

2瓣大蒜，切碎

2份400克／14盎司的番茄罐头

3枝百里香

1个辣椒，去籽并切碎

1餐勺芥末酱

2餐勺黑糖浆

2份400克／14盎司的白芸豆罐头

盐和胡椒

34

米饭、味噌汤、渍菜和鸡蛋
Rice, Miso, Picles, Egg

在路上，我遇到一家咖啡店，在里面吃了米饭、味噌汤、渍菜和煎蛋作为早餐。

《挪威的森林》，村上春树

我觉得渍菜的存在能让所有料理变得更完美，于是我想到了这道早餐。在我的冰箱里，渍菜无法久留，因为一旦我打开了一瓶酸黄瓜，我总是会情不自禁地频繁打开冰箱，直至吃光它并再开一瓶。

过去几年里，我经常会将吃剩的黄瓜、萝卜、甜菜根做成鲜艳的渍菜去装点我的冰箱或橱柜。我也总是会收集一些不同的醋，不一样的醋能赋予渍菜不一样的灵魂。

很多渍菜都需要花很多工夫准备，你需要煮蔬菜，消毒瓶子，并腌渍几周时间。虽然这是我喜欢的仪式感，但有些时候我并不喜欢这种缓慢的过程，我喜欢的是渍菜带来的清脆甜蜜的食感。所以大多数情况下我更喜欢做快手渍菜：使用那些本身具有清脆口感的蔬菜，让它们在你准备其他料理的短暂时间里吸收一些盐、糖和醋。

这是一道能够唤醒你的早餐，拥有明亮的色彩、清脆的口感与诱人的味道。这对于即将开始忙碌一天的我来说具有很大的鼓舞作用。

配方

2片昆布（海带）

750毫升／1¼品脱／3¼杯水

2餐勺白味噌酱

一小撮盐

100克／3½盎司嫩豆腐

味噌汤
Miso Soup

4人份

1. 在锅里放入海带并加水，以小火加热，并不时搅拌。当水煮沸后取出海带。

2. 将海带高汤熬煮几分钟后关火。放入味噌并不断搅拌至融化。尝尝味道，加点盐调味。

3. 将豆腐切成小块加入热汤中。马上就可以食用了。*

*这是一款非常基础的高汤。如果你想要尝试不同的味道，也可以将海带换成蘑菇、鸡肉或其他你所拥有的食材。你也可以在加味噌酱之前加入一把木鱼花，我为非素食的食客制作这道料理时便经常这么做。

配方

米饭

100克／3½盎司／满满的½杯寿司米

125毫升／4¼盎司冷水

2餐勺寿司醋

1茶勺味淋

1茶勺精细白砂糖

渍菜

1根黄瓜

10个小萝卜

1餐勺片状海盐／粗粒盐

白胡椒

150毫升／5液盎司／⅔杯寿司醋

米饭、渍菜和鸡蛋
Rice, Pickles, Egg

4人份

1. 用冷水冲洗大米4次，滤干并加入适量水，随后先去制作渍菜让大米在水中静置半个小时。

2. 开始制作渍菜。将蔬菜切成你喜欢的厚度：越薄越容易入味。我习惯用刨丝器去处理黄瓜，这样会更好夹起，并且我总是会将萝卜四等分，如此能更好地保留它的清脆口感。

3. 将海盐、细砂糖、白胡椒和醋装进一个小碗里，搅拌至糖和盐全部融化。将这碗酱料平分到两个碗中，分别在里面加入黄瓜和萝卜，静置至米饭煮好。

4. 这时候可以煮米饭了。先将米和水煮沸，马上调小火进行慢煮。盖着盖子煮10分钟，直至锅里的水位降至大米的位置。如果你需要检查水位记得打开盖子的缝隙一定要够小，如此才能避免蒸汽跑掉。

5. 将米饭从炉灶上移开并盖着盖子继续焖10分钟。

6. 同时可以将醋，味淋和糖倒入小锅里慢炖，用非常小的火进行保温。记住一定不要煮干或让它们变少。

7. 将米饭盛出铺平。将前面做好的糖醋混合液倒在米饭上并将米饭翻过来，记住不要将米饭压得太实。将米饭盛到碗里。

8. 现在来做煎蛋。在小煎锅里加入芝麻油至冒烟，这时候的油温真的会很高，一定要小心。将鸡蛋打到玻璃杯中并小心放入热油里，然后你需要迅速后退。当你看到蛋白四周变得酥脆便可以将火关掉，将鸡蛋从平底锅滑至米饭上。搭配渍菜一起食用。

煎蛋
2餐勺芝麻油
4颗鸡蛋

工具
刨丝器或蔬菜削皮器

咖喱鸡
Curried Chicken

福尔摩斯打开一碟咖喱鸡说道:"哈德森太太太厉害了。她的料理虽然有点局限,但作为苏格兰女人她总是能想出一些优秀的早餐。华生你吃的是什么?"

《海军协定的冒险》,选自《福尔摩斯历险记》,阿瑟·柯南·道尔

我最喜欢的小学老师是莫伊尼汉先生。我可能需要先对其他老师说声抱歉(他们中的很多人也很优秀),但是,莫伊尼汉先生真的非常棒。除了各种逻辑问题和代数知识外,他还会在课上给我们讲夏洛克·福尔摩斯的故事,并鼓励我们先于这位名侦探去解决问题,虽然我们只成功过一次——斑点带子案,而且我觉得,是因为老师给了我们一些重要线索,我们才会成功的。我们也因此获得了非常棒的奖励:一场披萨盛宴。大家都为此兴奋不已。

在那之后,每当我在努力解决柯南·道尔给出的难题时,我都会想起最初接触这类谜题的记忆,或者想起有那么一位优秀的老师给我们讲了这些有趣的故事。我会反复去看柯南·道尔的故事,即使我已经知道那些谜题的真相。它们都很出色。我也非常喜欢那些早餐桌上的场景,那里总是有哈德森太太准备的一些料理。

这道咖喱的灵感来源是比顿夫人,制作时间只需要三十分钟左右。这里用到的香料和本书中其他咖喱的香料有点不同,口味会偏甜一些且更适合在早餐食用。如果你在前一天晚上先做好它,你只需要在隔天早上食用前从冰箱取出,并且无需加热。

咖喱鸡
Curried Chicken
4人份

1. 选择一把非常锋利的刀将鸡腿穿过骨头切成两半。切2颗洋葱将它们铺在炖锅底部，在上面摆上鸡腿。

2. 倒入高汤，开中火慢煮。炖煮30分钟后用少许胡椒和盐调味。

3. 当鸡肉煮了10分钟左右，用研磨棒和臼将芫荽籽磨成粉。削掉姜皮，将其切成大块，加入芫荽中继续捣成糊状。加入肉桂、丁香、小豆蔻和辣椒粉拌匀。

4. 将第三个洋葱切片。在一个较大的平底锅中加入一茶勺酥油，待其融化后加入切好的洋葱。煎至洋葱变软呈半透明状，一定要不断翻炒避免洋葱焦掉。加入做好的香料糊并煮几分钟。将洗好的鹰嘴豆加入。

5. 在另一个平底锅中放入剩下的酥油。从炖锅中取出鸡肉放入酥油中，皮朝下，以中火煎至。将鸡汤过滤到香料洋葱混合物中熬煮，煮至所有的液体减半。

6. 吃之前先舀些洋葱和鹰嘴豆到碟子上，摆上鸡肉。搭配一些酸奶、米饭或煎面包一起吃。

配方

4根鸡腿

3颗大的棕色洋葱

300毫升／10液盎司／1¼杯鸡汤

压碎的黑胡椒和一小撮盐

1餐勺芫荽籽

2.5厘米长的姜

¼茶勺肉桂粉

¼茶勺丁香

¼茶勺豆蔻粉

¼茶勺辣椒粉

25克／1盎司／2餐勺酥油

200克／7盎司鹰嘴豆罐头

工具

研磨棒和臼

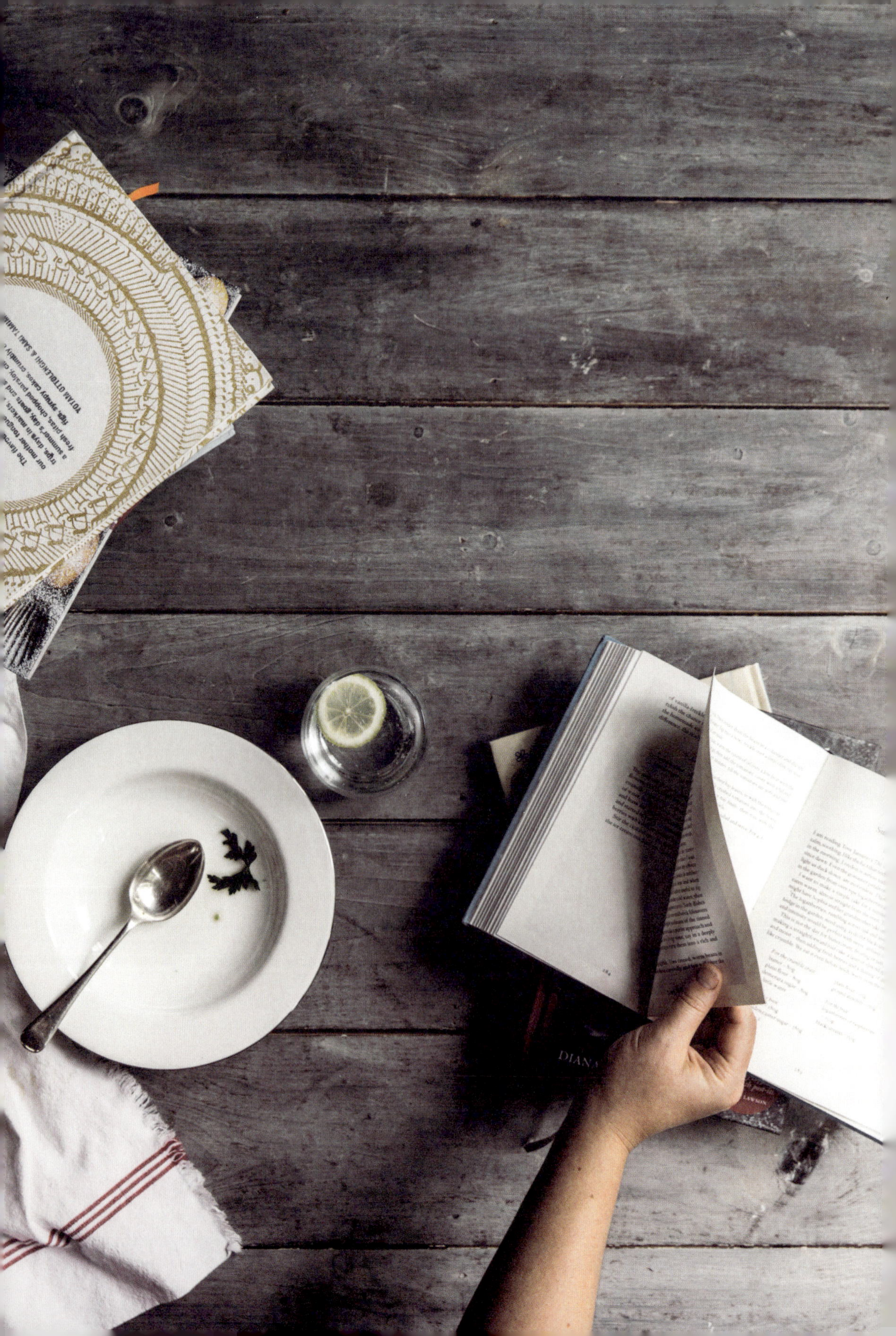
DIANA

中 午
around noon

中午

我的母亲真的很擅长做便当。我觉得如果没有她做的那些便当，我的学校生活会辛苦很多。是她准备的三明治、咸派和沙拉盒帮我度过漫长的早间课程。在我妹妹露西的单身派对上，她的一个同学告诉我，露西经常会用母亲制作的午餐去交换糖果店里的派。知道这件事后我真的很震惊。因为我从未想过会有比母亲制作的沙拉三明治更棒的午餐（母亲甚至会把甜菜根和番茄单独包装好，避免面包变湿）。

当我搬到伦敦并开始在剧院工作时，我更加需要便当了。因为收入不多的我不会愿意花费四镑去购买一个难吃的三明治。我会利用周末晚上分别制作汤、辣椒、鸡蛋葱豆饭、咖喱或意式烘蛋去帮助自己度过那些忙碌的工作时间。有时候同事也会准备好便当，我们便会选择在能晒到太阳的公园里或屋顶上慢慢享用午餐。但现实是，或者说更多情况下，我会面对掉满键盘的食物碎屑，或者不得不为了工作而只花费十分钟时间匆忙吃掉午餐。

而现在，变成自由职业者的我重新找到了享受午餐的乐趣，特别是我在为了撰写这本书或专栏而测试食谱的时候，或者尝试鸡蛋牛油果吐司的不同组合时。我知道这很奢侈，但这的确是让我们放下电脑，拿本书去享受专属时间的美妙机会。

43

一条面包、胡椒、醋和生蚝
A Loaf of Bread, Pepper, Vinegar & Oysters

"一条面包,"海象说道,
"是必不可少,
配上胡椒和醋,
那就十分美妙——
现在,如果你准备好了,亲爱的,还有生蚝,
我们可以吃到饱。"

《爱丽丝镜中奇遇记》,刘易斯·卡罗尔

很长一段时间我都以为自己不喜欢生蚝,因为我母亲不喜欢。二十一岁的时候我第一次尝试了生蚝,我不知道该怎么吃。我是应该用咬的还是直接吞掉?我该如何将它们从壳里取出?虽然我对食物总是很自信,但在生蚝面前我败下了阵。我朋友也说他们和我的感受是一样的。虽然如此,我不得不承认,生蚝真的太美味了。

在第一次尝试生蚝后,我成了生蚝狂热者。我吃过数百次生蚝吧:有时候是在我家附近酒吧的"欢乐时刻"(指酒吧间或餐厅饮料减价、餐前小吃免费供应的那一段时间)吃生蚝(只卖一镑);有时候是站在伦敦渔市场里湿答答的地上直接吃;有时候是在诺曼底的周末市集吃用泡沫塑料托盘装着的生蚝;或者在我家的厨房里,用我的茶勺作为工具挖出来直接吃掉。最让我印象深刻的是我和朋友尼克在一个十一月的晚上在一家法式酒馆里喝着红酒吃掉几打生蚝。它们真的非常新鲜,我们搭配着柠檬汁、充满嚼劲的黑面包以及有盐黄油一起吃。

我最喜欢的生蚝吃法是:挤点柠檬汁,滴几滴上好的醋(或油醋汁),并搭配面包和黄油。从壳中取出生蚝,将其放入嘴里,咀嚼并吞下去。人间美味。

生蚝、黑面包和油醋
Oysters, Brown Bread and Vinaigrette

作为前菜是4人份，作为午餐是2人份，作为晚宴是1人份

1. 首先制作面包。在水里倒入酵母粉搅拌至融化。加入糖浆。静置10分钟至表面出现气泡。

2. 将面粉和盐倒入搅拌盆中。加入水和酵母粉混合液，用手将其揉合在一起。当它们完全融合后盖上湿毛巾，发酵一个小时。

3. 一个小时后取出面团再揉捏几分钟。这时候你会发现面团变得更加光滑，但是这款面团并不会像白面粉所做的面团那样光滑有弹性。将面团重新放到盆里，盖上毛巾再静置一个小时。

4. 在磨具底部和四周都刷上油，案板上也刷点油。取出面团并挤压出空气，将其整成长方形状：将四周拉到中间，捏紧，并翻转过来，将四周揉至光滑。将面团移至模具中，接缝处朝下。再次盖上毛巾进行发酵，直至你按压的时候面团能够反弹回去——温暖的日子需要发酵30分钟，但我保守地建议你预留1个小时的发酵时间。

5. 预热烤箱至200摄氏度／400华氏度／第6档。在将面团送进烤箱前在表面中间位置划一刀。烤制45分钟，在烤了30分钟后将面包从模具中取出再放回烤箱中，这样可以保证面包的四周和底部也能够均匀上色。

6. 现在来准备油醋，在切碎的葱中倒入苹果醋和现磨胡椒。放入冰箱30分钟。然后取出倒入罐子里，加入油用力摇晃。

7. 在每个生蚝上都舀些油醋，搭配切片面包和黄油一起吃。

配方

面包

20克／¾盎司／1餐勺满满的天然酵母

400毫升／14液盎司／1¾杯接近体温的水

1餐勺糖浆

260克／9¼盎司高筋白面粉

260克／9¼盎司高筋全麦面粉

1茶勺盐

模具，刷上没有味道的油

油醋

1颗小红葱头，切碎

2餐勺苹果醋

1餐勺菜籽油

黑胡椒

以及

12个处理好的生蚝*

黄油（用来涂面包）

工具

900克／2磅的面包模具

罐子（用于摇晃油醋）

锋利的刀——专门处理生蚝的刀最好

*处理生蚝的方法：需要用刀刃找到生蚝两扇壳之间的连接点，然后扭转刀身直至打开壳。确保弧度较大的壳在下面，如此打开生蚝后才能盛住更多的汁液。在生蚝肉下方滑动你的刀或叉子去切断肉与壳的连接。

野蒜和土豆沙拉
Wild Garlic & Potato Salad

派伯能够闻到草地上野蒜和洋葱的香气,所以她收获满满地回家了,她将用野蒜和野洋葱去制作土豆料理。有些时候我会很乐意用整个英国的未来去换取一罐蛋黄酱,但不幸的是这种机会从未出现过。

《我将如何生存》,梅格·罗索夫

每到四月我都会外出寻找野蒜。我喜欢去寻觅它们那飘荡在乡间小道上的醉人香气。因为阳光充足,在欧洲的很多树下都能找到野蒜的生长踪影。对我来说,摘下大把野蒜去制作青酱或加入汤里和沙拉中,就和水仙花的绽放与鸟儿放声歌唱一样,预示着春天的到来。

我第一次吃野蒜是在格洛斯特郡的斯特劳德,和一群朋友一起。那里的野蒜和山葵、洋葱一起,沿着运河生长着。在五月份的某个周六,我们一起采摘了这三种食材。回到家后,我们在阳光充足的露台上将这些绿叶与刚煮熟、还温热的土豆拌在了一起。因为战争肆虐,《我将如何生存》中的女孩们不得不去储存这些食物。与她们不同,我们可以加入大量的蛋黄酱并大口地吃掉这些食物。

野蒜和土豆沙拉
Wild Garlic & Potato Salad

4人份（作为配菜）

1. 先做蛋黄酱，将蛋黄放入碗中。搅拌几分钟直至出现泡沫。加入1茶勺醋并再次搅拌直至它们融合在一起。

2. 分多次滴入油，每次一滴，持续搅拌。这时候你的注意力一定要放在油上而不是碗里。因为一不小心你可能会倒很多油进去，相信我。

3. 继续搅拌直至所有的混合物变得像浓稠的奶油一般。到这个阶段你便可以一次多倒点油，差不多每次1茶勺。当你只剩下2餐勺油时，加入剩下的醋。继续搅拌。这时候的混合物应该足够浓稠达到可涂抹的状态。如果还不是这样，你可以继续加入额外的油。

4. 这时候尝尝你做的蛋黄酱并加入芥末、胡椒和盐调味，然后放一旁待用。

5. 清洗土豆。如果你的土豆大小不均，你可以将那些大的对半切开以确保它们大小均匀。将土豆放入锅里加入水煮开。煮至土豆变软即可。

6. 在煮土豆的同时你可以先切野蒜叶。将切好的野蒜和2餐勺蛋黄酱以及法式酸奶油一起放入碗里。取出煮好的土豆滤干水分，这时候的土豆还是热的，将它们与碗里的调料拌匀。用盐和大量的胡椒调味。

配方

蛋黄酱

1颗蛋黄

2茶勺苹果醋

150毫升／5液盎司／⅔杯上好的菜籽油

1/4茶勺英式芥末酱

盐和胡椒

沙拉

400克／14盎司小颗的土豆

50克／不到2盎司新鲜采摘的野蒜/野韭菜*

2餐勺法式酸奶油

盐和胡椒

*过季后很难找到这种食材。这时候可以捣碎3瓣大蒜，将大蒜和油一起加热5分钟，离火冷却，捞出大蒜并用剩下的蒜油去制作蛋黄酱。在沙拉上加些切碎的香葱或小葱便可。

48

蟹肉牛油果沙拉
Crab & Avocado Salad

妇女节的宴会桌上整齐地摆放着对半切开的黄绿色牛油果，里面被蟹肉和蛋黄酱填满着。

《钟形罩》，西尔维娅·普拉斯

我成长于二十世纪九十年代女权运动兴起的时期：不管是我的家庭、我所上的女校，还是当时的辣妹组合，都鼓舞着我去实现更大的梦想。那时候的我从不知道女性之前所遭受过的不平等待遇，不知道在很多地方还存在着这种情况。所以，我在青少年时期第一次阅读《钟形罩》时真的非常吃惊。我突然意识到要不是身边那些无形力量的支持，我肯定不会像现在这般勇往无前。

父亲的邻居罗杰便是其中的一股力量。我和妹妹经常会在晚上和假期的时候去找他，我们一起坐在他房间的地板上，吃外带披萨和可乐（这些都是我们很少会在家里吃到的东西），看《鳄鱼邓迪》，并一起规划我们的未来。但是，在我上大学的时候他便去世了，所以他看不到我们走到规划中的哪一步了。

我经常会想起罗杰，并且超级希望他能看到我和露西现在的生活。我也经常会想起我们一起待在我父亲屋后的露台中，罗杰喝着冰桶里拿出的啤酒，跟我们讲关于沙蟹和泥蟹的笑话。在此我并不打算细说他所讲的故事了，但值得一提的是，我们的昆士兰州的确是他所提到的两种螃蟹的家乡。我们的家人和朋友都会花很长的时间去处理这些螃蟹。我也曾在某个夏天的下午和他们一起认真地将蟹肉从它们红色的外壳中取出。正是这一经历让我对餐桌上出现的每一点蟹肉都感激不已。我喜欢将蟹肉搭配柠檬或白面包一起吃，但我在这里将分享的沙拉也是值得你们去尝试的特别料理。

配方

蛋黄酱

1个蛋黄

1茶勺柠檬汁

½茶勺英式芥末酱

盐和胡椒

150毫升／5液盎司／⅔杯橄榄油

沙拉

1只较大的面包蟹（约1.5千克／3¼磅）

或200克／70盎司煮好的蟹肉

1根切碎的青葱／小葱

1餐勺扁叶欧芹，切碎

1餐勺莳萝，切碎

2餐勺原味酸奶

盐和胡椒

以及

1颗牛油果

足够的柠檬汁

工具

锤子和钳子

蟹肉牛油果沙拉
Crab & Avocado Salad

2人份（作为丰盛的前菜）

1. 先制作蛋黄酱。搅拌蛋黄直至其变得浓稠顺滑。加入柠檬汁和芥末以及一小撮盐和胡椒。慢慢往蛋黄中加油，持续搅拌。一定要认真盯着油而不是蛋黄酱，避免一下子倒太多油进去。即你需要每隔几秒倒几滴进去。一旦你的蛋黄酱开始变得浓稠了，你便可以更频繁地倒入油。继续搅拌直至你用掉大部分油并且蛋黄酱已经足够浓稠。

2. 将螃蟹倒置在案板上。为了挖出白色的蟹肉你需要拧段蟹脚并剥除身体部分。你可以用钳子敲碎蟹壳去取出蟹肉。蟹脚中有很多肉，你可以敲碎它们并用较细的叉子挖出里面的蟹肉。

3. 将蟹肉与切碎的香葱、欧芹和莳萝放在碗里，加1餐勺蛋黄酱和酸奶，并适当调味。

4. 对半切开牛油果，去核去皮。在弯曲的那一面横着切一小刀让它们能够平稳地站在碟子上。舀一大勺蟹肉混合物到牛油果中间的凹陷处。在上面挤点柠檬汁就可以了（可以搭配马提尼）。

建议：在这个食谱中你并不需要用到螃蟹的蟹膏，但如果要取出蟹膏，你需要学会处理螃蟹的身体。将大拇指放在螃蟹中间位置下方并往上顶。这时候螃蟹的身体便会暴露出来。可以将里面白色的腮丢掉并取出蟹膏。如果还有剩下的蟹肉沙拉没吃完，可以将蟹膏混合在里面，并加更多的蛋黄酱。可以将其与牛油果一起放在吐司上面吃。我在拍摄日很喜欢将剩下的食材拼凑在一起制作这道料理。

土豆韭葱汤搭配黑麦面包
Potato & Leek Soup with Rye Bread

奇怪的是，莉赛尔很喜欢霍尔茨扎菲尔创造的让她分心的时刻。现在周三也是阅读时间，他们已经读完了删减版的《吹口哨的人》，并将进入《携梦者》。而那个老妇人有时候会准备一些茶或端上一些汤，莉赛尔觉得这些汤比她母亲做的更加好喝。因为它们的水分较少。

《偷书贼》，马克斯·苏萨克

直到成年后我才开始读苏萨克的作品。我深刻地记得自己在读到结尾时流下的眼泪，那时候我正坐在前往意大利的飞机上。其实，关于死亡并且以二战德国为背景的故事总是会让人有所感触，具有强大的杀伤力。而当我合上这本书时，我迫切希望获得慰藉。这时候，没有什么能比将面包沾在热汤里更让我觉得温暖的东西了。

当我没有足够的时间、金钱或动力的时候我都会选择煮汤与做面包。这两者的结合对于寒冷的天气实在是非常重要的存在，特别是当你需要穿厚厚的袜子并盖毛毯的时候。这款面包很讨喜，它很有嚼劲并且拥有丰富的口感，带有黑色的外皮。在那本书中，莉赛尔吃过无数次她母亲煮的豆子汤，但很少觉得好吃。我打算在本文和你们分享的做法呢，是可以使用自己种植的蔬菜去制作的汤。

其实这款汤可能比想象中的更加简单，里面的食材你可以随意选择，计量也很随便。为了口感，你需要一台搅拌机或榨汁机，它能让你的汤更加顺滑，如果你使用的是捣碎器或叉子，做出来的汤将会留有蔬菜原有的质地。如果有葛缕子和月桂叶，那自然很好，但如果没有，也可以用孜然或茴香籽替换。这都是可以的。

配方

1茶勺菜籽油

2颗切好的中型棕色洋葱

1根切好的大韭葱

800克／28盎司／1¾磅蜡质土豆，切成2厘米／¾英寸厚

1茶勺葛娄子

2片月桂叶

盐和胡椒

1升／1¾品脱蔬菜高汤

土豆韭葱汤
Potato & Leek Soup

4人份

1. 中火热油，放入切好的洋葱和韭葱炒至变软呈半透明状。加入切小块的土豆、葛娄子、月桂叶和调味料。倒入高汤。

2. 焖煮20分钟后取出月桂叶。使用土豆搅碎棒搅碎土豆块。或者你也可以使用搅拌机，但我觉得霍尔茨扎菲尔应该不会有搅拌机，并且我也更喜欢保留一点颗粒感。

3. 继续焖煮至你喜欢的浓稠度（随着水分的蒸发你的汤也会越来越浓稠），然后搭配面包一起吃。

黑麦面包
Rye Bread

1大条

1. 将面粉和盐倒进搅拌盆，用你的手将它们混合在一起。在量杯中倒入酵母粉和水。用叉子将它们搅拌均匀。静置至表面有轻微气泡。

2. 将酵母倒入面粉中并用手将其混合均匀。加入葛娄子后揉捏10分钟左右，至面团变得光滑有弹性。在揉面团期间尽量不要加入额外的面粉，如果面团实在太黏了，你可以在案板和手上撒些面粉并继续揉捏。揉好后将面团重新放入搅拌盆中，盖上毛巾置于温暖处发酵至两倍大。

3. 1个小时以后，将面团排气。通过拉扯四个角落并折叠回中心位置将其整成圆形。翻过来让接缝处在下面。利用你的手掌将其整成较紧实的圆球，然后放入铺了油纸的烤盘上。撒些面粉继续盖上毛巾，发酵至2倍大。这时候可以先预热烤箱至245摄氏度／475华氏度／第9档。

4. 面团发酵好后将烤盘放入烤箱里，先烤10分钟，然后将温度降至200摄氏度／400华氏度／第6档，再烤35分钟。烤好的面包表面应该是棕色的且当你轻拍底部时会觉得声音有点空洞。让面包自然冷却10分钟后再切片。

配方

400克／14盎司／4杯黑麦面粉

400克／14盎司／3杯高筋面粉

1茶勺盐

20克／¾盎司／满满1餐勺新鲜酵母粉

560毫升／19盎司温水

1餐勺葛娄子

酿茄子
Stuffed Eggplant

早上十一点，当费尔明娜·达萨在厨房里准备着酿茄子时，她听到了劳工的叫喊声、马儿的嘶鸣声、枪的射击声、院子里坚定的步伐声以及一个男人的声音："与其被人催，不如准时到。"

《霍乱时期的爱情》，加西亚·马尔克斯

在准备我的第一场婚礼宴席时，有很多素食朋友跟我说：千万别再给素食者提供蘑菇炖饭了。虽然我很喜欢蘑菇炖饭，但我也能理解他们，毕竟在每一个提供餐食的活动中都会看到这道料理，确实蛮让人厌烦的。所以我们聊到了酿蔬菜，用番茄、辣椒和茄子等蔬菜制作的料理，而我认为茄子会更特别一些。

的确是这样的，要不怎么能在费尔明娜·达萨的餐桌上占据一席之地呢。她结婚前提出了一个条件：她的丈夫不能逼她吃茄子。而我希望这款酿茄子能让她感到惊艳。我在伊斯坦布尔的烹饪课程上学到这道菜；它效仿土耳其的酿茄子（Imam bayildi），尽管具有土耳其风味，却是大多数人都能接受的味道——你也可以使用你所拥有的香草或辣椒调味料。这道菜通常是出现在夏天，因为那时候的番茄具有最迷人的香气，并且夏天的茄子也更加厚实。如果你想在冬天吃这道菜，你可以使用番茄罐头进行制作。

55

{1}

{2}

{3}

{4}

{5}

{6}

酿茄子
Stuffed Eggplant

6人份（分量非常大了）

1. 将茄子放在案板上，看看哪一面更稳，不会滚来滚去。使用一把锋利的小刀从上往下剥出1厘米或3/8英寸宽的茄子皮肉，同样地在旁边剥下宽度一样的茄子皮肉，这样做能让茄子在烹煮的时候可以更好地入味。在被剥下茄肉的位置上手握小刀以45度角划进茄肉1厘米或3/8英寸处。然后转个向在另一边也划进同样的刀口。如此你将能够取出一条长三角形状的茄子肉。将其暂时搁一边，用你的手指将中间位置的茄子肉压到两侧位置。如此你便有填充空间了。其他茄子也按照同样方式处理好。

2. 预热烤箱至160摄氏度／325华氏度／第3档。切片洋葱上撒点盐，用手抓匀，腌制下待其变软。将番茄放到滤网上过滤掉多余的液体，留下番茄汁。

3. 将番茄肉、大蒜、番茄泥、切碎的香草和胡椒加到洋葱里。

4. 将这些内馅塞入每个茄子中，尽量多堆一点。将塞好的茄子摆入烤碗里，如果有内馅掉下来就重新堆上去。将番茄汁与油混合在一起并倒在茄子上。

5. 用锡纸包住烤碗放入烤箱烤80分钟，直至茄子变软。从烤箱拿出冷却。等放凉一些再上桌。

配方

6个中型茄子

1餐勺片状海盐／粗粒盐

5颗棕色洋葱切片

1.5千克／3¼磅番茄，去皮去籽并切好（也可以使用3罐400克／14盎司处理好的番茄罐头）

8瓣切碎的大蒜

5餐勺番茄泥／番茄酱

5餐勺切碎的欧芹

8餐勺／½杯切碎的香菜

2餐勺切碎的细葱

2餐勺瓜斯卡香叶*（可选）

满满的现磨黑胡椒

300毫升／½品脱／1¼杯橄榄油

*瓜斯卡（guasca）是生长在哥伦比亚的一种香草，那里也是费尔明娜·达萨生活的地方。网上可以买到它；这种香草具有独特的香气，能够为这道料理增添一定的风味。如果实在买不到也没关系，还有很多其他的香草能够发挥自己的香气。

烤野鸡
Roasted Pheasant

"当我们可以使用新烤箱去烤野鸡时,你觉得我们是否可以邀请斯宾塞医生和他的夫人与我们共进晚餐?"

《世界冠军丹尼》,罗尔德·达尔

从虚构层面来看,我认为威廉作为一位父亲已经非常好了。丹尼那了不起的父亲让很多人羡慕,他既是一个愿意打破常规的人,也是一个擅长下厨与讲故事的人。

我总是会为威廉和丹尼的深夜狩猎冒险而激动。我会因此想到我们可能在周末下午观看的英国电影里的场景,但这还是有点不同的,因为他们并非穿着花呢外套并将猎枪挂在手臂上去狩猎,他们是父亲与儿子的组合,携带的工具是浸泡过的提子干与一盒安眠药。他们的独创性与难得的勇气最终也获得了回报,就像达尔大多数故事的结局那样。虽然这对父子狩猎的大部分鸟都逃走了,但他们最终还是收获了一些野鸡,并将这些野鸡烤了吃。

烤鸡有一种仪式感;这也是我在厨房中最喜欢做的事之一。不管是烤鸡时散发出的香气,还是因期待着自己想要吃的部位而产生的兴奋感,都让人感到愉悦。野鸡的口感通常都会柴一些,在烤制的时候盖上盖子能够更好地保留鸡肉的水分。你可以搭配一些土豆或蔬菜泥一起吃。我觉得这是我能想到的最棒的周末午餐了,你绝对值得为了烤鸡去入手一台烤箱。

烤野鸡
Pot-Roasted Pheasant

4人份

1. 预热烤箱至200摄氏度／400华氏度／第6档。在锅里用中火融化黄油，用胡椒给野鸡调味并放到黄油中煎至金黄。取出置于一旁待用。

2. 将培根倒入煎过鸡肉的黄油中炒几分钟，然后加入洋葱和温桲。不断翻炒至上色，但不要过脆。加入鼠尾草和多香果与红酒。继续搅拌，随后倒入高汤。根据你所加入的高汤的咸度进行调味。

3. 将野鸡重新放回锅中，并排摆放。盖上盖子将整个锅放入烤箱烤20分钟。然后拿掉盖子再烤10分钟让烤鸡上色。

4. 将烤鸡从锅里取出并盖上锡纸。在此期间可以过滤锅里剩下的东西。留下温桲、培根和洋葱待会摆盘用，并将过滤后的液体以中火加热。煮沸后不断搅拌直至液体熬到只剩一半的量。

5. 在盘子中摆上洋葱、温桲和培根，上面放上烤鸡并搭配熬好的酱汁一起食用。

配方

30克／1盎司／¼根无盐黄油

可立即烤制的野鸡（处理好的）

足量的现磨胡椒

4片培根，切成细条状

1颗大型棕色洋葱，去皮4等分

1颗大的温桲（或2颗中型苹果），去皮切块

2餐勺切碎的鼠尾草

5个多香果

300毫升／½品脱／1¼杯红酒

200毫升／7液盎司鸡汤

盐，用于调味

工具

可进入烤箱的锅，带有盖子，且大小也适合装野鸡

煎比目鱼
Sole Meunière

我先闭上眼睛去感受那诱人的香气。然后我叉了一口鱼肉送进嘴里，慢慢地咀嚼它。比目鱼肉非常轻柔，咀嚼的时候你既能够感受到大海的味道也能够享有褐化黄油所带来的香味。我非常非常缓慢地咀嚼与吞咽。这真的是非常完美的一口鱼肉。

《我的法兰西岁月》，朱莉娅·查尔德和亚列克斯·普吕多姆

我第一次独自出门旅行是在二十六岁。我选择的目的地是巴黎；我之前去过这座城市并且很喜欢那里的食物，我知道自己能在巴黎找到很多可做的事。我先在蒙马特订了一个小小工作室，并在十二月里一个周六的早上整装出发。独自旅行真的很有趣，我可以随时随地吃我想吃的任何东西，并且我都是戴着耳机走路去探索这个城市的每个地方。在巴黎的最后一个晚上，我挑选了朱莉娅·查尔德的自传《我的法兰西岁月》，并买了她所写的土豆韭葱汤的材料回公寓。

与我在本书中提到的其他书籍不同的是，《我的法兰西岁月》并不是一本虚构小说。朱莉娅·查尔德是在三十岁中期才开始接触烹饪，但她一直都是一个美食爱好者。在二十世纪五十年代和丈夫保罗一起搬到法国时，她就深深爱上了那里的人和美食。而这道煎比目鱼便是她到法国做的第一道料理。

我不知道一道料理是否真的能够改变人的一生，但如果是这样的一道菜，我便觉得是可能的。完美烹煮一整条比目鱼并搭配一些简单的酱汁，这是我喜欢的食物类型，能够很好地呈现一道料理所使用的食材并让它发光发亮。在吃过完美料理过的鱼肉、多汁的蔬菜与搭配的罐头后，我便能够感受到这道料理的影响力。我将分享的这道食谱便是源自朱莉娅·查尔德。

煎比目鱼
Sole Meunière
1人份

1. 首先准备一条鱼，将深色面朝上，在靠近鱼尾巴处，沿着垂直鱼脊的方向切一刀，穿透鱼皮。利用刀尖朝着鱼头位置慢慢地剥出鱼皮。当鱼皮大到足够让你抓住时，你可以一手握着鱼皮，一手在鱼肉上抹粗盐。然后用一只手摁住鱼尾，并小心地拉回鱼皮。

2. 将鱼翻转过来，以上面同样的方式处理较浅的这面。之后拍干鱼身上多余的水分并置于一旁开始处理黄油。

3. 为了澄清黄油，你需要以非常小的火融化45克／1½盎司／3餐勺的黄油。用勺子撇去表面的泡沫。将剩下的黄油倒入碗中，静置，然后倒掉底部沉淀的那些白色乳固体。

4. 将面粉倒入一个较浅的碗里，将鱼的两面都沾上面粉。抖落多余的面粉。舀一勺澄清黄油到一个较宽的煎锅中以中火加热（至油温非常热）。

5. 将鱼放入煎锅中煎3分钟，至一面鱼肉呈现金黄色后使用煎鱼锅铲翻面。再煎3分钟。煎好后的比目鱼是，当你按压鱼肉时它会回弹而不是陷下去。将煎好的鱼肉盛出并用盐和胡椒调味。

6. 洗锅并在洗好的锅中加入剩下的澄清黄油。加热黄油至其变成棕色，这时候一定要全程盯紧了。一旦黄油变成杏仁色时便可以将其淋在鱼肉上。随后撒点欧芹并搭配一片柠檬一起上桌。

配方

1条较小的多佛比目鱼（如果你买不到多佛比目鱼也可以使用其他比目鱼），并去除内脏

55克／2盎司／½根无盐黄油

30克／1盎司／3⅔餐勺面粉

盐和胡椒

1把切碎的欧芹

1片柠檬

工具

煎鱼锅铲

辣牛肉酥饼
Thin Pastry with Spiced Beef

女人们开始聚集到基尔伯公园享用午餐，通常都有那个"可耻的侄女"。她们三个人挤在一条较宽的长椅上，阿尔萨娜递给克拉拉一个保温瓶，里面不是牛奶而是柠檬汁。她们打开了一层又一层食物保鲜膜，揭开了今日的惊喜：让人食指大动的面团、来自印度的五颜六色的酥脆甜食、辣牛肉酥饼、洋葱沙拉……

《白牙》，扎迪·史密斯

在搬到伦敦之前，我便对这座城市有很多幻想。我的父母跟我讲过很多他们在这座城市中的故事，包括这里的公园、剧院和餐馆，并且我看过的一些书也描述了许多关于帕丁顿站、肯辛顿公园以及柏蒙西大街的画面。

而在我搬到伦敦后的很多年里，我总是会突然意识到自己正站在我最喜欢的角色们曾经去过的那些地方：我和达洛维夫人一起穿越伦敦市中心，或者我正坐在彼得潘和迷失少年们在踏上寻找梦幻岛之旅前所去过的公园。当我重新去阅读《白牙》时，我非常惊讶地发现，里面描述的辣牛肉酥饼就是我和同事每天在基尔伯公园吃午餐时会吃的东西呀（我想象的是和咖喱角一样的食物）。虽然我一直都很喜欢这本书，但就在那一瞬间，我才突然觉得自己真的认识了这些角色。

我刚搬到伦敦时住在一家印度餐厅楼上。我对他们家的咖喱角印象特别深刻：与我之前做侍应生的那家餐馆提供的硬邦邦的酥饼不同，它们比较小，外面的酥皮很薄很脆。这真的比自己做的更好吃，我自己肯定擀不了那么薄的面皮。虽然我在这道菜里使用的是现成的酥皮，但我觉得吃起来也还行。

63

配方

1餐勺酥油或植物油

2颗棕色洋葱，切碎

2瓣大蒜，切碎

2茶勺孜然粉

1茶勺香菜粉

1茶勺姜黄粉

400克／14盎司牛肉馅／绞碎的牛肉

2颗中等大小的土豆，削皮并切成小方块

60克／2盎司／不到½杯冻豆子

1茶勺片状海盐

10片酥皮

2升／3½杯植物油

牛肉咖喱角
Beef Samosas

大约30个

1. 以中火在煎锅中加热酥油，直至冒泡。加入切好的洋葱炒软至半透明状。加入切碎的大蒜再炒几分钟，保持不断翻炒。加入香料并炒匀。

2. 加入肉馅翻炒至褐色状态，然后加入切成小方块的土豆并煮软。最后加入豆子再煮几分钟。尝尝味道，加少许盐进行调味。将煮好的馅料暂时置于一旁冷却。

3. 将每份酥皮纵向切成三份。在切好的每一条酥皮中放上一餐勺馅料，将底部边缘处沿着对角线对折过去，做成一个三角形。重复这一步骤去加工每一份酥皮。记得在酥皮连接的边缘处涂点水进行黏合。

4. 取一只较深的锅倒入油并加热至180摄氏度／350华氏度。一次放入一定量的咖喱角油炸，记得分开每个咖喱角避免它们都粘在一起。

5. 当咖喱角炸至金黄色时用漏勺捞出并置于厨房用纸上滤油。最后搭配酸奶或薄荷酸辣酱一起吃。

杜松子马提尼和鸡肉三明治
Gin Martini & Chicken Sandwich

西克勒餐厅的双人套餐

1份鸡肉三明治

1杯牛奶

1份蜗牛

1份青蛙腿

1份绿色沙拉

4杯杜松子马提尼

《弗兰妮与祖伊》，J.D.塞林格*

记得小时候，为了不去上学，我和妹妹总会骗母亲说我们病得厉害。而等到我们真的生病的时候，母亲便是我们最完美的护士。她会在沙发上给我们准备好拉绒床单与枕头，旁边会堆一些书籍，录像机里会放《公主新娘》。她还会为我们准备一个铃铛，让我们在紧急情况下更快地呼叫她。而在午餐时分，她会为我们制作白面包鸡肉三明治。

我真的对这些三明治印象深刻。它们是平凡中不平凡的存在；白色的鸡胸肉和超市的白面包非常搭。我决定将来当我的孩子生病的时候，我也要为他们制作这样的三明治。

真希望弗兰妮能在家里的沙发上享用三明治，而不是与她那无趣的男朋友一起吃那顿尴尬的午餐并在厕所中尖叫。在马提尼的帮助下，她还是忍受了那不自然的交谈与不能做自己的痛苦。鸡肉三明治真是很棒的选择，虽然她最终还是没吃掉它。如果是我，在喝掉两杯马提尼并出现焦虑症状的时候，我超希望能够吃个鸡肉三明治。我相信比起蜗牛和青蛙腿，这更适合你的胃（和大脑）。

* 这里没有直接引用那本书。如果你想知道为什么，可以参考乔安娜·拉科夫的《我的塞林格之年》（*My Salinger Year*）。

杜松子马提尼
Gin Martini

1人份

配方

冰块

10毫升／2茶勺干味美思

50毫升／不足2液盎司／不足¼杯金酒（我更偏爱史密斯杜松子酒、约克郡金酒和亨利爵士金酒，但也不排斥用其他金酒制作马提尼）

1颗绿橄榄

工具

马提尼杯

调酒杯（1品脱*容量足矣）或鸡尾酒调制器

*1英制品脱约为568毫升。

1. 加一些冰块和水让你的马提尼杯冰起来。放一旁待用。

2. 将一大把冰块倒进调酒杯中，加入味美斯酒并搅拌。

3. 加入杜松子酒，再次搅拌10秒左右，一定要避免把冰块弄碎（否则你的马提尼味道会被稀释）。

4. 倒掉马提尼杯里的水和冰块并快速擦干。将调酒杯里的马提尼倒进杯子里，再加一颗橄榄，便可以享用了。

注：弗兰妮告诉我们，她很开心自己的马提尼不是20:1的比例，因为她很讨厌"全部都是杜松子酒"。而我和她不同。我喜欢马提尼里只有少量的味美斯，我希望味美斯只是稍微和冰混合便可以倒掉了。如果你也喜欢这样的马提尼，你可以在第二步之后将多余的味美斯倒掉。

鸡肉三明治
Chicken Sandwich

可以制作1个三明治——多余的鸡肉和汤也能帮助你度过寒冷天气

配方

鸡肉

1整只鸡（大约2千克／4.5磅）

2个胡萝卜，不需要削皮

2颗棕色洋葱，去皮

2根芹菜

5瓣大蒜，去皮

拇指大小的姜

一把欧芹根

5个黑胡椒粒

2升／3½品脱／8½杯水

1. 将鸡肉放入较大的炖锅中。大致翻炒下蔬菜、大蒜和姜并加入鸡肉中。加入欧芹根和胡椒粒，随后加水。

2. 以中火煮开后调成小火慢炖，不需要盖盖子，煮1个半小时，如果里面的水变很少（水位比鸡肉低），你可以适当再加点水。这时候你的厨房将弥漫着让你感到温暖的香气。

3. 鸡肉煮好后关火，冷却至不烫手的状态，将鸡肉放到碟子上或碗里待用。

4. 去掉鸡骨头并将鸡肉撕碎。去掉鸡皮不用。

5. 拿出白面包、一些黄油以及处理好的白色鸡肉来制作三明治。如果你觉得生病的时候需要更好的待遇，也可以切掉面包边并将做好的三明治切成4块。最后搭配一杯浓郁的奶茶，或者马提尼（如果你觉得酒对自己有帮助的话）。

注：将煮好的鸡汤倒入容器中并放到冰箱冷藏或冷冻柜保存。需要鸡汤去恢复体力时，取出它并加热，随后倒在新鲜蔬菜和鸡肉上一起食用。

三明治
好吃的白面包
用于涂抹的黄油

布丁香肠
Toad-in-the-Hole

因为对布丁香肠的恶评，奈杰尔今天不能吃学校的晚餐，他说那是"一些流着血的洞口，并且里面根本没有香肠"。

《艾德里安·莫尔的秘密日记,十三又四分之三岁》，苏·汤森

和许多青少年一样，因为在十二岁这个非常敏感的年纪接触了艾德里安·莫尔，我变成了一个高产的日记作者，每隔几周就会写出一篇故事。虽然似乎我每六个月左右就能获得一些很长且较为琐碎的内容，但之后的几周，我就不得不正视一个事实：自己的生活不足以有趣到去完成一本日记。

那些内容当然没太大意义，但青少年时期的我并不知道这个事实。我写的内容都是关于周六舞会中的某个男孩，或者学校露营时帮我揭开帐篷的某个女孩，亦或者我有多讨厌在体育课后和所有人一起换衣服，现在看来那些都是非常典型的青少年日记。而艾德里安·莫尔吸引我们的地方便是其琐碎且平凡的日常。就像布丁香肠和星期日烤肉都是会出现在我们生活中的东西。

我希望你们不会像奈杰尔那样讨厌这道菜。我向你们保证，这道食谱里绝对会有很多香肠，里面有几个洞就有几个香肠，当然还有红色洋葱的汁液。如果你打算做一个小一点的布丁香肠，那就忽略那些香草吧，就像我的保姆每周都会这么跟我要求："不要加那些绿色的东西。"你最好能在刚出炉的时候就享用这道菜，如果搁一会儿再吃，它会很容易回缩。没吃完的香肠可以留到隔天作早餐，搭配一些枫糖浆就更完美了。

搭配洋葱汁的布丁香肠
Toad-in-the-Hole with Onion Gravy

4人份

1. 预热烤箱至200摄氏度／400华氏度／第6档。将面粉倒进碗里，中间挖出个槽，敲入鸡蛋并搅拌。加入盐和牛奶，搅拌至面糊变得顺滑。暂且搁置15分钟，先处理香肠。

2. 锅里放油，加热至冒泡后以中火将香肠煎熟。直至香肠变色并且有些地方皮衣炸裂即可。

3. 在香肠上撒上香草。然后将之前做好的面糊倒在香肠上，此时的锅／烤盘已经非常烫了，会发出噼啪声，你可以用茶巾保护好自己的手避免被烫伤。直接将整个锅放入加热好的烤箱中烤25至30分钟。当面糊膨胀且变得酥脆，呈金棕色后便可取出。

4. 在烤香肠布丁的同时你可以制作洋葱汁。在炖锅中融化黄油，当冒泡时加入洋葱。以中火煮10分钟，至洋葱变软。

5. 加入糖并不断搅拌，直至和黄油融合在一起。倒入伍斯特酱，继续搅拌。倒入面粉并包裹住洋葱。倒入100毫升／3⅓液盎司高汤，继续搅拌直至酱汁变得顺滑。最后加入剩下的液体并煮沸，使用木勺子慢慢搅拌至其变得浓稠。从火上移开待用，使用前再加热下便可。

6. 从烤箱中取出香肠布丁并马上上桌。确保每个人分到的香肠布丁都有边缘较酥脆的那一部分，并淋上足量的洋葱汁。

配方

面糊

120克／4¼盎司／不足1杯的中筋面粉

3颗鸡蛋

一小撮盐

300毫升／½品脱／1¼杯牛奶

香肠

30克／1盎司／2餐勺黄油

1餐勺没有味道的油（或者你用牛肉油脂也可以）

8根较肥的香肠

5根迷迭香（可选择的）

10枝百里香（可选择的）

洋葱汁

15毫升／½盎司／1餐勺黄油（或其他油）

3颗小的红色洋葱，切成半圆形状

1茶勺红糖

2茶勺伍斯特酱

1餐勺中筋面粉

500毫升／17液盎司／2杯满满的牛肉高汤

盐和胡椒

工具

边缘比较高的烤盘，最好也可以放在炉灶上加热

夹子

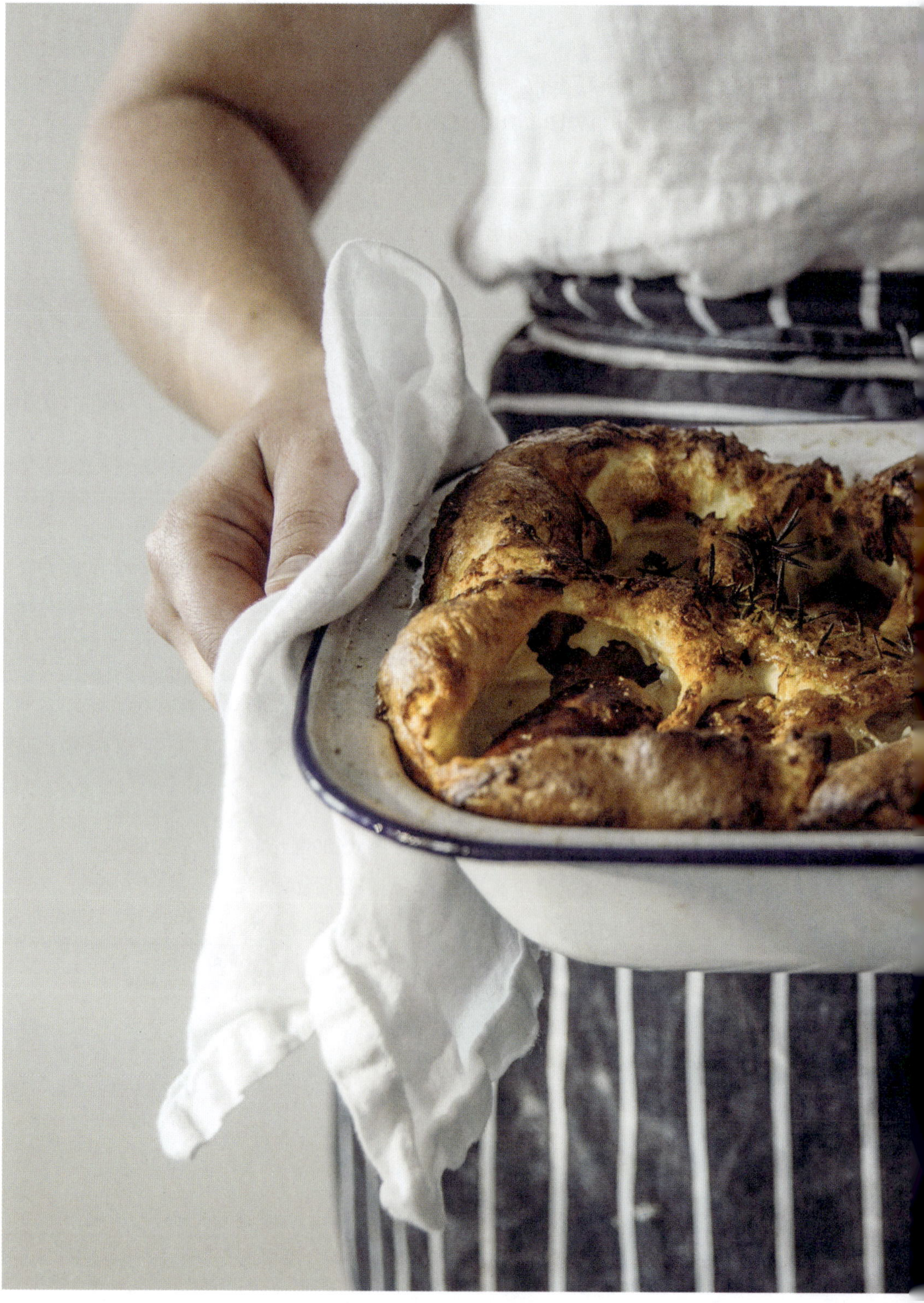

71

五伙伴的农舍早餐
A Farmhouse Lunch for Five

"现在你只能吃我们现成的一些东西了。我今天实在太忙了,没有时间去做饭了。你可以吃些肉馅饼,或者吃一两片火腿和猪舌头,还是你想吃煮熟的鸡蛋和沙拉。谢天谢地,你看起来似乎很开心。我将把所有食物摆在桌上,你可以自己吃。可以吗?虽然没有什么蔬菜,但我会准备一些腌卷心菜以及我自己用醋制作的腌洋葱和甜菜根。"

《五伙伴历险记》,伊妮德·布莱顿

孩童时期我经常被误认成是男孩子。那时的我剪了非常短的头发并总是穿着T恤和短裤到处跑。当我和那个总是喜欢穿蓬蓬裙的可爱小妹妹站在一起的时候,我便能够理解别人的这种误解。而当我读到伊妮德·布赖顿笔下那个也经常被误认成是男孩的女孩乔治时,我便非常兴奋。

不过现在的我比起乔治,更像是里面的安妮。我原本轻视那个待在家里用石楠铺床并为那些外出冒险的人准备晚餐的女孩,而如今,我觉得她以自己微薄的力量去追求梦想的决心非常伟大。她打扫房间与制作料理的能力真是首屈一指。为了看她准备的午餐桌,我愿意不断去翻阅伊妮德·布赖顿的书以寻求灵感,比如用鱼罐头制作的三明治、新鲜水果、姜汁啤酒以及大块大块的蛋糕。

这场午宴是在安妮和迪克经历了约克荒地的漫长秋日徒步与谷仓里的无眠之夜后降临的。吃了一天背包中冰冷的食物后,他们来到了一座农场,终于可以坐下享受一顿丰盛午餐了。不过,故事中描述的肉馅饼是从腌菜旁的餐柜直接拿出来的凉的馅饼,我觉得如果换成温热的牛肉再加点啤酒会更加诱人。

牛排啤酒派
Steak and Ale Pie

5人份

1. 在炖锅中加热一餐勺油。加入牛肉炒至变色后盛到碗中。锅里倒入另一餐勺油，放入切好的胡萝卜和洋葱翻炒。

2. 当蔬菜炒软后重新将肉倒回锅中，并加入面粉，不断搅拌直至面粉均匀地裹住所有食材。烹煮2分钟，持续搅拌，随后加入啤酒和牛肉高汤。将所有香草用绳子绑在一起丢到锅里。加入大量黑胡椒调味。煮开后盖上盖子并转小火慢炖2个小时。

3. 在煮牛肉的同时取一只煎锅以中火煎培根，直至其变成金棕色。将培根取出后在锅里放入黄油，煎好蘑菇，待用。

4. 现在来制作酥皮。揉搓面粉和黄油，直至其变成面包屑的状态。加入一些冰水，然后用手将其聚拢。当它们都凝聚在一起的时候，用保鲜膜包起来放入冰箱冷藏半小时。

5. 当牛肉煮好后，去除香草并用盐调味，随后加入蘑菇和培根。将它们放入冰箱冷却。

6. 从冰箱取出酥皮面团，将三分之二的面团擀成一个较大的圆形。如果天气较为温暖，你的面团可能会非常粘手，你可以将其放在两张保鲜膜中擀开。将面团铺在派盘上，并修补其中的缺口，多余的面团继续挂在派盘边缘。将整个派盘放入冰箱。现在你可以先预热烤箱至200摄氏度／400华氏度／第六档，并放入烤盘进行加热。

7. 牛肉冷却后将其舀到铺着面皮的烤盘中。将剩下的面团也擀平。在底部位置刷点水，并在派盘的边缘处刷点蛋液，将擀平的面团作为"盖子"盖在牛肉上，记得刷过水的那

配方

内馅

2餐勺植物油

600克／1磅又5盎司炖牛排（切成2厘米或¾英寸的方块状）

2根较大的胡萝卜，切丁

1颗大洋葱，切丁

3餐勺中筋面粉

250毫升／8½液盎司／1杯满满的啤酒（如果你能买到约克郡啤酒的话就用约克郡啤酒）

300毫升／½品脱／1¼杯牛肉高汤

3片月桂叶

10枝百里香

大量现磨黑胡椒

150克／5盎司五花培根，切小块

30克／1盎司／2餐勺黄油

150克小型褐菇／栗蘑，4等分

2茶勺海盐

酥皮面团

200克／7盎司／1¾根刚从冰箱中拿出的黄油，切小块

500克／1磅又2盎司／3¾杯中筋面粉

1颗鸡蛋，打匀

工具

绳子

派盘（我的是22厘米／8¾英寸宽的派盘）

配方

500克／1磅又2盎司新鲜甜菜根

一些橄榄油

盐和胡椒

150毫升／5液盎司／⅔杯苹果醋

100克／3½盎司／½杯精白砂糖

5颗丁香

1颗八角茴香

工具

500毫升／17液盎司容量消过毒的瓶子

一面朝下。那些水分将变成蒸汽帮助这片"盖子"吸收肉汁。

8. 修剪额外的面团，并记得按压派盘边缘的面团以确保它们贴合得足够紧。在表面刷上蛋液并使用多出来的面团做点装饰。在派皮表面插些气孔，随后放入烤箱烘烤50分钟至1个小时，直至表面完全上色。烤好后可直接食用。

腌甜菜根
Pickled Beetroot

足以装满一个500毫升／17液盎司的瓶子

1. 预热烤箱至190摄氏度／375华氏度／第5档。将甜菜根去枝、洗净。使用橄榄油、盐和黑胡椒对甜菜根进行调味，并用锡纸将每一个甜菜根单独包裹起来，放入烤盘在烤箱里烤1个小时。

2. 将烤好后的甜菜根先冷却15分钟再打开。在这期间你可以先将醋、糖和辛香料放入炖锅中熬煮。以小火慢炖并不断搅拌，确保糖全部融化。

3. 修剪掉甜菜根的头部与尾部，并剥去它的外皮（这时候应该很好剥了）。将其切成二等分或四等分，尽量确保每一块的大小相近。将切好的甜菜根放入消过毒的瓶子中并倒入煮好的糖醋，没过所有甜菜根。你可以把这瓶腌甜菜根放在冰箱中保存1个月或马上食用。

腌洋葱
Pickled Onions

足以装满一个1升／1夸脱的瓶子

1. 将小洋葱放入搅拌盆中，倒入煮沸的水没过它们。当水冷却到你能将手放入时，取出小洋葱，去掉头尾和外皮。在这一步骤中你可以戴上塑胶手套避免被小洋葱弄脏指甲。

2. 将处理好的小洋葱放入碗里，加盐然后搅拌均匀。盖上盖子放入冰箱一个晚上。

3. 隔天取出小洋葱用水持续冲洗5分钟，一定要完全冲掉盐分，这步不能粗略带过。沥干后倒入消过毒的瓶子里。

4. 将醋、蜂蜜和干胡椒放入炖锅中炖煮，煮好后从灶台上挪开，加入蒜瓣和辣椒，然后将还很烫的醋汁倒入小洋葱中。如果里面有气泡的话记得摇晃一下。确保醋汁能够完全没过小洋葱，如果没有可以再加一点醋。

5. 将腌洋葱放置在阴凉黑暗处保存可以放6个月。一旦开瓶就要放入冰箱保存并在1个月内吃完。

配方

600克／1磅又5盎司小洋葱或体型很小的棕色洋葱

100克／3½杯岩盐

300毫升／½品脱／1¼杯苹果醋

150克／5盎司／½杯蜂蜜

10粒干胡椒

5瓣大蒜，去皮

1个小红辣椒

工具

1升／1夸脱消过毒的瓶子

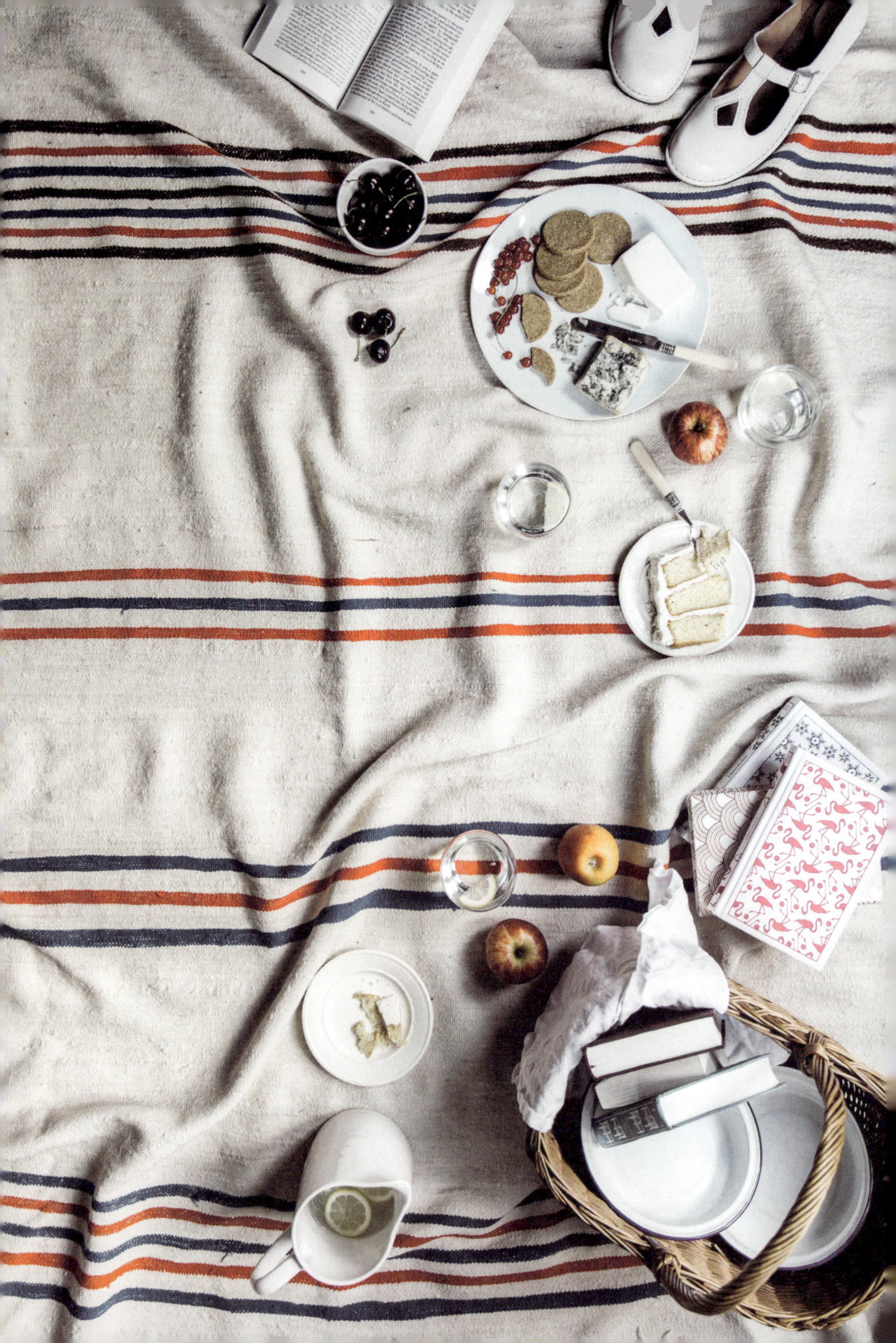

下 午
after noon

下午（茶）
after noon (tea)

下午茶总给人一种仪式感。不像早餐（在我们家是强制性的），也不像午餐（总是出现在学校和工作日）或晚餐（也是强制性的），下午茶是让人开心的加餐时段。我深深记得学生时期的下午茶，在点完名后我们都会冲向小卖部，买撒了鸡粉的热薯条，然后再回合唱团排练。

长大后，我们当中很少有人会真正坐下来享受下午茶时光了。工作时的茶歇不足以烧一壶水，冲泡一壶热茶。而当我们拥有了足够的时间，比如慵懒的周六，和朋友去郊区或在公园举办生日派对，下午茶对我们来说便会是非常有趣的时刻。香气四溢的热茶、有趣的玩伴以及一些美味甜品便是最棒的组合。

当我快二十三岁的时候，我和朋友莉迪亚决定一起办个生日野餐派对。而那个生日也是我们迄今为止度过的最棒的生日之一。那一周我在地铁里摔倒，扭伤了踝关节（那时候我拿着我们需要的所有气泡酒，幸亏它们都没摔碎），我们只能在我又小又窄的厨房里做准备了。我不得不拖着绑了支架的脚去打黄油、擀面团。

隔天，我们带着野餐垫、野餐篮和草帽去了公园，在那里铺开了长长一排食物。我们在那里度过了一整个下午，在一棵大树下迎接我们一波又一波的朋友。整个白天，阳光都很美好。我们有源源不断的饮料和美味的食物。我们都觉得，二〇一〇年五月的这一天在我们的记忆中具有非常重要的分量。这似乎也成为我衡量下午茶的标准了。我在这一章节中写的都是我最喜欢的下午茶料理——如果能重回那一天，我会为那次野餐制作它们。

79

蜂蜜迷迭香蛋糕
Hunny & Rosemary Cakes

"好像不错,"他想着,"我有一瓶蜂蜜,一整瓶装得满满的蜂蜜,它上面写着HUNNY,以便我知道它是蜂蜜。"

《小熊维尼》,A.A. 米尔恩

是《小熊维尼》伴随我长大的。除了精装版《小熊维尼》《小熊维尼角的房子》以及衣柜门上的百亩林身高表,我家还有这些书的盒式磁带,并且都快被听烂了。

几年后,我听到阿兰·本奈特讲述自己的新戏,我整晚沉浸其中。他的声音将我带回了我们开往堪培拉的汽车后座上,在漫长的车程中是维尼、小猪、小毛驴和小兔的故事陪伴着我们,我们的童年也总是和父母一起玩维尼扔树枝的游戏,我们也会直接从瓶子里偷挖出蜂蜜吃。真正见到本奈特时,我依旧没有真实感,因为我不能相信那个为我们读了好几年书的人正和我待在同一个房间里。

我曾经在生日、婚礼宴会以及晚宴中做过这款蜂蜜蛋糕,并且曾在咖啡店卖过它,也经常将它作为礼物送给朋友。它那暗黄色的外表总让人以为里面加了很多姜,很多人会因此退缩,但我真的很爱这款蛋糕。这个配方源自泰莎·基罗丝的《用于制作果酱的苹果》,这本书是我在伦敦最初拥有的食谱,这款蛋糕也是我最初制作的料理。我在此基础上做了一些调整,不变的是浓郁的蜂蜜和香草味。我真的好希望能用小熊维尼的蜂蜜来制作这款蛋糕。

蜂蜜迷迭香蛋糕
Honey and Rosemary Cakes
10个

1. 预热烤箱至180摄氏度／350华氏度／第4档，在麦芬模具中刷点黄油。将剩下的黄油与糖、蜂蜜和1餐勺水放入炖锅中，小火加热，只搅拌一次，直至黄油和糖全部溶化。看起来可能会有点油水分离，但没关系，这是正常的。将其置于一旁待用。

2. 面粉、泡打粉和肉桂粉一起过筛，加入切碎的迷迭香。

3. 当蜂蜜混合物冷却后，放入鸡蛋搅拌均匀。将其倒入干燥的食材中并搅拌，直至混合物变得顺滑。

4. 将这些混合物装入刷了黄油的麦芬模具中，装至2/3即可。放入烤箱烤25分钟左右，将牙签插入蛋糕中心后拔出，如果牙签呈干净状态，则表示蛋糕已烤好。从烤箱取出蛋糕，冷却5分钟后将蛋糕从模具中拿出，转移到烤网上。

5. 搅打奶油奶酪直至它变得轻盈。糖粉过筛，加入到奶油奶酪中，搅拌至顺滑状态。

6. 当蛋糕完全冷却后，使用刮刀将打好的奶油奶酪涂抹在蛋糕上面，再修整一下边缘。

7. 现在来制作迷迭香蜂蜜淋面。将蜂蜜和迷迭香放入炖锅中加水煮沸。蜂蜜开始冒泡时关火，让它吸收迷迭香的味道至少20分钟。将蜂蜜倒入瓶子中——它可以保存数周，除了搭配蛋糕，搭配烤胡萝卜也会非常美味。

8. 食用前，可以用炖锅加热迷迭香蜂蜜并直接淋在蛋糕上。立刻享用吧。

配方

蛋糕

170克／6盎司／1½根黄油

115克／4盎司／满满½杯红糖

175克／6盎司／⅔杯蜂蜜

200克／7盎司／1½杯中筋面粉

1½茶勺泡打粉

½茶勺肉桂粉

1餐勺切碎的迷迭香叶

2颗打散的鸡蛋

糖衣

100克／3½盎司／不足½杯奶油奶酪

300克／10½盎司／满满的2杯糖粉

淋面

150克／5½盎司／满满的½杯蜂蜜

2根迷迭香

工具

较深的12连麦芬模具

刮刀

面包、黄油和蜂蜜
Bread, Butter & Honey

我不认为百万富翁吃的东西能比刚烤好的面包、上好的黄油和蜂蜜更适合配茶。

《我的秘密城堡》，多迪·史密斯

最近我一直在思考"家"的含义。它其实是一种无形的概念，涉及家庭、家庭关系，远远超过砖头和灰泥。在这些年里，被我称作"家"的地方有很多。比如我在昆士兰州长大的那个铁皮房子，那里总是充满悦耳的鸟叫声。还有我们后来和父亲、继母谢丽尔搬进去的那个重新翻修过的教堂，厨房正好处于它的中心位置。在白教堂区一家银行楼上的公寓，我在那里有张电热毯。在哈克尼区画着玉兰花的起居室，那里有好几个堆满书籍的书架。另外一个家庭的顶楼的卧室也是家。在格洛斯特郡一个用科茨沃尔德石头建起来的房子，那里有一大群热情欢迎我的朋友。

作为移民者，生活的奇怪现实是，家会随着地方的改变而改变，离开了一个地方马上又会来到一个新地方。我似乎永远都不能摆脱思乡情绪了，特别是对于那个永远回不去的地方：我所有的朋友都留在那个关于布里斯班的回忆中，我们在那里度过了漫长而美好的时光。现在当我重回那些街道时，我想念的很多场所都已经不复存在。这是一些不可再挽回的东西。当我们去到一些新城市和新街道时，很多感受都会变得不同。

电影《小妇人》中有一个场景总是能引起我的共鸣。路易莎·梅·奥尔科特/乔·薇诺娜·瑞德*觉得："在阅读某些书籍的时候会让自己有回到家的感觉。"我非常了解这种感受，而在我的书架上，能带给我这种感受的书便是《我的秘密城堡》。

当我远离家乡、家人或感到不安时，当我不确定自己可以称作是家的下一个地方是哪里时，只要翻开这本书，我就会立刻感到安心。我熟悉莫特门一家，他们就像是我的老朋友。尽管我的床边有很多未读过的新书，但我每一年都还是会重读这本书。我觉得它就像是做面包和做黄油一样让我感到舒心与亲切。有个民间流传的说法是，搬家的时候，你可以在猫的爪子上抹些黄油，这样猫到了新地方就不会感到那么陌生了。这个方法对于我来说同样奏效。在我最想家的时候，面包和黄油总是能带给我莫大的宽慰。

* 她们分别是《小妇人》的小说作者、主人公和主人公的扮演者。

配方

面包

450克／1磅高筋白面粉

7克／1½茶勺盐

7克／1/4盎司／2½茶勺酵母粉

340毫升／11⅓液盎司常温水

黄油

600毫升／1品脱／不足3杯浓奶油

1茶勺海盐

搭配

蜂蜜

工具

电动搅拌器或搅拌盆（你可以手动搅拌黄油，但这需要花费工夫）

棉布，用于挤压黄油

面包、黄油和蜂蜜
Bread, Butter and Honey

可做出一大条面包和足量黄油

1. 将面粉倒入一个大盆中，在角落处加入盐，并在另一边加入酵母粉。

2. 在粉中倒入常温的水（当你把手放入水里说不出它是冷还是热时，水便处于合适的温度）。用手将它们混合并揉成一个球形。用浸湿的毛巾盖住并置于温暖的地方发酵30分钟至其变成两倍大。

3. 将面团从盆里取出，放在撒了干粉的案板上，揉搓至不再粘手，并且当你按压时它能快速恢复的状态。你可以用拉伸、拍打或折叠等方式去揉面团。

4. 捏紧面团的一端，通过拉伸与折叠将其调整为球状。继续重复这样的方法4遍。将面团翻转并用你的双手将底部拧紧，不断整形以确保面团变成紧实的球形。

5. 在烤盘上撒些干粉，将面团移至烤盘，发酵1个小时。待其变成两倍大并且按压后能够马上恢复的状态。这一过程大概需要20分钟，这时候你可以先预热烤箱至210摄氏度／410华氏度／第6½档。

6. 用锯齿刀在面团上划几刀，将烤盘放入烤箱底层烤40分钟，直至面包变成金棕色，拍打面包底部应该能够听到空洞的声音。

7. 在烤面包的同时你可以制作黄油。将奶油倒入搅拌盆并开始搅打。这需要花费一点时间——在奶油开始分离前你只能不断搅打。最后你将看到在奶油色的液体中漂浮着一些小小的黄色颗粒*。这时候便可以停止搅打了。

8. 你可以用手当滤网，捞出那些黄色颗粒放到碗里的滤网上。收集齐这些颗粒后，在上面撒点盐（根据你的口味进行调味)并将其捏成一团。你可以使用棉布挤出多余的酪乳。最后你得到的便是黄油啦。放入冰箱，让它变硬一点。

9. 切一片烤好的面包，再搭配你做的黄油以及你所拥有的最好吃的蜂蜜，开始享用吧。

*你在制作黄油时剩下的液体便是酪乳，你可以将其装在瓶子里放入冰箱，并在几天内用掉。这其实是一种万能食材，你可以用它制作蛋糕，苏打面包或酪乳松饼。

葡萄干面包
Currant Buns

年迈的兔子夫人拿着篮子和她的雨伞穿过森林去往面包店。她买了一条黑面包和五个葡萄干面包。

《彼得兔的故事》，毕翠克丝·波特

澳大利亚午后的阵雨总是很猛烈，感觉能瞬间刺破你的皮肤，直击骨头。如果在放学时遇到暴雨，我总能轻松地在背包里的书本和运动装备下面找到雨伞，但我很少这么做。相反地，我会脱下鞋子冲进雨里，让雨水淋湿我的脸并在雨中高唱《雨中曲》。我会跳进水坑里跳舞，有时候甚至会绕远路回家。一进家门我便会去冲个热水澡，然后吃个涂满黄油的葡萄干面包，并喝下一杯热茶。

直到现在我还是喜欢在下雨天出门，特别是回来还有热茶、面包和热水澡在等着我的时候。我最喜欢湿润且味道丰富的黑面包。我想这也是彼得兔在麦格雷戈的菜园里偷了一天菜后会想要尝到的味道。

每年复活节，我会用这个菜谱制作中间有面粉糊十字图案的面包，但平时我更喜欢来点朴素的外观。这个食谱源自丹·利伯特，他的《简明甜品书》(*Short and Sweet*) 简直就是一本烘焙圣经。

葡萄干面包
Currant Buns
12个

1. 将苹果酒、酵母粉和黑麦面粉倒入盆中。搅拌均匀，静置30分钟至气泡消失，等待期间你可以往剩下的苹果酒里加点冰块然后喝掉它。

2. 以小火加热奶油、香料混合物和蜂蜜。把混合物从火上移开，往其中打入鸡蛋，倒入苹果酒，加入无籽葡萄干。

3. 将面粉、玉米粉和盐过筛到混合物中，用手将其揉成一个较为黏稠的面团。盖上盖子静置10分钟。

4. 将面团移到案板上（事先刷点没有味道的油，避免过黏），揉捏10至20秒直至面团变得光滑。这步不需要花费太长时间，记住不要揉过头。将面团重新放回盆里，盖上保鲜膜发酵1个小时。

5. 当面团出现明显膨胀时（这里还不需发酵到2倍大），取出它并称重，将其平均分成12团。将每个小面团滚至光滑，放在铺了油纸的烤盘上。每个面团之间留出1厘米或⅜英寸的距离，避免它们发酵后粘在一起。

6. 在烤盘上盖好保鲜膜，等待面团发酵至2倍大（大概需要1个小时）。

7. 当面团快发酵好时，预热烤箱至220摄氏度／425华氏度／第7档。将发酵好的面团放入烤箱烤15至18分钟，直至上色。

8. 取一只小型炖锅制作淋面。倒入糖、水和混合香料加热，当混合物的量减少到一半时关火。

9. 将面包从烤箱中取出，冷却几分钟，然后在面包顶部涂上刚才制作的淋面。可以趁热直接吃，隔天吃前再加热下。

配方

150毫升／5液盎司／⅔杯苹果酒／烈性苹果酒（常温）

7克／¼盎司／2½茶勺酵母粉

75克／2⅔盎司／¾杯黑麦面粉

150毫升／5液盎司／⅔杯浓奶油

4茶勺混合香料／南瓜派香料

50克／3餐勺蜂蜜

2颗鸡蛋

300颗／10¾盎司／2¼杯无籽葡萄干

400克／14盎司／3杯高筋白面粉

25克／不足1液盎司／¼杯玉米淀粉

1茶勺盐

淋面

25克／2餐勺糖

25毫升／5茶勺水

1茶勺混合香料／南瓜派香料

司康
Scones

司康的香气飘荡在整个厨房。在喝第一口茶之前我就吃掉了三个司康。它们香甜酥脆,搭配融化的黄油一起吃非常湿润。

《蝴蝶狮》,麦克·莫波格

我的奶奶是我们家的烘焙师。她的厨房里总是飘荡着来自烤箱的甜蜜香气。在她的冰箱上方的罐子里始终都能看到花生黄油饼干、果酱饼干、安扎克饼和奶油酥饼的身影,为我们的下午茶以及前来接我们回家的父亲提供了各种便利。我们在祖母家度过了无数个假期,我们会在那里玩捡木棒,会在她那美丽的花园里绕着晾衣架转圈圈,也会躲在卧室里吃罐子里的薄荷糖。

我还记得自己曾和她一起烤过东西,尽管次数并不多。我记得祖母做的司康总是非常松软,充满黄油香,并且她都会搭配很美味的果酱。这是理想的下午茶选择,不到二十五分钟就能招来一群人围到餐桌前享用,还会有意料之外的人来敲门。

如果你想要做出口感更轻盈的司康,一定要确保所有食材都处于室温状态,不要过度揉捏面团,一旦将所有食材整合在一起,就要赶紧把它们放入烤箱烘烤。

司康
Scones

12块

1. 预热烤箱至220摄氏度／425华氏度／第7档。在烤盘上铺好油纸。

2. 在盆里混合酪乳、奶油和糖，搅拌至糖融化。在搅拌盆中过筛面粉、泡打粉和小苏打，放入黄油并快速揉搓。

3. 在黄油面粉混合物中倒入酪乳混合物，用金属刀进行搅拌，以避免搅拌过度。当所有混合物都融合在一起时将其倒在撒了干粉的案板上，并在上面撒些面粉。用擀面杖轻轻地将其擀成4厘米或1½英寸的厚度。使用沾了面粉的5厘米或2英寸的饼干模具或玻璃杯垂直压下，获得单个的司康面团。稍微整理一下面团的形状，不要过度揉捏，然后继续压出下一个司康面团，直至全部做完。

4. 将压好的司康放在烤盘上，每个司康之间间隔2厘米或¾英寸（尽管大多数司康是向上膨胀的），并在表面刷上蛋液。

5. 放入烤箱烤12至15分钟，等司康膨胀并上色后取出。你可以搭配黄油或树莓果酱趁热食用。

配方

250毫升／8½液盎司／满满1杯酪乳

25毫升／5茶勺浓奶油

2餐勺精细白砂糖

400克／14盎司／3杯中筋面粉

4茶勺泡打粉

½茶勺小苏打

50克／不足2盎司／3½餐勺软化的黄油

1颗打散的鸡蛋（用于刷在司康表面）

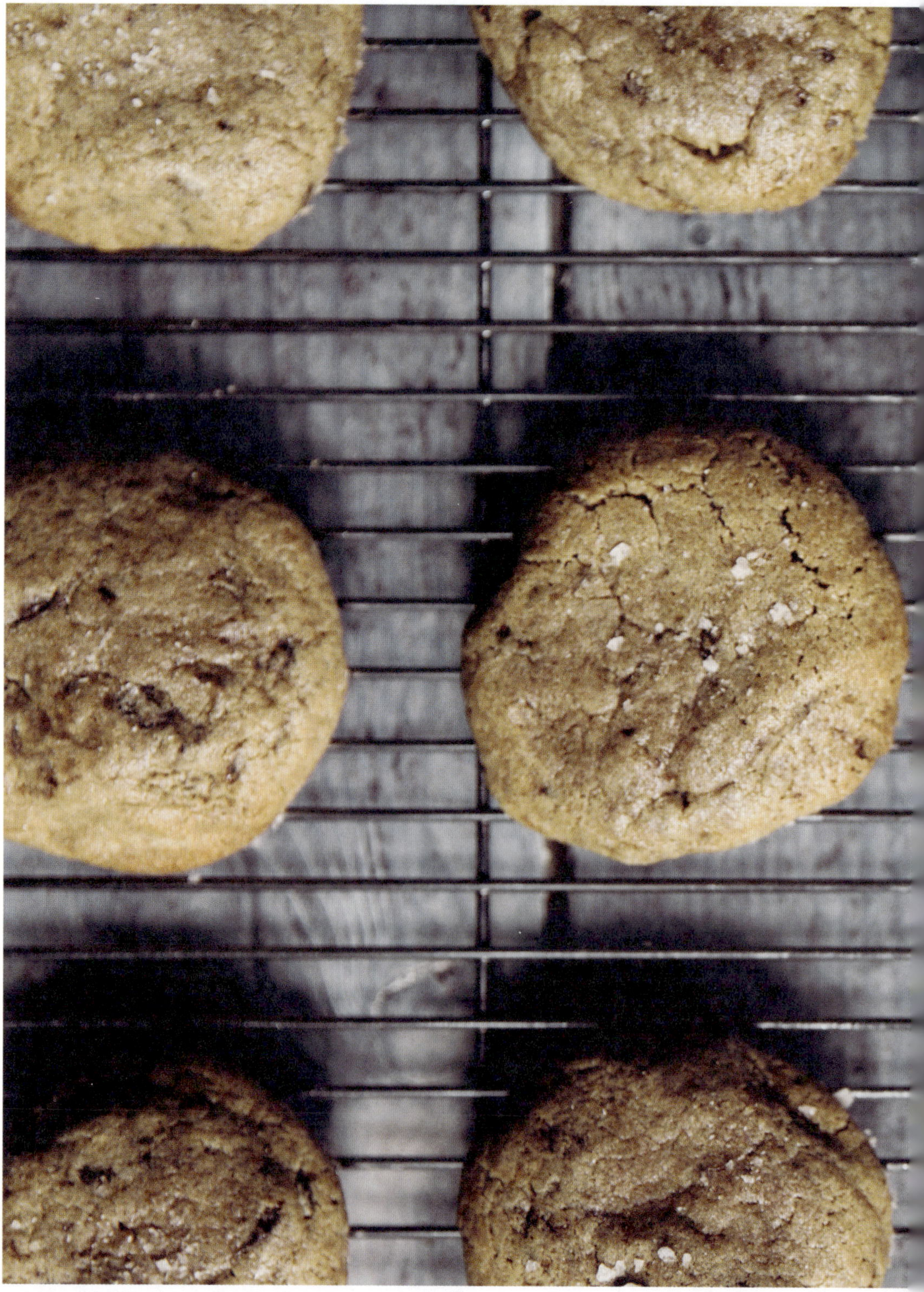

91

香料饼干
Spice Cookies

一排排香料饼干正在冷却，厨房仍然飘散着肉桂和豆蔻的香气。

《我们一直住在城堡里》，雪莉·杰克逊

我是在四个家长和一个妹妹的陪伴下长大的。每个周末我和妹妹都会带着作业、足球服和自己喜欢的衣服在两个家庭间来来回回。但不管怎样改变，我和露西都未曾离开过彼此的生活。她是在我的生命中停留最久的一个人，我们曾一起窝在沙发里看周六早上播放的卡通片，我们一起描绘过梦想之家的平面图（我们将本来的双层床换成了两个独立的房间，里面各有一张四柱床，两个房间由滑滑梯相连），我们还与彼此分享了无数个有趣的故事，不管是来自报纸、电视还是现实生活中。

所以我和妹妹对于很多事都能产生共鸣。雪莉·杰克逊最后的那本书，一个哥特式的恐怖故事，在不暗示任何超自然力的情况下令人毛骨悚然，那是我最喜欢的故事之一。在书里，妹妹玛丽凯特、姐姐康斯坦斯和病弱的叔叔住在一起，他们的其他家人都死了。当地的居民觉得是康斯坦斯杀了其他家人，对他们都避而远之，所以他们三个人几乎与世隔绝地生活在一起。玛丽凯特每个周末都会鼓起勇气进城采买，而康斯坦斯大多数时间都待在厨房里。当她们那许久没联系的堂兄前来拜访时，康斯坦斯为他做了好几盘香料饼干。

这是我这几年喜欢的饼干之一，其他的还有泰莎·基罗斯的姜饼、来自德国的带有茴香的亚琛烤饼以及美国巧克力饼。现在我的妹妹住在美国，所以她开始将"biscuits"叫做"cookies"了。而我将在这里分享的以姐妹故事为灵感的饼干便是为她而做的。

香料饼干
Spice Cookies

12块

1. 如果你使用的是豆蔻夹,需要先取出豆蔻籽并将其碾成粉。将所有香料(除了茴香籽是完整的,其他都必须是粉末状)和糖浆放入炖锅中,小火加热,开始冒泡时关火。将这锅香料糖浆放着冷却,让糖浆吸收香料的香气。

2. 搅拌黄油、芝麻酱和糖至轻盈顺滑状态。加入香料糖浆后再搅拌几分钟。

3. 分别加入鸡蛋和蛋黄,每加一次都要仔细搅拌均匀。向其中过筛面粉和泡打粉并拌匀。这时候的面团将非常黏稠,但千万不要因此再加面粉了。

4. 在盘子上铺一层油纸。将面团分成12个球摆放在盘子上,确保它们不会粘在一起。

5. 将面团放入冰箱冷冻,如果条件允许,冻一夜,否则也至少要2个小时。它们可以在冰箱中保存6个月。

6. 预热烤箱至160摄氏度／325华氏度／第3档。在烤盘上铺好油纸并放上冷冻的面团。如此你便可以根据自己的需求想烤几个就先烤几个。记得每个面团之间要留出一定的空隙。

7. 将烤盘放入烤箱烤14分钟。取出烤好的饼干时它们会非常松软,你可以通过按压饼干中间位置将其整理成圆饼状。最后,在上面撒些盐,放在烤盘上冷却10分钟。

8. 饼干有可能会塌陷回缩或者裂开,这都没关系。这时候你可以将它们移到烤网上再冷却10至15分钟。请在饼干还是温热的时候食用,可以搭配一杯咖啡或牛奶。

配方

10个豆蔻豆荚(碾成¼茶勺的豆蔻粉)

1½茶勺肉桂粉

¼磨碎的肉豆蔻粉

2茶勺茴香籽

50克／2¼餐勺黑糖浆

110克／4盎司／1根无盐黄油

110克／4盎司／½杯芝麻酱

150克／5⅓盎司／¾杯红糖

1颗鸡蛋

1个蛋黄

230克／8盎司／1¾杯中筋面粉

1茶勺泡打粉

1茶勺烟熏海盐(如果没有,用普通的海盐也可以)

椰子酥饼
Coconut Shortbread

查尔斯让一个穿着白色围裙战战兢兢的女孩端上她自己最喜欢的一些蛋糕,还有一加仑茶。女孩显然最喜欢椰子味:她拿来了马卡龙,带有颗粒的酥饼,以及铺满树莓果酱并撒满椰子片的菱形蛋糕。

《艾克塞斯之蛇》,莎拉·佩里

我一直非常喜欢维多利亚时代的文学作品。在我长大的城市里,我读过的很多书籍都比当地的建筑还年长,所以维多利亚时代的很多角色对我来说都很陌生。我的国家也不是在海外具有广泛影响的联邦国家。当我搬到英国时,我花了好几年时间才能认出那些具有上百年历史的建筑。

二〇一六年,我读了一本在我思绪里萦绕了好几周的书。我在夏天开始的时候仅用一天时间便读完了它,并完全沉浸到莎拉·佩里为我们创造的那个世界中。那是让我既熟悉又陌生的维多利亚时期的英国。在那里,医生正在做开膛手术实验,人们在葬礼结束后会乘坐地铁回家,并且大多数工人阶级都面临住房压力。这就是我所面对的英国呀。所以我觉得,此时的自己离维多利亚时代的角色前所未有地近。

角色所吃的东西摆到二十一世纪的餐桌上也不会突兀,它们就像仲夏夜宴席上会有的食物,或者我们在下午茶时能吃到的东西。酥饼在英国已经存在好几百年了。虽然现代食谱经常会用玉米淀粉取代一部分普通面粉,但对于这道在世纪之交时出现于维多利亚茶室里的点心来说,我想要让它保持简单。

椰子酥饼
Coconut Shortbread

16块较大的酥饼

1. 搅拌黄油和糖直至其变得轻盈且糖全部融化。倒入面粉、盐和椰丝并揉成面团。

2. 将面团擀成1厘米或⅜英寸的厚度。使用5厘米或2英寸的饼干模具，或直接用玻璃杯压出饼干形状。将压好的面团放在铺了油纸的烤盘上，记得每个面团间留出足够的空间。将烤盘放入冰箱冷冻30分钟。

3. 预热烤箱至160摄氏度／325华氏度／第3档。当面团被冻硬后，用叉子在面团表面压出纹路，然后放入烤箱烤12至15分钟，直至饼干边缘变成金棕色。

4. 取出烤盘，让酥饼在烤盘上冷却5分钟，再将其移到烤网上。

配方

200克／7盎司／1¾根软化的无盐黄油

100克／3½盎司／½杯精细白砂糖

300克／10½盎司／2¼杯中筋面粉

1小撮盐

80克／3盎司／满满的1杯椰丝

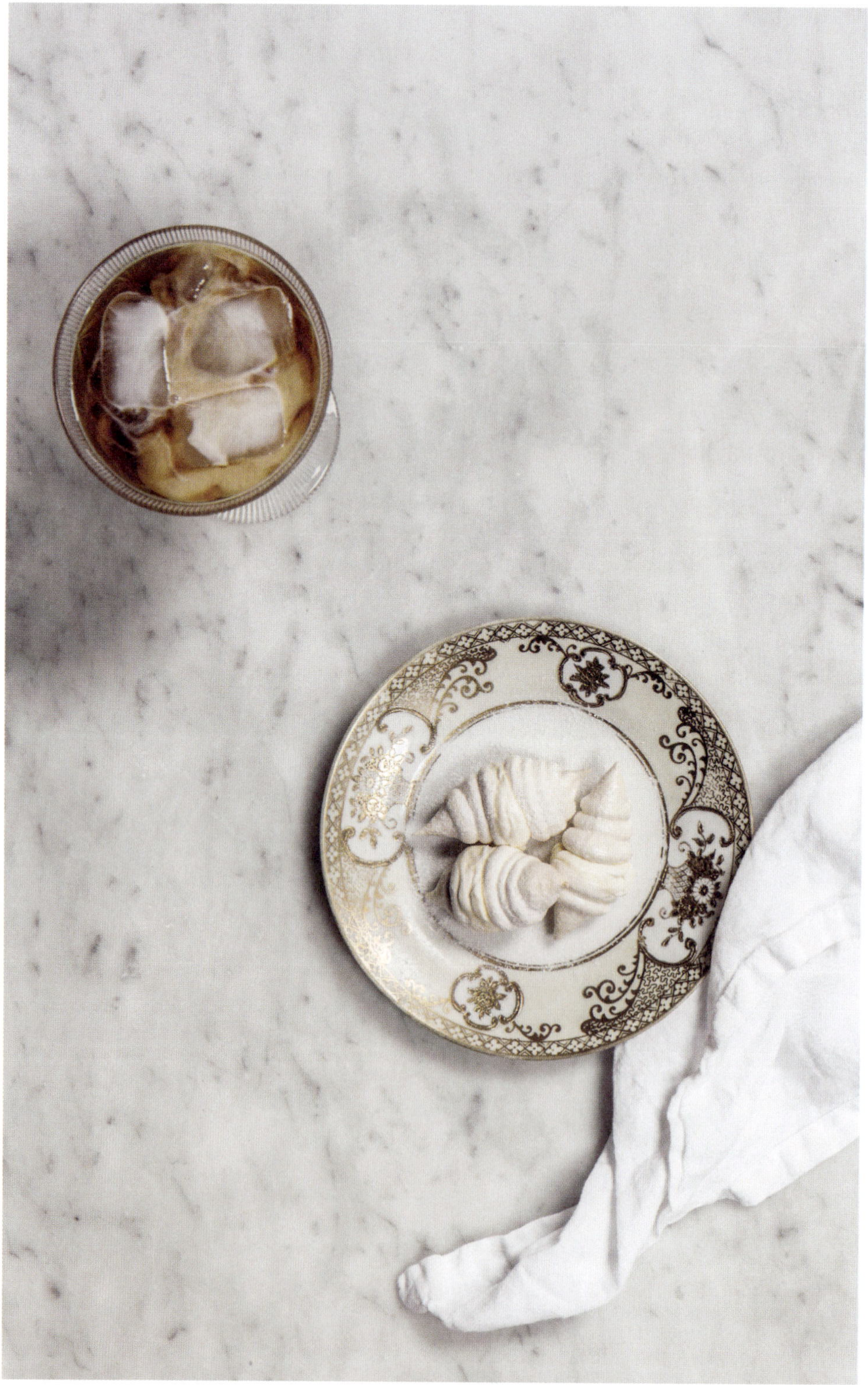

蛋白饼和冰咖啡
Meringues & Iced Coffee

> 她喜欢去听音乐会,喜欢和她的表姐待在一起,喜欢冰咖啡和蛋白饼。
> 《看得见风景的房间》,爱德华·摩根·福斯特

当我和大学时的朋友一起去佛罗伦萨的时候,我们选择了能住十二个人的合住宿舍。从宿舍的窗户看出去,是建筑的内部楼梯。这样的房间视野跟福斯特描述的完全不同。但不管怎样,这里的住宿费很便宜,而且至少我们来到意大利了。每天早上我们都早早起床(当然,很多时候睡在这样的通铺里早起是别无选择的),去探索这座城市,走路参观一些教堂和博物馆。在那次旅行中我经常会想起露西·霍尼丘奇,在遇到拉维什小姐前她是那么坚定地遵循着自己的旅行指南在行走。

在小说里,露西最终放弃了自己规划得好好的人生。她放弃了冰咖啡和蛋白饼以及那无忧无虑的英国乡村,选择去拥抱全新的生活与深爱着的乔治。

不过我觉得蛋白饼和冰咖啡的作用被低估了。在小说里,它们只是露西年轻时舒适生活的象征,但我觉得它们远不止这样。这真的是非常绝妙的组合。所以我打算在这里好好地向你们推荐蛋白饼与冰咖啡。

配方

蛋白饼

1片柠檬

1个蛋白

55克／2盎司／4½餐勺精细白砂糖

80毫升／6餐勺浓奶油（也可以选择其他夹心）

少量香草精

冰咖啡

250毫升／8½液盎司／满满1杯现煮黑咖啡

60毫升／2液盎司／¼杯牛奶

冰块

工具

手持电动搅拌器

一次性裱花袋

蛋白饼和冰咖啡
Meringues & Iced Coffee

2杯咖啡和许多个蛋白饼

1. 预热烤箱至110摄氏度／225华氏度／第¼档。将柠檬汁挤到碗里，过滤掉果肉。将蛋白打到碗中并搅拌至硬性发泡的状态。

2. 以低速继续搅拌，每次加入1勺细砂糖。当加完所有糖之后继续搅拌，直至蛋白变成光滑且足够硬挺的蛋白霜。将打好的蛋白霜装进裱花袋里，剪一个½厘米或¼英寸大小的开口。在烤盘上铺好油纸。

3. 在烤盘上垂直挤出蛋白霜，每个直径大约2厘米或¾英寸。如果你能够保持裱花袋与烤盘足够靠近并且让蛋白霜沿着中心点的位置均匀扩散（而不是以绕圈圈的方式挤出），你最后做出来的蛋白饼应该都会很好看。挤完每个蛋白霜后慢慢抽出裱花袋，让它们能够拥有一个硬挺的站立着的尖角。虽然蛋白霜烤制的时候不太会向四周扩散，但也要确保每个蛋白霜之间留有一定空间。

4. 挤好的蛋白霜放入烤箱中烤1个小时，直至表皮酥脆但内部仍然松软。关掉烤箱，将蛋白饼留在烤箱中冷却1个小时。

5. 在蛋白饼冷却期间，冲杯咖啡并放入冰箱冰镇。

6. 搅拌奶油至湿性发泡状态，然后将其夹在两个蛋白饼之间，做成三明治的模样（尽量选择形状相近的蛋白饼进行组合）。

7. 在玻璃杯中放点冰块并倒入冰镇后的咖啡。加点牛奶或奶油，搅拌均匀后搭配蛋白饼一起享用吧。

闪电泡芙
Éclairs

"亲爱的琳达，可以要杯茶吗？"
她按了响铃，很快地，戴维便像个小男生一样沉溺于闪电泡芙和拿破仑蛋糕。

《追爱》，南希·米德福德

我觉得没有什么比坐列车前往巴黎更好的方式了。我曾经坐过八小时的夜车，也曾坐飞机到达戴高乐机场然后转乘堆满行李的汽车去市中心，但只有坐列车前往巴黎能够真正让我感到兴奋。我在九十年代末期第一次搭乘欧洲之星，坐在车上的我边吃着萨拉米芝士法棍三明治，边想着英吉利海峡就在我们头顶的某个位置。当我们到达巴黎北站的时候，我马上被它的美丽与浪漫吸引住，这里真的比毫无特色的机场好太多。

在书里，琳达是从一段错误的婚姻中逃离到巴黎的。在错过回伦敦的列车后，她和在站台遇到的一个男子一见如故，并在他的劝说下留在了巴黎。我觉得这是最好的选择。

我去巴黎的次数超过了其他任何城市。我去过各种美术馆，去过埃菲尔铁塔和圣心大教堂，也走过香榭丽舍大道和塞纳河畔。但我在巴黎最喜欢做的事还是穿梭于各种法式蛋糕店之间，垂涎于玻璃橱窗后面的精致糕点。而其中那些闪电泡芙总是最能抓住我的眼球。

配方

酥皮

50克／1¾盎司／3½餐勺黄油

100毫升／3⅓液盎司水

40克／1½盎司／4½餐勺高筋白面粉

35克／1¼盎司／¼杯中筋面粉

一小撮盐

2颗鸡蛋

卡仕达酱

125毫升／4½液盎司牛奶

125毫升／4½液盎司浓奶油

香草籽

2个蛋黄

50克／1¾盎司／¼杯精细白砂糖

25克／3餐勺中筋面粉

开心果糊

150克／5⅓盎司／1¼杯开心果肉

2餐勺精细白砂糖

糖衣

150克／5¼盎司／1杯糖粉

1餐勺牛奶

½茶勺玫瑰水

红色可食用色素

50克切碎的开心果

工具

2张一次性裱花袋

料理机

闪电泡芙
Éclairs

10个

1. 预热烤箱至160摄氏度／325华氏度／第3档。首先制作酥皮，将黄油和水放到一个较大的炖锅中，以中火加热至黄油融化、水沸腾的状态。将面粉过筛到里面，并加入一小撮盐，搅拌至它们变成浓稠的面糊状。继续煮几分钟（避免面糊有生粉味），然后将锅从火上移开，用木勺继续搅拌直至冷却。

2. 在冷却了的面糊中加入鸡蛋，搅拌均匀后再加另一颗鸡蛋。这时候的面糊应该是浓稠且顺滑的，用木勺舀起来会呈现"V"形的滴漏状。将面糊装入裱花袋中，剪一个1.5厘米或⅝英寸的开口。烤盘上铺好油纸并在表面撒些水。在油纸上挤下10厘米或4英寸长的面糊（大概2厘米或¾英寸宽），并在每个面糊间保留足够的空间，因为烤制时泡芙会膨胀。

3. 泡芙在烤箱中烤20分钟，直至膨胀并且外皮呈浅棕色。将烤盘从烤箱中取出，用小刀在泡芙一端戳个小洞，然后将烤盘重新放回烤箱中静置5分钟，以确保泡芙内部也变得干燥。之后取出烤盘将泡芙放在烤网上冷却。

4. 现在来制作卡仕达内陷。将牛奶、奶油和香草精倒入炖锅中，用中火煮开后改小火慢煮。在碗里倒入蛋黄和糖并持续搅拌至其变白且足够顺滑，然后倒入面粉继续搅拌。缓慢将热牛奶混合物倒入碗里并不停地搅拌，最后将碗里的所有混合物重新倒回炖锅中。

5. 以小火加热这些混合物10分钟并持续不断地搅拌，直至它们变得浓稠顺滑。煮好后盖上保鲜膜，保鲜膜最好能直接接触到卡仕达酱的表面以避免结膜。放入冷冰箱中冷却。

6. 将开心果和糖放入料理机中搅打10分钟，直至变成糊状。

7. 舀6餐勺开心果糊到冷却后的卡仕达酱中拌匀，并装入一个新的裱花袋中，剪个小洞。往刚刚用小刀挖好的泡芙洞口处挤入卡仕达酱。

8. 最后将糖粉、牛奶和玫瑰水搅拌在一起，并加入少量的红色食用色素，再次拌匀。将每个闪电泡芙正面朝下沾上糖衣，轻轻晃下甩掉多余糖衣，并在表面撒上开心果碎，放在烤网上10分钟，等到糖衣凝固。

玛德莱娜小蛋糕
Madeleines

她让人去取那个小小的、鼓起的、名为"小玛德莱娜"的蛋糕,看起来像是用扇形贝壳的模具做的。

《追忆似水年华》,马塞尔·普鲁斯特

在聊到小说中的食物时,这些边缘酥脆、内部超级松软的精致小蛋糕总是最先被提起。而这款蛋糕也总是会让人联想到普鲁斯特的《追忆似水年华》第一卷《去斯万家那边》,主人公因为这款蛋糕而无意识地想起了一些儿时记忆。

几年前我曾在超市里买过玛德莱娜,那时我对这款蛋糕并未有多大兴趣。直到之后我在东伦敦那家有名的餐厅 St John Bread & Wine 尝试了一碟新鲜出炉的玛德莱娜,我才真正意识到它的美味。你必须在从烤箱拿出后尽快吃掉它,因为放的时间越长,玛德莱娜就会变得越干,失去它那美妙的口感。幸运的是制作玛德莱娜的面糊可以放在冰箱中储存几天时间,如此,当你想要吃玛德莱娜的时候,只要花个十来分钟烤一烤便能轻松上桌享用了。你不一定要做我在这个食谱里呈现的褐化黄油(你可以只使用融化的黄油),不过我觉得这个做法会让玛德莱娜更与众不同一些。毕竟做出让人难忘的味道是多么重要啊。

褐化黄油玛德莱娜
Brown Butter Madeleines

大概20个

1. 小火融化黄油。将融化后的一半黄油倒入小碟子中并放于一旁待用。剩下的一半继续加热直至变成褐色并散发出坚果香气。关火，并将褐色黄油倒入之前盛出的黄油中。

2. 碗里倒入鸡蛋和精细白砂糖并搅拌至浓稠状态，使用电动搅拌器的话至少需要5分钟时间。

3. 将面粉和泡打粉过筛到鸡蛋和糖混合物中，用刮刀轻盈地搅拌。倒入黄油拌匀，盖上盖子放入冰箱冷藏至少2个小时，最好放过夜。

4. 预热烤箱至200摄氏度／400华氏度／第6档，并在玛德莱娜模具中刷上融化的黄油，撒一层面粉，然后放入冰箱冷藏10分钟。之后将做好的面糊挤入模具中，大概⅔满就够了，因为玛德莱娜烤制时会不断膨胀变大。

5. 大约烤7至9分钟，直至玛德莱娜变成棕色且膨胀，从模具中取出烤好的玛德莱娜放在烤网上冷却。剩下的面糊你可能还可以再烤第二盘，甚至第三盘。最后在烤好的玛德莱娜上撒些糖粉，趁着还温热搭配一壶茶直接享用吧。

配方

110克／4盎司／1根无盐黄油

2颗大鸡蛋

100克／3½盎司／½杯精细白砂糖

100克／3½盎司／¾杯中筋面粉

1茶勺泡打粉

15克／1餐勺融化的黄油（用于刷模具）

糖粉（最后撒在玛德莲娜上）

工具

电动搅拌器

玛德莲娜模具（我用的是每个模型为7.5厘米或3英寸大的模具）

哈尔瓦
Halwa

"据说中国人宁愿饿三天肚子也不能一天不喝茶。"玛利亚姆微微一笑说道,"说得好。"

"确实是这样的。"

"可我不能在这里待太久。"

"再喝一杯吧。"

她们坐在外面的折叠椅上一起吃着哈尔瓦。她们已经喝了第二杯茶了,当莱拉问玛利亚姆要不要再来一杯的时候,她答应了。

《灿烂千阳》,卡勒德·胡赛尼

你或许会注意到我在这本书里经常用到豆蔻。我第一次尝试豆蔻的时候,并不喜欢它。青少年时期我曾在一家印度餐厅打工,从那里的番红花饭中尝到了豆蔻的味道,那不是一次愉快的体验。我咬到了整个豆蔻夹且不得不将其小心地吐在餐巾中藏起来,以防失礼。

在那之后的几年里,我不断遇到它,不管是在葡萄干面包、蛋糕、咖喱还是在哈尔瓦中都有它的身影。比起一整个未处理过的豆蔻夹,碾成粉的豆蔻拥有更丰富且更容易被接受的味道。它和巧克力、梨或坚果都很搭,甚至也非常适合作为主角出现,就像在哈尔瓦中。所以现在它已经变成我最喜欢的香料了。

我第一次吃阿富汗料理是在离伦敦西北区三轮车剧院只有五家店距离的一家餐厅(我之前曾在西北伦敦工作),叫做Ariana 2。在演出或制作会议结束后,我们的小团队都会前往那家餐厅就餐,并且通常都会点很多道菜,甚至多到我们不得不将有些菜叠在碟子上以腾出更多空间。那里的食物总是非常美味且具有浓郁迷人的香料味。它们总是能让我想到胡赛尼在《追风筝的人》中提到的腌菜、面包和肉以及在《灿烂千阳》中描述的哈尔瓦与茶。

哈尔瓦
Halwa

可供6个人配茶吃掉好多块

1. 预热烤箱至150摄氏度／300华氏度／第2档。在搅拌盆里放入糖，倒入热水搅拌至糖融化。

2. 炖锅中倒入油以中火加热至温度变得非常高，滴几滴水到油上时它会发出噼里啪啦的声响（一定要非常小心避免手被油所烫到）。加入粗粒麦粉并快速搅拌。粗粒麦粉将吸收油分并变成褐色。

3. 将火关掉并快速将一半分量的糖水倒入锅中。这时候锅里会冒泡并发出噼啪声，你需要大胆地去搅拌它，或许你可以选择使用一把长柄的木勺。一旦这些混合物变得顺滑时，可以重新将火打开并调成中火继续加热。在这期间需要不断地搅拌，并将剩下的糖水加入。继续搅拌5分钟，直至哈尔瓦变得浓稠，且呈现金棕色。

4. 加入豆蔻粉继续搅拌几分钟。将火关掉，用耐高温的盖子或者锡纸盖住炖锅。

5. 将锅放入烤箱中烘烤25分钟。烤好后取出冷却，然后将哈尔瓦舀到碟子上并直接用手拿着吃，泡一壶印度奶茶与你的朋友一起分享吧。

配方

500毫升／17液盎司／满满的2杯开水

220克／不足8盎司／满满的1杯精细白砂糖

125毫升／4⅓液盎司／满满的½杯无味道的植物油

220克／不足8盎司／1⅓杯粗粒麦粉

1茶勺豆蔻粉

工具

带有耐热盖子的大号炖锅（盖子和炖锅都必须能放入烤箱烘烤）

106

香草奶油蛋糕
Vanilla Layer Cake

蛋糕最后还是膨胀起来了，从烤箱中取出时就如金色的泡沫那般轻盈。安妮兴奋极了，她把红宝石色的果酱夹在蛋糕中间，并幻想着艾伦太太享用这款蛋糕时的模样，她或许还会想要再吃一块。

《绿山墙的安妮》，露西·莫德·蒙哥马利

我也想要分享我的烘焙灾难。出炉后塌陷的蛋糕（其中有一个塌得"前胸贴后背"），太过潮湿的蛋白饼以及做得一团糟的卡仕达酱。而最让我记忆犹新的是我和妹妹一起烘烤的水果酥皮点心，那真的是我吃过最难吃的水果酥皮。那时候的我们都是烘焙小白，但我们拥有一些料理书以及不知从何而来的自信。那是某个假期中的一天，我们用零花钱为父亲、继母和爷爷准备了三道菜的晚餐。

我们找了一个香料苹果酥皮点心的食谱，认真计算了每个食材的分量，削完苹果切苹果，最后终于将一个大烤盘放入了烤箱。不幸的是我们误解了其中一些说明，以为"¼茶勺"指的是1茶勺和4茶勺之间，所以我们最后加了4茶勺肉桂粉、4茶勺豆蔻粉、4茶勺多香果和4茶勺盐。我们为每一位客人都盛了很多酥皮点心，而他们都在艰难地吃下一两口后才开口问我们到底加了什么进去。所幸我们冰箱里还有一桶冰淇淋。

所以我非常同情可怜的安妮，她是多么希望做出一个好吃的蛋糕，却被那瓶贴着"香草"标签的涂抹油给害了。虽然她的蛋糕膨胀得很完美，但是她希望艾伦女士再吃一块的愿望是不可能实现了。我们都有过这样的经历。虽然安妮选择红宝石果酱作为夹心（你也可以选择市售的树莓果酱），但在这里我想要做的是浓郁的香草蛋糕，就像安妮最初的计划那样。

配方

蛋糕

6颗鸡蛋，带壳称重，然后称出同样重量的：

无盐黄油

精细白砂糖

低筋面粉

2茶勺香草精华（而不是涂抹油）

少量的牛奶（如果你需要的话）

糖衣

120克／4盎司／1块无盐黄油

1千克／2¼磅糖粉

1根香草荚

4餐勺牛奶

工具

3个20厘米／8英寸大小的蛋糕模具

香草奶油蛋糕
Vanilla Layer Cake

慷慨的10人份

1. 预热烤箱至160摄氏度／325华氏度／第3档。在蛋糕模具刷油并在底部铺上油纸。确保所有食材都是室温状态。

2. 高速打发黄油和糖至少5分钟，直至黄油颜色变浅且质地变得轻薄。

3. 将鸡蛋打到玻璃碗中，分多次加入黄油里。每加一次鸡蛋，就再加一勺面粉，避免所有混合物变成凝乳状态。最后加入香草并搅拌均匀。

4. 将剩下的面粉过筛到面糊中并温柔地搅拌。当所有食材都融合在一起后（一定不能过度搅拌哦，当看不到干粉时便可以停止），你可以检查一下面糊的浓稠度：舀起一勺面糊，如果它还能落入盆里便是合适的状态，如果它粘在勺子上不动，你可以加1餐勺牛奶再搅拌一会儿。

5. 将面糊均匀地分配到3个模具中。磨平表面然后放入烤箱里（如果你的烤箱足够大便可以将3个模具都放在同一层）。烘烤20分钟，直至插入牙签再取出后牙签仍是干净的。

6. 蛋糕放在模具中冷却5分钟，取出放在烤网上至完全冷却。

7. 现在来制作糖衣。将黄油打发至轻盈状态，倒入一半的糖粉，低速搅拌至完全融合。加入另一半糖粉，继续以低速搅拌至融合。将香草荚对半切开，取出香草籽放入打发的黄油中。搅拌器开最高速再搅拌几分钟。

8. 然后加入牛奶，一次1餐勺，继续高速搅拌5分钟，直至糖衣变得非常轻盈顺滑。

9. 开始组装蛋糕吧。裱花台上放一片海绵蛋糕，在上面抹大约¼的糖衣。再盖上一层海绵蛋糕，抹上¼糖衣，然后盖上最后一片海绵蛋糕。在蛋糕边缘抹一层薄薄的糖衣，封住整个糕体。将剩下的糖衣厚厚地涂抹在蛋糕最上层，并沿着边缘处往下涂抹。你可以使用刮刀将蛋糕边缘磨平。最后，切一大块蛋糕，搭配茶一起享用吧。

松饼
Crumpets

我现在能看到那些松饼了。

《蝴蝶梦》，达夫妮·杜穆里埃

在我搬到英国的一年后，母亲来看我了。我们租了一辆车去康沃尔玩，在那里我们吃到了美味的海鲜，住着舒适的民宿，还会去国民信托花园散步。在寒冷的天气里，我们沿着悬崖顶风走去了灯塔。晚上，我们一边喝威士忌一边聊天，最后各自看会儿书再去睡觉。那时候我带的书便是《蝴蝶梦》，并且在那之前我已经读过它很多次了。

我觉得这本书非常完美地再现了康沃尔郡的样子：喜怒无常且不可预测。书里的丹弗斯夫人是最阴险、最有控制欲的坏人，也正是她将本该浪漫的情节变成了即使是松饼也有可能是陷阱的可怕故事。尽管下午茶听起来很棒——那里有很多蛋糕、美味的三明治、松饼以及散发着黄油香的司康，可是对于德文特夫人来说，它们时刻唤起她在丹弗斯夫人监控下的不安感。

我自己也曾有过关于松饼的糟糕的记忆。我第一次尝试制作松饼是在一个深夜，我突发奇想，打算为隔天的早餐做准备。不幸的是，因为我使用的是一个很旧的金属圈模具，不管我涂了多少黄油，松饼都卡在里面一点也不膨胀。最后我在凌晨两点放弃了所有面糊。希望你们能从我的经历中吸取经验教训——我强烈建议你们使用不粘模具。一旦模具到位了，你的松饼便不成问题啦。

111

配方

300毫升／½品脱／1¼杯牛奶

1茶勺精细白砂糖

15克／½盎司／1茶勺新鲜酵母（或者5克／1茶勺酵母粉）

125克／4½盎司／1杯高筋白面粉

125克／4½盎司／1杯中筋面粉

½茶勺盐

½茶勺小苏打粉

100毫升／3⅓液盎司水

工具

松饼圈或圆形煎蛋模具（最好是不粘的）

松饼
Crumpets

8个

1. 在锅里加热牛奶至体温，往里面加入糖和酵母粉，静置10分钟。

2. 将面粉和盐倒入碗里，加入锅里的牛奶并搅拌均匀。盖上盖子静置1小时。混合物将会冒泡并膨胀，随后会塌缩。

3. 将小苏打与水混合并倒入面糊中。再静置10分钟。

4. 用小火加热平底锅。给圈状模具内壁刷一层厚厚的黄油。舀1.5厘米或½英寸高度的面糊到每个模具中，煎10分钟，直至表面气泡都消失并且洞里不再渗入面糊。这时候，拿掉模具并将松饼翻面，再煎2分钟。

5. 煎好的松饼稍微放凉些，搭配黄油一起食用。

薄荷酒
Mint Julep

"打开威士忌，汤姆，"她命令道，"我要给你做杯薄荷酒，这样你就不会觉得自己那么愚蠢了……你看这些薄荷叶！"

《了不起的盖茨比》，F.S菲茨杰拉德

我母亲和继父在他们家的后阳台上设了一个酒吧。他们在墙上贴满了鼠帮乐队和披头士的海报以及他们收集的啤酒瓶盖子，几乎没有其他空隙。当我去想象我的继父杰夫在家里的样子时，我脑海中的画面是他穿着颜色鲜艳的衣服，正为突然到来的朋友倒饮料，并且炫耀他刚到手的新海报。我在他们的酒吧里度过了无数个愉快的夜晚，大学时期，我便在和同学梅格和基尔斯特聚会时为他们调配了桑格利亚，我也曾为自己和母亲倒了些金巴利和苏打并一起享用它们，我们还会在聚会前往冰箱里多冻些冰块。

其实我父亲家里也有酒吧。父亲家的柜子上整齐排列着他和继母谢丽尔在旅行中收集的一些烈酒和利口酒。我们会在一些周日下午先看些鸡尾酒食谱，然后自己琢磨一些新的调酒创意。我们会坐在露天平台上，一边听着音乐计划周末晚餐，一边小口喝着自己调的鸡尾酒。

这款鸡尾酒出现在一个较为凝重的环境下。在《了不起的盖茨比》中实在不乏华丽的舞会、下午茶和晚宴，但我更关注的是这个时刻，这也是我在这本书里最喜欢的场景。这就像是一口高压锅，只是它的压力来源于威士忌、热度以及一个夏天的秘密。尽管黛西想要通过鸡尾酒去调解氛围，但似乎薄荷酒也不能改变他们在那个夏天所遭遇的悲惨经历。

114

薄荷酒
Mint Julep

2人份

1. 先做糖浆。将糖和水倒入炖锅中，小火加热，并不断摇晃它们，直至糖全部溶化。随后将其从火上移开。

2. 摘取薄荷叶子并丢进锅里。使用擀面杖在糖浆里按压薄荷叶，然后放入冰箱冷藏至少20分钟，当然最理想的是放几个小时。

3. 准备2个玻璃杯，倒入冰块和水，暂时置于一旁。在一个较大的玻璃杯（或调酒器）中放入薄荷叶和3餐勺糖浆，用擀面杖捣一捣。加入波旁威士忌和一些冰块。摇晃。

4. 将做好的薄荷酒倒入冰镇的玻璃杯中。上面放些碎冰，并加些带杆的薄荷做装饰，也可以用来搅拌。你在喝这杯酒时千万不要去挑衅你的丈夫或者追求者。

配方

糖浆*

50克／1¾盎司／¼杯晶粒砂糖

50毫升／3⅓餐勺水

10根薄荷

鸡尾酒

20片薄荷叶

100毫升／3⅓液盎司／满满的⅓波旁威士忌

大量碎冰

6根薄荷用于装饰

工具

擀面杖或调酒棒

大的玻璃杯或调酒器

2个装酒的玻璃杯

*这个食谱可以做出不少薄荷酒，你可以将剩下的放入冰箱保存几周。

哈什的盛宴
Hush's Feast

他们在阿德莱德吃了澳纽军团饼干，
在墨尔本吃了奶油蛋黄沙司和薄荷软糖，
在悉尼吃了牛排和沙拉，
在布里斯班吃了南瓜司康。

《袋貂魔法》，梅姆·福克斯

我八岁的时候曾经身着白色紧身衣、戴着尾巴和毛茸茸的耳朵上台表演。我们老师将澳大利亚最受欢迎的一本插画集改编成了音乐剧。其中最让人印象深刻的一个章节叫作Tassie Devil Rap，是一群小孩扮成救生员的样子。我在里面扮演的角色便是哈什，她是一只希望自己能够隐形的年轻负鼠。在她生日那天，祖母波斯实现了她的这一愿望，最后她却不能恢复原来的样子。于是她们走遍了澳大利亚，到处吃东西，直至哈什能够再次显形（她们在霍巴特吃到的拉明顿蛋糕最终帮到了她们）。

这是一个非常有趣的故事，里面出现了许多我喜欢的食物，如牛排、奶油蛋白饼、咸味酱以及本文中出现的这三款我最喜欢的下午茶选择：澳纽军团饼干、南瓜司康和拉明顿蛋糕。在我童年时期的一些派对上，这三款甜品总是作为主角与香肠卷拼盘和大盆的番茄酱摆在一起。

如果你对它们并不熟悉，让我先向你们介绍下。澳纽军团饼干最初是为了澳大利亚和新西兰军团士兵而制作的，历时几周，最后送到第一次世界大战和第二次世界大战的士兵手里。而哈什在布里斯班所吃的南瓜司康则是为了纪念弗洛·比约克·彼得森（前昆士兰州州长乔·比约克·彼得森的妻子），她在二十世纪八十年代分享了这个非常有名的食谱。拉明顿蛋糕则是我个人非常喜欢的一款甜品，这也是非常经典的便当选择：扎实的海绵蛋糕裹上满满的巧克力糖衣和椰丝便是这款蛋糕。一开始，我觉得自己并不需要花工夫亲自制作这三款甜品，因为店里买的也很好吃，直到我为朋友杰西的三十岁生日做了这三款甜品时（这是两个离开了家的澳大利亚人之间赠送的礼物），我才发现了制作并享用它们的乐趣。

南瓜司康
Pumpkin Scones

10个

1. 南瓜去皮并切成大小差不多的小块。将南瓜块放入锅中，倒入水并煮开。大约煮10分钟直至叉子可以轻松插入南瓜里。

2. 倒出南瓜并沥干水分，让其自然冷却。用土豆捣碎器将其捣碎，并用滤网挤压出多余的水分。也不需要挤太干。

3. 预热烤箱至220摄氏度／425华氏度／第7档。在搅拌盆中搅拌黄油和糖直至其融合在一起。加入盐并打入鸡蛋。随后加入280克／10盎司煮熟的南瓜（剩下的南瓜你可以加入松饼面糊中或和土豆泥混合在一起吃），倒入过筛的面粉和泡打粉，轻盈地将其拌匀。记住千万不能过度搅拌，只要看到没有干粉的状态便可以停止搅拌了。如果混合物太过黏稠，可以再加点面粉（一点点地加）。直到轻拍混合物时它不会粘在手上就可以了。

4. 将所有混合物倒在洒了面粉的案板上，并将其堆成2.5厘米或1英寸高的面团。用一个沾了面粉的直径5厘米或2英寸的饼干模具或玻璃杯垂直按压面团。压好的面团摆在烤盘上，整理剩下的面团，将它们继续按压成形。

5. 在压好的面团上刷一层牛奶（千万不要刷到边缘，否则会影响司康膨胀），将其放入烤箱中烤15分钟。出炉后趁热搭配果酱和奶油直接享用。

配方

500克／1磅又2盎司未削皮的南瓜

20克／¾盎司／1餐勺满满的黄油

75克／6餐勺精细白砂糖*

一小撮盐

1颗鸡蛋

350克／12⅓盎司／3½杯斯佩尔特小麦面粉

4茶勺泡打粉

30毫升／2餐勺牛奶

*虽然弗洛女士给的配方是100克糖，但我觉得75克就够了，这样司康可以更好地和甜中带咸的淋面相融合。

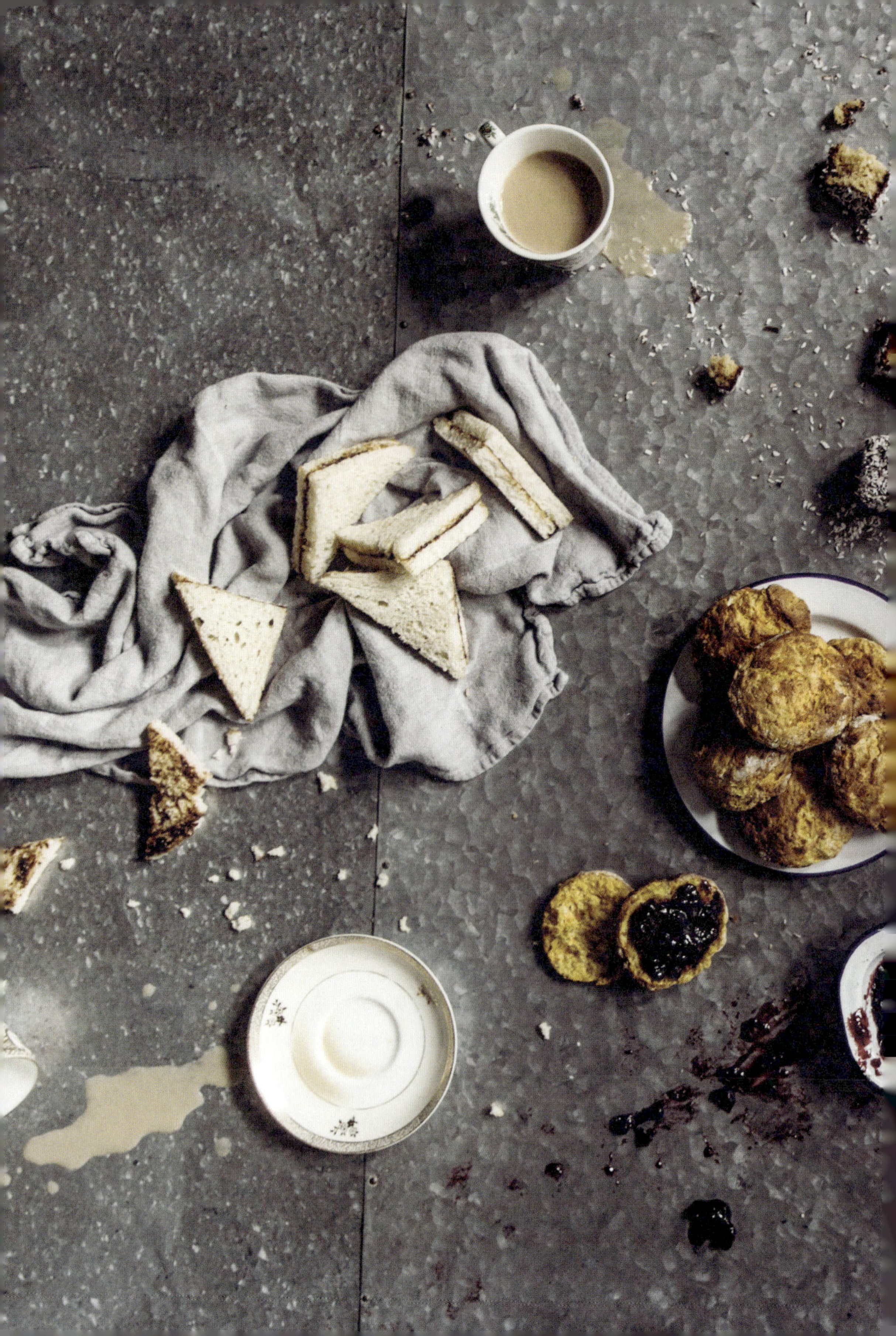

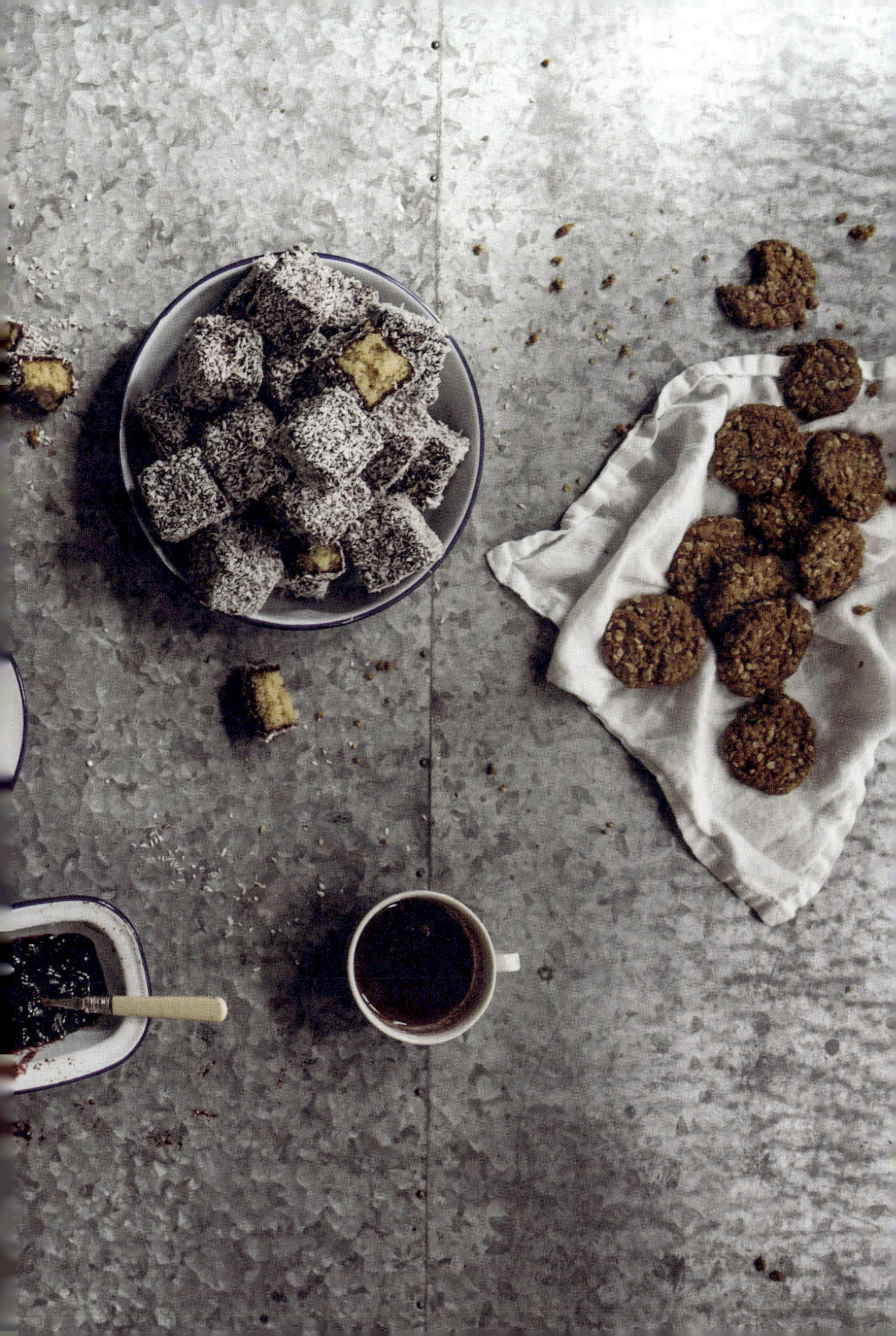

配方

蛋糕

175克／6盎司／1½根黄油

250克／9盎司／1¼杯精细白砂糖

200克／7盎司／不足1杯的酸奶

2茶勺香草精华

5颗中型鸡蛋

300克／10½盎司／2¼杯中筋面粉

3茶勺泡打粉

糖衣

200毫升／7液盎司／不足1杯的牛奶

300克／10½盎司／1½杯精细白砂糖

30克／1盎司／⅓杯可可粉

300克／10½盎司切碎的黑巧克力

250克／9盎司／2杯椰丝

工具

方形蛋糕模具（25×25厘米或10×10英寸）

拉明顿蛋糕
Lamingtons

25个

1. 预热烤箱至180摄氏度／350华氏度／第4档。在蛋糕模具的底部和边缘处抹油，并铺上油纸。

2. 锅里融化黄油后让其稍微冷却下。将黄油和糖、酸奶与香草精华倒入碗里打发几分钟，直至变得顺滑。然后分次加入鸡蛋，每次加入都仔细打匀再加入下一个。

3. 将面粉和泡打粉过筛到碗里并用刮刀拌匀。将拌好的面糊倒入模具中并盖上锡纸。放入烤箱烤40分钟后拿掉锡纸再烤20分钟，直至插入叉子取出后是干净的状态。从烤箱中取出蛋糕让其在模具中自然冷却，这时需要再次盖上锡纸，直至蛋糕冷却后再掀开。或者可以事先做好蛋糕放上一夜再加工。

4. 蛋糕冷却的同时你可以先做巧克力糖衣。在锅里搅拌牛奶、糖和可可粉，并煮沸。将其从火上拿开，倒入切好的巧克力中，搅拌至巧克力融化。待其融化至体温状态再使用。

5. 如果你和我一样比较死板可以使用尺子将蛋糕平分成25块。每块蛋糕的长、宽、高应该都是5厘米或2英寸。但显然，精确并没有多重要，因为如果你的蛋糕和我的一样膨胀得很高，那么处于中间位置的蛋糕块就会明显高于四周的蛋糕块。不过，能够切出完美的方形也是很棒的。

6. 在盘子上洒满椰丝，如果盘子边缘有一定高度会更好，能够避免弄脏四周。将盘子放在巧克力碗旁边，并在椰丝旁边再摆一个架子，下面铺一张烘焙纸。将每一块小蛋糕都浸入巧克力里，取出轻轻甩掉多余的糖衣，蛋糕在椰丝中滚几下裹上椰丝然后放到旁边的架子上。如果能以流水线的方式（即一个人浸泡巧克力一个人滚椰丝）完成这几个步骤自然是最完美的，但如果没人帮你，你可能需要先在巧克力里浸几个蛋糕，然后洗个手再来滚椰丝，不然你的椰丝可能会被巧克力染脏。

7. 让蛋糕上的巧克力凝固1个小时左右后再享用吧。放在操作台上冷却便可，如果是在夏天制作，可能需要放入冰箱。

澳纽军团饼干
Anzac Biscuits

16块

1. 预热烤箱至180摄氏度／350华氏度／第4档。以小火融化黄油和糖浆，不断搅拌让它们融合在一起。将面粉，燕麦，椰丝和糖放入碗里混合在一起。

2. 在黄油和糖浆混合物中加入小苏打和水，并搅拌。将这些液体倒入碗里的干燥食材中，用木勺将其混合均匀。这些混合物最终应该为团状。

3. 从这些混合物中揉出一个乒乓球大小的球形并放在铺了油纸的烤盘上。利用勺子的背面将其轻轻压扁。如果你的饼干某一面裂开了也没关系，重新将其整形再压扁就可以。

4. 将烤盘放入烤箱烤10至12分钟，直至饼干上色。刚从烤箱中取出的饼干会让人觉得还没烤熟，不过冷却后它们就会变硬。真的，宁愿有点没熟透的感觉，也不要将你的澳纽军团饼干烤过头了。

配方

125克／4½盎司／1⅛根黄油

3餐勺糖浆

150克／5¼盎司／满满的1杯中筋面粉

100克／3½盎司／1杯即食燕麦片

80克椰丝

90克／7餐勺红糖

60克／5餐勺精细白砂糖

½茶勺小苏打

1餐勺水

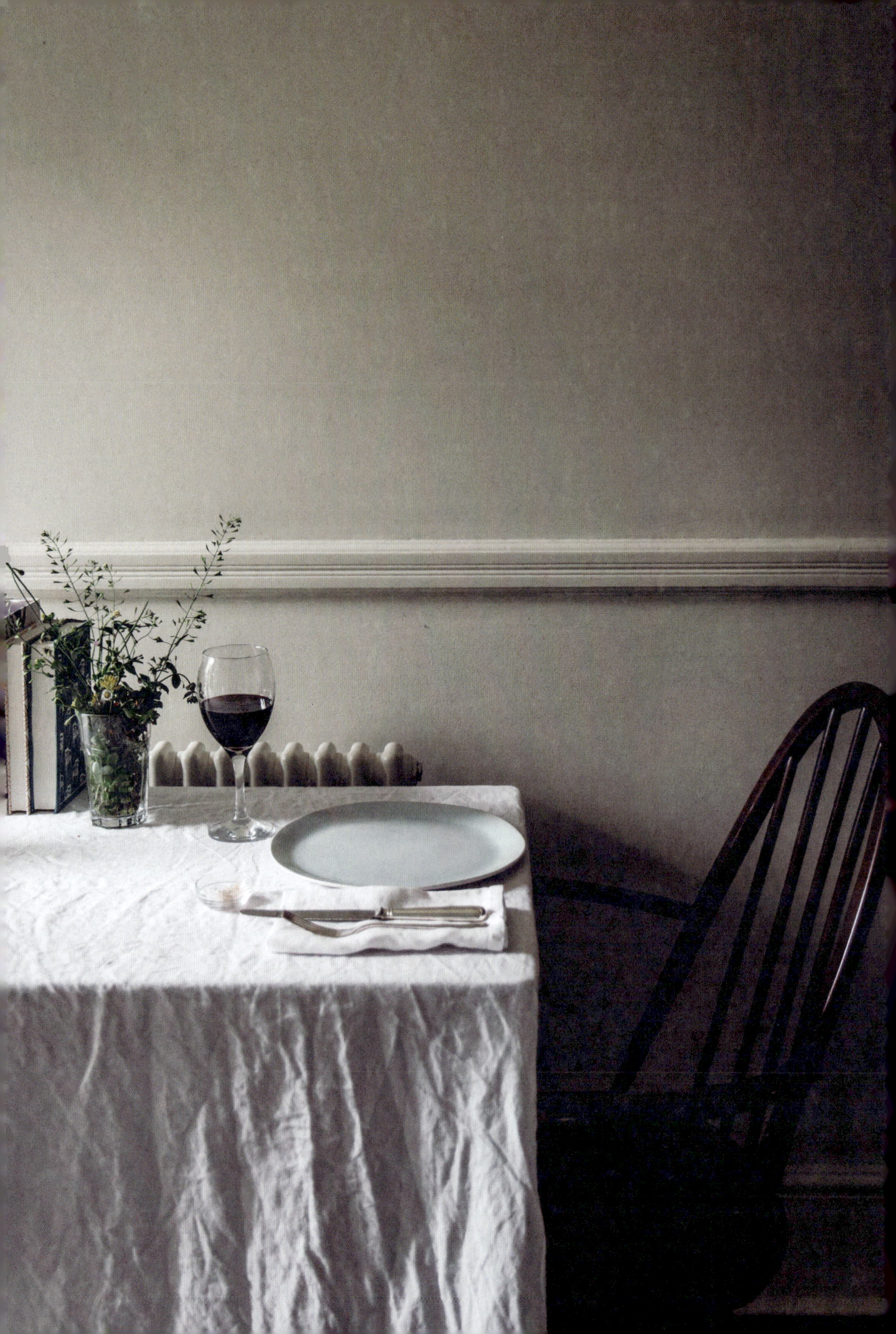

晚餐餐桌
the *dinner* table

晚餐餐桌

在我母亲家，晚餐餐桌可以说是整个家的核心。如果坐十个人可以非常舒服，但如果勉强挤一挤的话也可以坐下十六个人。作为一个四口之家，这么大的餐桌感觉有点浪费了：通常情况下，有三分之一的餐桌都堆放着我们看了一半的报纸、科研课题的草稿以及我们某个人正在看的某些书。我们会利用这张桌子去准备任何派对所需要的东西，会在这里进行各种话题的夜谈，甚至也在这里裁剪过我高中时穿的礼服。

在我才两岁的时候，这个餐桌跟着我们从英国搬到了澳大利亚，它在母亲生命中存在的时间比在我的生命中还要长很多，可以说它见证了母亲的无数次晚餐。不管是我们在合唱比赛前匆匆吃过的晚餐，还是圣诞节的自助晚宴（我们会先从桌子上的众多食物中挑选一些到自己的碟子上并拿到外面吃），又或是我还小的时候尝试为家人准备的一桌晚饭，感觉它承载了我的所有记忆，让我恨不得将其装到背包里一起带到伦敦。

在我还是青少年的时候，我的母亲和继父几乎每隔两周就会举办一次晚宴。他们通常会提前一周就开始计划，思考菜单，记下要买的食材，并提前准备一两道料理。宴会当天我们会帮着一起布置餐桌，会帮母亲准备她所规划好的一切。母亲准备的食物通常都不会太讲究，她喜欢将所有食物盛在餐桌上的大盘子里，并让所有宾客自己去装喜欢的食物。在这些夜晚，年轻的我们也有属于自己的小天地，在那里，我们的杯子里只有少量红酒，我们展开各种聊天内容。晚餐过后，我们会再次观看《音乐之声》，而那些大人则会一起喝红酒到午夜。

现在这个餐桌仍旧待在原位，铺着蓝色的桌布并堆满各种报纸。每当我回到澳大利亚的时候，我们会再次聚集在这个餐桌上分享彼此的近况，并享用美味的晚餐。所以，我在这一章节里写到的料理，都是记忆中我们在这个餐桌上一起享用过的美味。

125

那不勒斯披萨
Neapolitan Pizza

我快受不了，那些名字，那些嘈杂的汽车声、人声，各种色彩，浓郁的节日气氛，为了之后和莉拉分享而必须努力牢记每件事情，他（父亲）给我买带有意大利乳清干酪的披萨时的那种闲适，以及水果商，他从那个水果商那里给我买了一只黄桃。

《我的天才女友》，埃莱娜·费兰特

在中伦敦的布鲁姆斯伯里有一家我很喜欢的书店：伦敦书评书店（LRB）。我希望你们身边也有这样的一家书店，在那里你可以遇到许多充满热情且知识渊博的店员，可以找到他们精心挑选的各种书籍，还有提供各种美味蛋糕的咖啡区。二〇一五年三月（那时的我还在剧院工作），我在下午茶时见到了纳塔利亚，她正经营着那家店。纳塔利亚问我在做些什么工作，我跟她说了自己的博客。她便成了第一个告诉我应该将其写成一本书的圈内人。

几个月后我再次在书店里见到了她，问她觉得我应该读什么。她递给了我那不勒斯四部曲中的第一本。在刚坐上回家公车的五分钟内，我便被这本书所吸引，在之后的六个月时间里我看完了剩下的三本，并强烈希望它不要结束。这四部曲以战后的那不勒斯为背景，描述了两个童年时期的朋友埃莱娜和莉拉之间的各种复杂关系。在这个于意大利展开的故事中，我跟着他们走过了学生、婚姻、工作以及成为母亲的不同时期。

这本书里也提到了许多我非常想吃的食物。有酥皮点心、各种手工意大利面以及这里将要提到的那不勒斯披萨。披萨的制作很费时，却不太费力。一旦你做好了面团，只要将它放在冰箱里缓慢发酵便可，最终的面团里将带有许多小气泡。你最终会得到一个带有脆底且面包内部充满嚼劲的披萨。

那不勒斯披萨
Neapolitan Pizza

6片小披萨

1. 准备意大利乳清干酪。在滤网上铺块平纹细布并放在一个碗上。将牛奶和酪乳倒入炖锅中加热至80摄氏度或175华氏度，其间不断搅拌。如果你没有温度计也没事，只要不让它们煮沸便可。液体将分化成白色凝乳状和淡黄色的乳清。一旦液体的温度达到80摄氏度／175华氏度，白色的凝乳便会漂浮在表面。这时候你需要将白色凝乳舀到平纹细布中。让其过滤3至20分钟，过滤时间取决于你想要做出的意大利乳清干酪的硬度（就像我喜欢较软的干酪，所以我通常只会过滤几分钟）。将过滤好的干酪倒到罐子或碗里，加点盐搅拌均匀。做好后放入冰箱冷藏直至你需要使用时。

2. 现在来制作披萨面团。将酵母粉倒入搅拌盆中并加入水。*搅拌，化开酵母。加入面粉和盐，用你的手将它们混合均匀。将混合好的面团倒在案板上揉搓10分钟，直至面团变得柔软、光滑有弹性。

3. 清洗搅拌盆。将揉好的面团重新放入搅拌盆，盖上保鲜膜，放在温暖的地方发酵90分钟（这是比较快速的方法），或者在室温中发酵半个小时后再放入冰箱冷藏24个小时（这是较慢的方法）。

4. 将发酵好的面团平均分成6块，并整成球形。将这6个球形面团放在铺了油纸的烤盘上，撒些面粉并盖上保鲜膜。重新放回温暖的地方再发酵一小时（快速的方法），或者重新放到冰箱中发酵2天（较慢的方法）。

5. 如果你选择了快速的方法，便可以直接使用面团了。如果你选择的是慢方法，需要在使用前先将面团从冰箱取出，

配方

面团

20克／¾盎司／满满的1餐勺天然酵母（或7克／¼盎司／2½茶勺酵母粉）

300毫升／½品脱／1¼杯水（室温状态）

500克／1磅又2盎司／不足3杯00号面粉

1茶勺盐

1大把粗麦粉

意大利乳清干酪

1升／¾品脱牛奶

250毫升／8½液盎司／满满的1杯酪乳

1大撮盐

配料

橄榄油

市售或自制番茄酱

凤尾鱼

水瓜柳

新鲜罗勒叶

工具

温度计（可选）

1块平纹细布／干酪包布

披萨石盘或烤盘

木板／蛋糕刀／较薄的面包板

回温90分钟。将一个铸铁锅／披萨石盘／烤盘放入烤箱中，并将烤箱调至最高温度。虽然烤箱的热度不如真正的披萨烤箱，但只要预热合适的时间，便是一个好的开始。

6. 现在每个球形面团中都充满不规则的气泡，这就是我们想要达到的效果。在案板上撒些粗麦粉，修整每个面团的形状，要尽可能轻盈地去处理，避免弄破气泡。如果你有能力将它们抛在空中整形，尽管这么去做，我自己是不敢的，因为我知道自己这么做的下场便是看着面团掉在地上。确保你的披萨外围比中间位置稍厚一些。

7. 在披萨中间倒些橄榄油并将其抹平。舀1餐勺番茄酱到面团上，并添加你喜欢的馅料，如一些意大利乳清干酪，一些凤尾鱼，一小把水瓜柳，再加些罗勒叶就更完美了。

8. 将披萨转移到一个撒了粗麦粉的蛋糕刀/木板上，然后再将其挪入烤箱里的披萨烤盘上，并快速关上烤箱门。大约烤7分钟，直至披萨表面膨胀并且局部变黑。

9. 在烤好的披萨上撒些橄榄油便可以直接享用。你可以继续制作剩下的面团和馅料，但请确保不要加太多东西，不然你的面团可能会负担不起过多的馅料。

*我喜欢让面团慢慢发酵3天以上，我知道这是个漫长的发酵时间，但这么做真的能让面团的味道更有深度，也就是能够做出带有许多大小不一的气泡的轻盈面团。如果你等不了那么长的时间也没事。你可以选择在午后制作面团，这时候做出来的披萨也会很好吃。你可以根据自己的情况选择缓慢的"3天发酵法"或快速的"午后发酵法"。

129

肉丸意大利面
Spaghetti & Meatballs

"克莱门扎在那儿吗?"桑尼问道。

米歇尔笑着说道:"他正给士兵们煮意大利细面条,就像军人一样。"

《教父》,马里奥·普佐

小时候我不禁觉得自己是个意大利人。因为一些误会以及一系列猜想:我生活在一个大家庭里,家人都钟爱托斯卡纳红酒和金巴利,经常使用"mangiare"(意大利语的"吃")和"salute"(意大利语的"干杯"),以及我们定期吃千层面并不只是因为母亲个人的喜好。尽管我在小学毕业填写家庭族谱时曾面临过英国/爱尔兰/丹麦等复杂的家庭关系选择,但意大利也的确是让我难以忽视的从属关系。

当我的继父杰夫搬进来时,除了那一整盒的《教父》录像带外,他还为我们这个家带来了一群自己在高中时结交的好朋友。而不管是《教父》录像带还是他的那群好朋友都带给我很深刻的影响。他的朋友也成了我们家庭的一份子,在杰夫到来后不久我便认识了G夫人,她是杰夫的朋友韦夫的母亲。那时候我想,如果我不能成为意大利人,那至少我的生命中可以拥有一位意大利祖母,而G夫人便是最佳人选。

尽管我和杰夫一起看了无数次《教父》,但在那之后的很多年我才读了这本书。现在它还待在我伦敦家的书架上,每次看到它我便会想到我那优秀的继父以及我的非意大利籍家庭。

G夫人的肉丸意大利面
Mrs G's Spaghetti and Meatballs

4人份

1. 将牛肉馅、大蒜、欧芹、鸡蛋、面包屑、盐、胡椒和红酒全部倒到碗里。用手将它们混合在一起。混合物应该较为黏稠但不会太湿——如果太湿可以再加点面包屑，如果太干的话就再加点红酒。盖上盖子放入冰箱冷藏1个小时。

2. 从冰箱取出肉馅揪出餐勺大小的球形，并均匀地裹上一层中筋面粉。所有的肉馅大概可以做20至24颗肉丸。

3. 在煎锅中倒入几餐勺油加热。加入肉丸，煎至每面呈金棕色。检查其中的一颗看看是否完全煮熟，然后关火，暂时将肉丸放置一旁待用。

4. 现在来制作酱料。煎锅洗干净，以中火加热1餐勺橄榄油。油烧热后加入一罐番茄罐头，不断搅拌至其冒泡，然后加入番茄泥、盐和糖。关小火，并不断搅拌至酱汁浓稠。加入肉丸，让其均匀地裹上酱汁，开最小火慢煮，同时去煮意面。

5. 往最大的炖锅中加入水烧开。往开水中加入一大撮盐（你必须确保煮意面的水和海水一样咸），放入意大利面，煮至"咬劲十足"的状态。留下一大杯煮意面的水并滤干意面。将意面倒入酱汁中并搅拌，加一点煮意面的水能让意面更加顺滑。搭配帕马森干酪和罗勒叶一起享用吧。

*肉丸内部不会很干燥或紧实，因此它们可能有点脆弱。把它们放入酱汁后请小心搅拌，或者，如果你想确保它们外形完整，请在混合意大利面和酱汁之前将它们从锅中盛出，之后再加进去。

配方

肉丸

500克／1磅又2盎司牛肉馅

1瓣切碎的大蒜

1把平叶欧芹，切碎

1颗鸡蛋

2餐勺面包屑

盐和胡椒

125毫升／4液盎司／½杯白或红葡萄酒

3餐勺中筋面粉

橄榄油

酱汁

400克／14盎司碎番茄罐头（如果你们那里现在是夏天并且能够买到美味的番茄，你也可以使用600克／1磅又5盎司新鲜番茄）

2餐勺番茄泥

1撮盐

1撮糖

以及

300克／10½盎司意大利细面

磨碎的帕马森干酪

新鲜罗勒叶

132

133

一千个猪肉生姜饺子
A Thousand Pork & Ginger Dumplings

回到家,我让厨娘去煮几大锅水,并切大量的猪肉和蔬菜,我们需要做一千个饺子,一些用蒸的一些用煮的,搭配足量的新鲜生姜、上好的酱油以及美味的甜醋。

《灶神之妻》,谭恩美

经常有人问我最想念布里斯班的什么。有些人说我从一个温暖的城市搬到一个寒冷的地方,肯定会想念之前温暖的天气。但其实我是一个更喜欢冬天的人,比起坐在沙滩上晒太阳我更喜欢被厚大衣包裹着。

我所想念的都是一些琐事,例如与家人们一起准备料理。我想念我们的晚餐派对,想念为八十个人准备鸡尾酒派对食物,想念我们在厨房岛台周围设立的生产线。总之料理就是一项社会活动。虽然你的手是忙碌的,但你可以轻松地与旁人进行交谈。所以我才会喜欢谭恩美的书:书里的人物会在享用食物、制作食物以及享用食物的过程中展开各种各样的交谈。

这些饺子非常适合与家人一起制作,不过我现在已经远离了家人,所以我通常都是一个人制作这道料理。还有一个很棒的地方是,因为我是一个容易焦虑的人,而我发现制作这道料理的过程能够非常有效地缓解这种焦虑。一旦掌握了折与捏的手法,包饺子对你来说便很简单。看着饺子堆不断增大,这个缓慢而平静的重复过程真比其他任何时候都更能带给我动力。

猪肉生姜饺子
Pork and Ginger Dumplings

保守估计可做30个

1. 首先制作饺子皮。将面粉和盐倒在碗里，加入水。用木勺搅拌至其混合，待它们冷却后用手进行揉搓。然后盖上盖子让面团醒发半个小时。

2. 制作馅料。在平底锅里以中火加热芝麻油，加入大蒜炒几分钟，记得不断翻炒以避免焦掉。随后加入青葱、姜和辣椒，翻炒1分钟后加入猪肉，再炒5分钟，记得不断翻拌确保猪肉煮熟。加入柠檬皮、柠檬汁和酱油最后煮几分钟，关火，暂时置于一旁待其冷却。

3. 拿出醒发好的面团揉搓10分钟，直至其变得顺滑。一开始，面团可能会太硬，很难上手，但一定不要气馁，用你的手掌根部不断去揉搋面团。如果面团实在硬得不行，你可以慢慢地加点水，每次1茶勺就好。当面团最终变得顺滑柔软时，将其分成6块，把其中的5块盖上保鲜膜放入冰箱中。

4. 在案板上撒些面粉，将面团擀成大约2毫米或⅛英寸的厚度，使用一个8厘米或3¼英寸的饼干模具印出圆形饺子皮。给印好的饺子皮盖上毛巾，先放一旁。你可能会想在每片饺子皮之间铺张油纸以防它们粘在一起，但我并未这么做，只是在要使用时非常小心地取出每一张饺子皮。重复这个步骤直至做完剩下的面团。

5. 往冷却的馅料中加入水和面粉，调成面糊，然后建立一个饺子生产线：先盛一大茶勺的馅料到饺子皮中心位置，用手指沾点面糊涂在饺子皮上部边缘处，将另一面饺子皮折过去做成半圆形状。

6. 从半圆形一端开始捏紧饺子皮，确保没有缝隙。用大拇

配方

饺子皮*

180克／6⅓盎司／1⅓杯中筋面粉

1小撮海盐

80毫升／大约5餐勺刚烧开的水**

1餐勺面粉和2餐勺水（用于黏合饺子皮）

馅料

1餐勺芝麻油

5瓣大蒜，切碎

2根青葱／小葱，切碎

1½餐勺切碎的生姜

1根较大的青辣椒，切碎

200克／7盎司猪肉馅

1颗青柠皮和果汁

1餐勺酱油

酱料

1餐勺芝麻油

80毫升／5餐勺米酒醋

1餐勺甜辣酱

2餐勺酱油

1撮糖

*你也可以选择从外面买回现成的饺子皮，我有时候没时间也会这么做。

** 天气较炎热的时候你可能需要用到140毫升／4又½液盎司的水才能让面团变得足够柔软。

指和食指捏出褶皱，中指在下面做支撑。不断重复这个步骤直至捏到半圆形的另一端。将做好的饺子放在棉布下并继续做完剩下的饺子。

7. 现在来准备酱汁。将所需食材放入一个小锅里煮开。调小火慢慢炖煮，这时，你可以煮饺子了。

8. 往一口大锅里装满水并煮开，调小火后分批放入饺子，确保它们有足够的空间，不会都挤在一起。煮5、6分钟，用漏勺将饺子捞出，滤干水分便可装盘。将酱汁淋在饺子上面，马上享用吧。

希腊菠菜派
Spanakopita

> 苔丝德蒙娜一层一层地堆叠着,她先加了核桃、黄油、蜂蜜、菠菜、芝士,然后加了更多层面皮,再加入黄油,最后才将它们放入烤箱中。
>
> 《中性》,杰弗里·尤金尼德斯

我曾经试着去制作酥皮生面团。但是在经历了一个惨痛的下午后,我可以很确定地跟你们说:千万不要轻易尝试它。包含着一层又一层甜味或咸味馅料的酥皮点心,通常都需要将面团擀得像纸张那么薄,烤出来才会足够酥脆。我们都不是机器,所以直接去超市买可能会轻松许多。真的,用外面买回来的酥皮面团制作这款菠菜派能让你无需忙碌一整天便可做出一顿美味的周三晚餐或简单的周末午餐。

这道料理的关键是黄油:每一层面皮间都要夹满大量的黄油,软塌塌又苍白的酥皮是不可能吸引人。而更重要的还有,菠菜一定要滤得非常干。挤压它,过滤掉多余的水份,然后再重复这一步骤。做到这几点,你的菠菜派绝对会非常美味。

在《中性》中,苔丝德蒙娜在家里的各个地方都铺了她的酥皮,因为那是二十世纪二十年代,在美国超市里还买不到希腊酥皮面团。当你买回酥皮面团后,尽可能先别打开它。因为早早打开会让酥皮面团快速变干,导致它不能有效地包裹住菠菜馅料。

配方

1颗棕色洋葱,切碎

1餐勺没有味道的油

1千克／2¼磅冷冻菠菜

1餐勺切碎的莳萝

3餐勺切碎的平叶欧芹

1颗鸡蛋

100克／3½盎司菲达芝士

现磨豆蔻

盐和胡椒

100克／3½盎司／不足1根的黄油

10张酥皮面团

芝麻（做装饰）

希腊菠菜派
Spanakopita

4人份

1. 预热烤箱至180摄氏度／350华氏度／第4档。取一只较大的煎锅，倒入油加热，并放入洋葱翻炒。当洋葱变得半透明时倒入菠菜继续翻炒。记得开较大的火，让这些蔬菜的水份尽量被炒干。

2. 将菠菜和洋葱倒进滤网中，用手挤掉多余水分。你能挤掉的水分越多，你做出来的菠菜派就会越酥脆。挤好的菠菜置于一旁冷却。

3. 待菠菜凉后加入切碎的香草、鸡蛋与菲达芝士。加入磨碎的豆蔻、盐和胡椒进行调味。

4. 在锅里融化黄油。在案板上铺2张酥皮面团，将较长的那一面朝向你，2张面团重叠的高度是2厘米或¾英寸。在面团上刷满厚厚的黄油，再叠上2张酥皮，继续刷黄油、叠放酥皮，直至你用光所有酥皮。在靠近你那一侧的酥皮位置放上差不多5厘米或2英寸宽的馅料。将酥皮从你那一侧向前方卷起，然后将其缠绕成漩涡状。

5. 将做好的菠菜派放在铺了油纸的烤盘上，刷上足量的黄油，再撒些芝麻，放入烤箱烤25分钟直至上色。

{1}

{2}

{3}

{4}

{5}

{6}

139

西非辣椒炖鱼饭
Jollof Rice

她做了他喜欢的西非辣椒炖鱼饭,加了少量的红辣椒和青辣椒,他用叉子往嘴里送了一口饭,然后说"这简直太好吃了",和他过去所吃的一样美味。她觉得自己的眼泪快要掉下来了,并且有好多问题想要问他。

《美国佬》,奇玛曼达·恩戈齐·阿迪契

我非常喜欢家族食谱。我们家有好几本我母亲手写的家族食谱,几乎都是外婆和曾祖母口述给她听的。当我搬到英国的时候,母亲给了我一整盒手写的食谱卡片,那些都是我用过好多次的。我们家也有一些并未记录在纸上的家族食谱。就像我们的波隆那肉酱,除了番茄、牛肉和香草外我们还加了蘑菇。还有我们的蛋炒饭,我们会使用冰箱现有的任何食材去制作这道料理。这些都是我现在仍在使用的做法。

《美国佬》中,远离家乡远的伊菲麦露为了得到心灵的慰藉而做了这道料理。当我开始研究这道食谱时,我询问了一些朋友以及朋友的朋友。他们热情地提供了关于这道料理的种种细节,包括高汤所使用的牌子、煮米饭的最佳方法以及酱料的浓稠度等等。在搜索关于这道食谱的相关内容时,我觉得自己必须咨询那些将其作为主食的人,那些就像我们看待炒饭那般去看待这道料理的家庭。

他们和我分享的食谱不止关于这道料理的配方和做法,通常还包含了相关的故事,例如有人告诉我:"我的母亲会将一些蔬菜切碎后加入这道料理中,好让我的兄弟们察觉不出里面有蔬菜。""我的婶婶会使用美极高汤去制作这道料理,她说一定要使用美极这个牌子。"所以我在这里分享的配方其实是对于这些食谱的总结,我不能保证这就是最佳版本,但这的确是我最喜欢的配方。对于一道不同人会采用不同方式并且会出现在无数家庭中的料理,我只能这么做了。

西非辣椒炖鱼饭
Jollof Rice

作为主食的话是4人份,作为配菜则能供应更多人

1. 去掉辣椒籽,将其切成大块。将番茄四等分并去籽。将洋葱切成大块。将处理好的这些食材以及盐放入料理机或使用研磨器打／碾成糊状。

2. 锅里以大火热油,倒入打好的蔬菜糊。调小火将其熬至浓稠状(大约需要10分钟),期间一定要不断搅拌避免粘锅。

3. 同时来煮米饭。用冷水冲洗大米3次,倒入炖锅中,加入高过大米2厘米或3/4英寸的水。盖上盖子煮开,随后让其慢慢炖煮。当里面的水蒸发至和大米持平时(全程都要盖着盖子),将火关掉让其继续焖一会,直至你熬完酱汁。

4. 将番茄泥、弄碎的高汤块、香料、切碎的红色和青色辣椒加入蔬菜糊中。继续以小火熬煮5分钟,直至辣椒都被煮软。将其从火上拿开,与煮好的米饭拌在一起,可以搭配肉、鱼。

配方

蔬菜糊

2个小的红辣椒

2个苏格兰帽椒(可以根据喜好增减)

600克／1磅又5盎司番茄(或者1罐400克／14盎司的切碎番茄罐头)

1颗红洋葱

1大撮盐

3餐勺菜籽油

搭配

250克／9盎司／满满的1½杯长粒大米

4餐勺番茄泥

1个鸡肉高汤块

2茶勺咖喱粉

1小撮碾碎的豆蔻

1颗小的红辣椒,切碎

1颗小的青辣椒,切碎

工具

料理机／研磨器

美味咖喱
A Fine Curry

现在我们知道塞德利夫人是如何为他儿子准备他喜欢的咖喱了,在晚餐时丽贝卡也吃了一部分。她好奇地看向约瑟夫先生并问道:"这是什么?"

约瑟夫狼吞虎咽地吃着,他兴奋到脸都涨红了,并说:"这太好吃了,母亲,这就像我在印度吃的咖喱那样好吃。"

《名利场》,威廉·梅克比斯·萨克雷

在我父亲家旁边的那条路上有一家小小的印度餐厅,它坐落在一家频繁换老板的炸鱼薯条餐厅以及一个始终空荡荡的店面中间。但是这家印度餐厅却兴旺了起来。它那时候(而且——我的家人向我证实——现在也)很棒。

大学期间我曾经在这里工作过,我会在周四和周六晚上负责将香气四溢的藏红花饭打包到餐盒里,也会帮忙打点甜蜜的芒果拉西(印度酸奶),并将热气腾腾的黄油鸡端到热闹的餐厅里。这里提供的咖喱种类真的非常丰富,不过主厨为我们制作的员工餐却和这里卖的咖喱酱汁不一样。会更干一些,包含许多不同的蔬菜,并且加了更多的香料,我们会在晚上关门前聚集在一起用手直接吃,配上许多好吃的烙饼。

在看到《名利场》中的贝基·夏普第一次尝试咖喱时,我便想到了自己的一些经历。她往嘴里塞了一大口咖喱,想要表现得对印度的事物感兴趣,从而给约瑟夫·塞德利留下好印象。在尝试了红辣椒的辣度后,她又咬了一口青辣椒,当然,她马上就后悔了。这和我最初尝试咖喱的经历几乎一模一样。小时候,每当我想要证明自己能够承受这种辣度,下场都是不得不喝掉一大口酸奶,给自己快要烧掉的舌头降降温。不过现在,我对于辣的接受度越来越高了,你们在尝试这个食谱时可以根据自己的吃辣水平进行适当的调节。

羊肉土豆咖喱
Goat and Potato Curry

4人份（量大）

1. 将姜、大蒜和辣椒打／研磨成糊状。在锅里以小火加热酥油，倒入香料糊翻炒5分钟，直至将香气炒出来。确保不断翻炒以避免粘锅或者焦掉。

2. 加入孜然和香菜籽以及肉桂棒，以小火再炒5分钟。放入洋葱让香料糊将其裹住，并继续翻炒10分钟直至洋葱变软呈现透明状。

3. 倒入肉。将火调成中火，加入姜黄和红辣椒，让肉均匀地裹上这些香料并炒至每面上色。倒入面粉继续翻炒，让肉都能裹上面粉。

4. 加入高汤煮开。调成小火慢慢熬煮，盖上盖子煮1个小时直至肉变软。如果快烧干了可以再加点高汤。

5. 加入切好的土豆，搅拌下，盖上盖子继续炖煮20分钟左右，直至土豆和肉都完全煮软。

6. 盛出煮好的咖喱，搭配印度薄饼、馕或米饭一起吃，还可以再搭配一些酸辣酱或酸辣柠酱。

配方

拇指大小的姜片，去皮

4瓣大蒜

2根长的青辣椒，去籽

30克／1盎司酥油（或菜籽油）

2茶勺孜然籽，碾成粉

1餐勺香菜籽，碾成粉

1根肉桂棒

2颗棕色洋葱

700克／1½磅山羊肉，切成2厘米／¾英寸厚（如果买不到山羊肉也可以选择羊肩肉）

1茶勺姜黄粉

1茶勺辣椒粉

2餐勺中筋面粉

500毫升／17液盎司／满满的2杯蔬菜高汤

400克土豆，去皮切成2厘米／¾英寸大小的块状

工具

研磨器或料理机

炸鱼薯条
Fish & Chips

当布鲁姆夫人带着炸鱼和薯条到家时,她受到了热烈的欢迎。

《没有人想要这只小熊》,珍妮特·阿尔伯格和艾伦·阿尔伯格

十二岁的时候我便决定,一旦自己有能力就要搬到英国去,并且向自己承诺,一旦法定年龄便要开始找工作赚钱。在澳洲,这一年龄是十五岁。在我十五岁生日的前夜,我们去一家炸鱼薯条店吃饭,母亲怂恿我去问问老板需不需要员工。于是一周后,我开始在这里工作了。

在接下来的六个月里,我穿着夏威夷T恤和工装短裤,伴随着油炸鱼的香气,一直站在深油炸锅前。在这里,我学到了油炸面糊必须是冰冷的状态,学到了搭配薯条最好吃的调味料是什么(盐和苹果醋,或浓稠的蛋黄酱),以及附近哪家店的巧克力棒最适合裹面糊油炸(Bounty巧克力是最好的选择)。虽然很快我便换到印度餐厅当服务员,并且比起油味我更喜欢咖喱的香气,但不管怎样,我的第一份工作都带给了我深刻的影响。我也发现了自己非常喜欢从事与食物有关的工作。

《没有人想要这只小熊》以二十世纪三十年代末的伦敦为背景,里面有一只可怜的小熊被人从一个家庭丢给另一个家庭。小熊躲过了被拆解"回收"的危险,体会过被丢弃大雨中的滋味,经历了德军的空袭。而它生命里的第一天,则是与一包炸鱼薯条一起,被装在某个双肩包里带回了家。

炸鱼薯条
Fish and Chips

2人份

1. 土豆去皮，切成长条状，大约1厘米或½英寸的宽度。煮5分钟直至刀可以轻松插入。煮土豆的时候千万不能大意，一不小心就可能煮过头。煮好后滤干水分放凉待用。

2. 在一个高边平底锅中倒入油，并加热至150摄氏度／300华氏度。如果你没有温度计，可以将木勺的柄放入油中，只要勺柄四周出现小气泡就说明油温够了。如果气泡都浮在表面说明油太热，你需要降低油温。将土豆放入油中炸5分钟左右直至变成浅金色。用厨房用纸滤干多余的油分并暂时放凉一些，同时你可以准备炸鱼。

3. 将油温稍微提升至180摄氏度／350华氏度（放入木勺柄时气泡将变得更大、更活跃）。将面糊材料从冰箱取出。将面粉和泡打粉混合均匀，倒入气泡水，用力搅拌均匀。最终的面糊应该是较为浓稠且带有泡泡的。将额外的3餐勺面粉倒在一个较浅的碟子里。

4. 取一片鱼裹上面粉，抖落多余的面粉，并均匀地沾上面糊。将鱼片放入油中，前后移动，以让面糊膨化，并确保炸鱼能够漂浮在油上。重复这些步骤直至炸完所有鱼片。如果锅太小，便需要一片片慢慢炸。

5. 在炸鱼的时候将其翻面一至两次，当鱼变成金棕色时（需要5、6分钟）捞出，放在铺了厨房纸的碟子上。在滤掉油分的同时可以继续去炸薯条。

6. 将放凉后的薯条再倒回油里炸2分钟直至变成金色。如果还有多余的面糊，你也可以将其丢进油里油炸。同样在厨房纸上滤掉薯条的油分。最后，加些盐和醋，以及你喜欢的任何调味料，开始享用吧。

配方

薯条

200克／7盎司马里斯派柏土豆（比较粉）

2升／3½品脱／8½杯植物油

炸鱼

300克／10½盎司腌制过的白鱼（我用的是鳕鱼腰上的肉，你也可以用黑线鳕或绿青鳕）

面糊

100克／3½盎司／¾杯中筋面粉，以及额外的3餐勺中筋面粉

1茶勺泡打粉

125毫升／4液盎司／½杯气泡水

以及

盐和醋

蛋黄酱／塔塔酱

豌豆泥

腌洋葱

柠檬

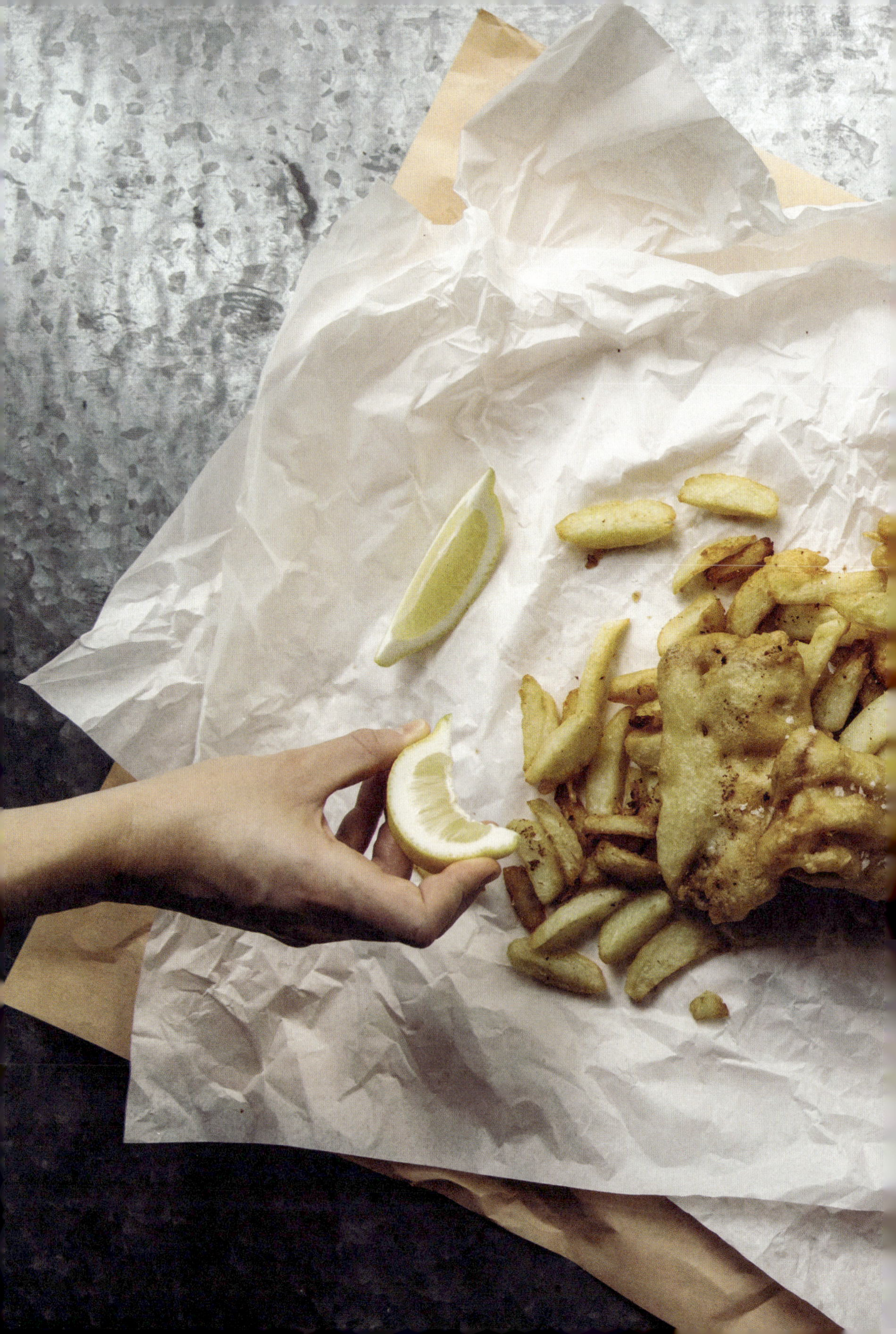

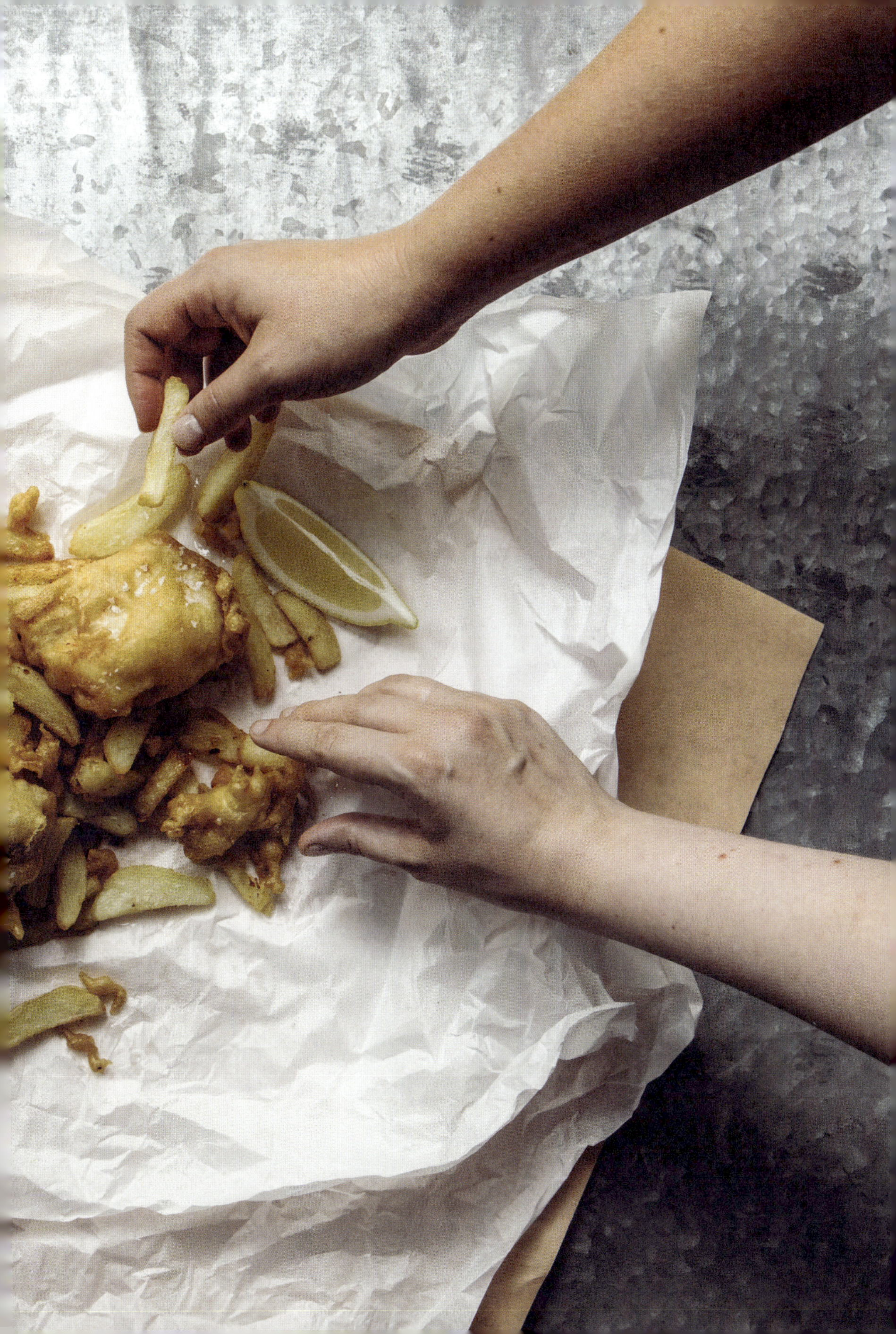

砂锅焗鸡
Chicken Casserole

"我觉得是时候去看看炖锅了。"我边说边站了起来。

"刚刚七点半呢。"

那应该是一锅非常美味的鸡肉,我敢保证威廉没吃过比这还美味的鸡肉。

《优秀的女性》,芭拉拉·皮姆

我不能想象自己三十岁的时候还是单身。成长的过程中,我总以为自己到这个年龄时会有另一半,并且很快会有自己的小孩。我不会想到,在参加一个又一个朋友婚礼时,自己是那些只身前往的人之一。

所以,在发现了这本书中"优秀女性"的代表米尔德里德的时候,我超开心。在这本书中,"优秀女性"是用来形容那些单身却在规划教堂慈善义卖以及圣诞市集等活动中具有贡献的女性。米尔德里德的确很擅长做这些事,除此之外,她还是一个非常幽默又真诚的人。我在这本书中还找到一些共鸣:一个人的午餐和晚餐,与成双成对的人一起吃晚餐时难以避免的落单感,以及一个人吃东西的自由与挑战。

这里的砂锅焗鸡便是一道适合在晚餐时招待朋友的料理。它不会花费你太多的时间和精力,只需要将其从操作台放入烤箱就行,它会自己在烤箱里慢慢变美味,你和朋友可以轻松地开瓶红酒,悠闲地聊天。米尔德里德是和埃弗拉德一起吃这道砂锅焗鸡,埃弗拉德是人类学家,也是米尔德里德之后的丈夫。当然啦,一个人也可以享用这道料理。如果你和我一样是一个人吃,可以将所有食材的分量减半,并用四根小鸡腿替换整只鸡。如果吃不完,可以留到隔天作为午餐继续吃。

砂锅焗鸡
Chicken Casserole

4人份

1. 预热烤箱至200摄氏度／400华氏度／第6档。在一个较大的煎锅中融化黄油，一旦黄油开始冒泡便可以将鸡肉放进去，鸡皮朝下。如果煎锅摆不下所有鸡肉，可以分批煎制。煎好后盛出放一旁待用。

2. 用剩下的黄油煎洋葱、芹菜、韭葱和胡萝卜，大约5分钟，直至这些蔬菜变软。倒入面粉不断搅拌，烹煮2分钟。加入红酒再煮几分钟。将蔬菜和红酒倒入砂锅中，加入柠檬片、大蒜、盐、胡椒和百里香。倒入高汤，然后鸡皮朝上放入鸡肉。

3. 将砂锅盖上盖子，放入烤箱烘烤20分钟，拿掉盖子再烤5分钟，烤至叉子插入鸡肉中取出是干净的状态。将鸡肉搭配蔬菜和一大勺渗出的汤汁一起食用。

配方

30克／1盎司／2餐勺黄油

分解好的整只鸡*（大约1.5千克／3¼磅）

2颗棕色洋葱，切碎

2根芹菜，切碎

2根胡萝卜，切碎

2餐勺中筋面粉

125毫升／4液盎司／½杯白葡萄酒

2颗柠檬切厚片

4瓣大蒜，用刀稍微压一压，不要完全碾碎

盐和胡椒

20枝百里香

125毫升／4液盎司／½杯鸡汤

工具

较大的砂锅（或烤盘）

*确保整只鸡处于室温状态。将其背面朝下，鸡腿朝上。将鸡腿拉开，找到鸡腿上段与身体的连接处，将其切断。然后找到鸡腿下段与上段的连接处，也切断。同样方法处理另一只鸡腿。将鸡翻过来，找到鸡翅和身体的连接处，切断。最后将鸡胸朝上，找到鸡胸中间的位置，切开。将鸡胸与骨头分离，或直接穿过骨头切开。

咖喱香肠
Curried Sausages

"太好吃了,"泰德说着,又吃了一大口,"这是我吃过的最美味的咖喱。就像糖渍樱桃一样美味。"

《与女王相处的两个礼拜》,莫里斯·葛雷兹曼

在我十三岁的时候,我们家人去医院的次数变得非常频繁。在我们这个大家庭中,我们所爱的人患上了癌症。母亲需要为我们的每日餐食提前做好各种准备,在我们从医院回到家里时。总是有四五种食物可以选择,我们只需再次加热就行。周末的时候我和妹妹会帮助母亲准备足够多的可以冷冻起来的食物,并为其他人打包一些食物——母亲觉得他们需要支持,还需要香肠。

我将香肠放入微波炉加热的次数真是多到数不清了。比起其他任何食物,香肠更能带给我安慰。它们陪我大哭过,听我倾诉过,我会在非常想家的时候给自己做香肠吃。它们和米饭非常搭,而如果你不想煮饭的话也可以,和吐司一起吃,单单吃香肠也是可以的。

莫里斯·葛雷兹曼的《与女王相处的两个礼拜》提及了一些重要问题,如死亡、癌症、家庭、艾滋病、孤独,并且对书中一系列奇怪的角色抱有明显的情感。这些话题总能够骗取我的眼泪。书中的科林在兄弟确诊了癌症晚期后被迫从澳洲搬到英国,他在书中两次做了这道料理,都是为了安慰那些感到悲伤以及失去爱人的人。其实在此之前我已经忘了科林的咖喱香肠了,只是刚好最近又想起,并再次为此流下了眼泪。科林家的咖喱香肠和我们家的香肠发挥着同样的作用。以下食谱源自我的母亲。

咖喱香肠
Curried Sausages

6人份

1. 在水中慢煮香肠3分钟，直至煮熟，剥去香肠外皮，将其切成1厘米或½英寸的厚度。在锅里热油，加入洋葱、胡萝卜和芹菜，炒软即可，不要炒成棕色，记得要不断翻炒。

2. 加入咖喱酱煮2分钟。倒入面粉以小火熬煮3分钟，同时不断搅拌。蔬菜必须均匀地裹上咖喱和面粉。慢慢地加入牛奶，一开始先加200毫升／7液盎司，然后继续添加，持续搅拌，直至所有混合变成浓稠的白色酱汁。

3. 这时候加入香肠和豆子继续熬煮，将其全部煮熟。用盐和胡椒调味。煮好后可以搭配米饭或吐司食用。对于这道料理，你并不需要考虑如何装盘——这是一道有治愈力的温暖料理，任何人都可以窝在沙发上慢慢享用它。

配方

1千克／2¼磅脂肪较多的香肠

750毫升／1¼品脱水

2餐勺植物油

2颗中型棕色洋葱，切碎

1根大的胡萝卜，切碎

1根芹菜，切碎

1餐勺咖喱酱（可以是科尔马咖喱或马德拉斯咖喱）

4餐勺中筋面粉

600毫升／1品脱／2½杯牛奶

75克／不足3盎司／满满的½杯冻豆子

盐和胡椒

牛排和洋葱
Steak & Onions

是否有可能因为一盘洋葱而坠入爱河呢？
(……)
我说："牛排不错。"然后像听诗歌一样听到了她的回答："这是我吃过最美味的牛排。"

《恋情的终结》，格雷厄姆·格林

从几年前我便开始减少饮食中肉类的摄入量：我会在工作日吃鱼和蔬菜，等到周末再吃肉。而当我去买肉的时候，我更多的是前往肉店或市场。

前往东伦敦的百老汇市场逛每个摊位便成为我在周六早上最喜欢做的事。我会挑选一些鸡腿、黑布丁（血肠）或五花肉去制作自己的肉食晚餐。通常我只会在较特别的周末准备牛排，牛排总是能让人感到兴奋。平常我都只是准备一人或两人份的餐食，很少会买大块的肉，只在圣诞节母亲和外婆来看我时才有所不同。外婆计划做她拿手的"羽绒布牛肉"，就是以非常高的温度快速烹煮牛肉，然后将其包裹在羽绒布中放置六七个小时，利用余温继续将其煮熟。这样做出来的牛肉泛着淡淡的粉色且入口即化，非常好吃。

在母亲和外婆到来之前，我的任务便是去买肉。能去经常买肉的摊位上来块比平时更大的肉，这让我很开心。但我犯傻，买错了肉，导致我的冰箱冷冻柜中躺着八块菲力牛排等着我之后几个月来慢慢消耗。很快地，我从对肉类的禁欲中走了出来，一分熟牛排成了我最喜欢的食物之一，这道牛排也确实是我吃过最好吃的料理。

我觉得这道菜是这本书中最性感的一道料理，真心推荐你们做给自己喜欢的人吃。莎拉在《恋情的终结》中对于牛排的看法应该也是你想要得到的反应，所以，尽可能简单地去烹饪它，并且记得放置一会。此外，我也敢保证，你们一定会爱上搭配牛排的洋葱。

153

配方

烤洋葱

大约16个较小的红葱

50克／1¾盎司／3½餐勺黄油

30枝百里香

盐和胡椒

牛排

2块牛腿排

盐和胡椒

橄榄油

工具

烤锅或较厚的煎锅

牛排和烤洋葱
Steak and Onions

2人份

1. 预热烤箱至180摄氏度／350华氏度／第4档。提前将牛排从冰箱拿出恢复至室温。

2. 去掉红葱的头尾，剥去外皮。取一个较小的耐热容器，将红葱一个切面朝上摆好。在每个红葱上放一小块黄油，放上百里香，然后撒些盐和胡椒。将它们放入烤箱烤50分钟直至红葱上色且变软。

3. 在烤箱里的红葱只剩最后15分钟的时候开始烹饪牛排。加热一个烤锅或比较厚的平底锅，直至水滴下去会马上蒸发。在牛排的一面撒些盐和胡椒，将撒了调味料的那面朝下放入锅中。

4. 30秒左右给牛排翻面。其实我不想给你们具体的时间，因为不同厚度的牛排的翻面时间也不同。我通常是使用在学校中学到的手感测试法*。当牛肉煎至你喜欢的熟度时，将其用锡纸包裹住静置5分钟。

5. 最后将牛排切成长条状，摆在碟子上，用盐、胡椒和一些橄榄油调味。搭配烤好的洋葱一起食用。

*手感测试：将一只手的食指碰触大拇指（不需要捏紧，只要碰着就好），用另一只手的食指按一下大拇指根部，再按一下牛排。1分熟的牛排便接近于此时大拇指根部的软度。一旦达到这个软度，立刻将牛排从平底锅中盛出。不同的手指对应不同的熟度（依然是手指触碰大拇指，另一手的食指按压大拇指根部）：

1分熟：食指
3分熟：中指
5分熟：无名指
全熟：小拇指

155

蛤蜊浓汤
Clam Chowder

我们早就因为冷冷的航行而饿惨了，特别是魁魁格在看到眼前摆着自己最喜欢的海鲜时，而且那份浓汤真是美妙绝伦，我们飞速地吃掉了它。

《白鲸》，赫尔曼·梅尔维尔

我曾在海边度过好多个假期。从我的家乡布里斯班朝南或朝北开车一个小时，便能够到达世界上最美丽的海滩之一。在青少年时期，我的暑假几乎都是在这些海滩上度过的，每天早上我都会早早地去冲浪，而下午则是抱着一本书待在露台上。在海边的这些时候，我们总是会吃很多很多海鲜，通常都是热乎乎的炸鱼薯条，或者粉嫩的大虾，我们会剥去虾壳，将虾肉塞入新鲜的面包卷并搭配海鲜酱一起吃。

而这里的蛤蜊浓汤则是来自一次较为不同的海滩假期，在这个假期里，人们艰难地行走在悬崖边上，大风迎面吹来，咸湿的沙子拍打着脸庞。我在威尔士西南海岸上经历过这样的的假期，在那里，大西洋的飓风让人很难顺利前行。那个晚上，我们蒸了一大锅青口，但这只是前菜，毕竟那是一个寒冷的夜晚，我们需要一些能够暖身的食物。因为这道料理本身就非常简单，且在《白鲸》中已经有非常详细的描述（有一个完整的章节描述了点餐与享用的全过程），所以对于这道食谱我并未做太多改变。

当然，可以加大分量，但我更喜欢做一人份。因为对我来说，好的蛤蜊太奢侈了，我的预算只够我自私地享用。话虽如此，这个分量也可以勉强作为两人份的前菜。

蛤蜊浓汤
Clam Chowder

1人份

1. 清洗蛤蜊，将它们放入炖锅中，加入水。盖上盖子，煮沸后让其继续焖煮几分钟直至蛤蜊的壳全都打开——尽量避免不要太频繁地开盖偷看。煮好后滤干蛤蜊，并保留倒出来的水。当蛤蜊冷却后将其去壳，放在一旁待用。

2. 以中火煎意式培根。培根会释放自身的油脂，所以你不需要额外加油。将煎好的培根盛出，剩下的油可以继续煎红葱。煎5分钟直至红葱变色，记得不断搅拌避免焦掉。

3. 将培根重新倒回锅里，加入百里香的叶子、月桂叶以及面粉。翻炒1分钟。

4. 在滤网中铺块棉布，将煮过蛤蜊的水倒入滤网中过滤。随后慢慢将过滤好的蛤蜊水倒进培根中，并不断搅拌。加入切小块的土豆，中火继续煮10分钟，直至土豆完全煮熟。

5. 将蛤蜊也倒进去加热一会儿。关火，倒入奶油和黄油搅拌均匀，用足量的胡椒和一小撮盐调味。最后搭配面包或饼干一起食用。

配方

500克／1磅又2盎司蛤蜊（这是包括壳的重量）
200毫升／7液盎司水
75克／2½盎司意式培根
1颗红葱，切碎
3根百里香
月桂叶
1餐勺中筋面粉
1颗中型的蜡质土豆，切小块
40毫升／不足3餐勺高脂奶油
10克／⅓盎司／2茶勺黄油
盐和胡椒

工具

一块棉布

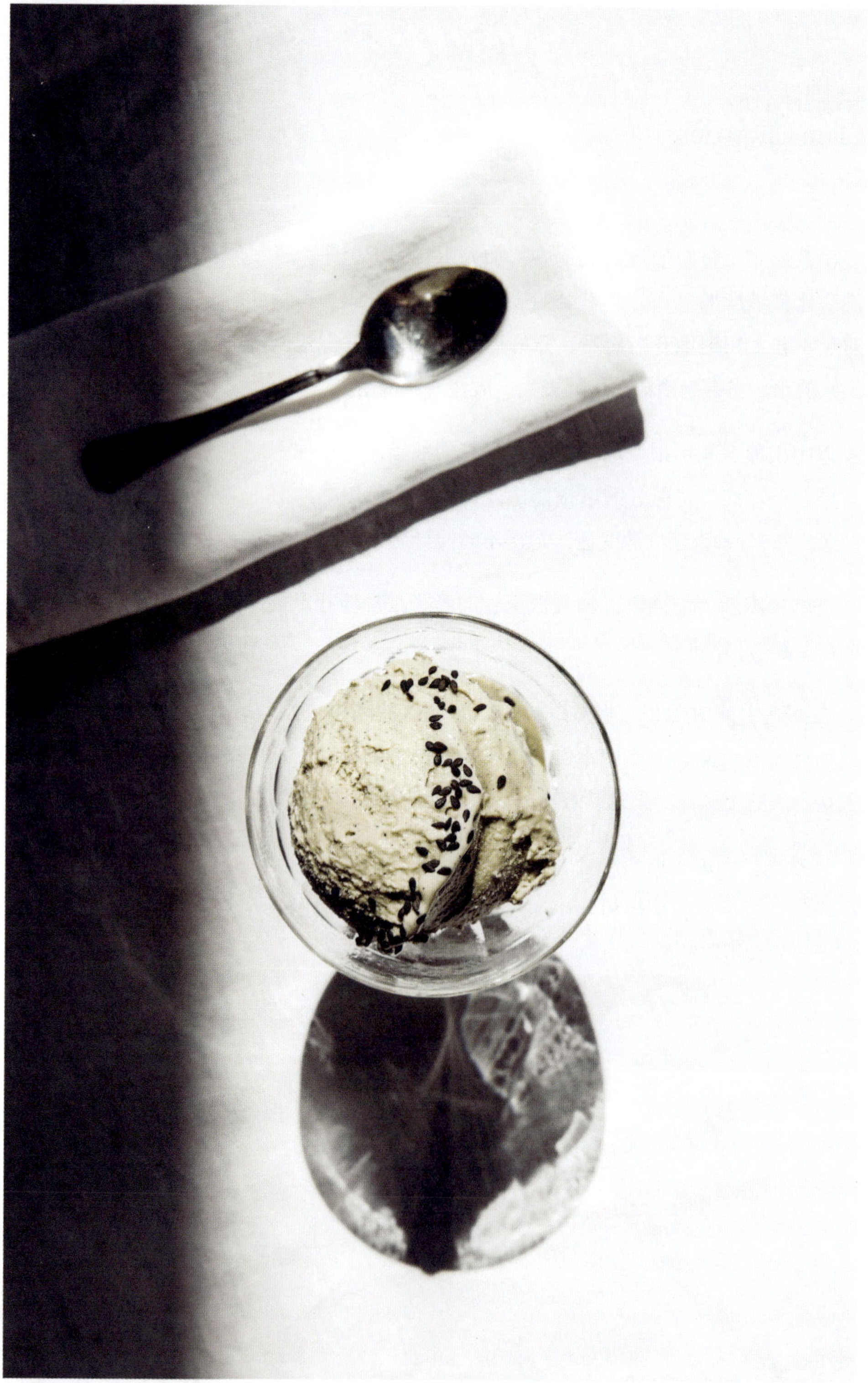

黑色冰淇淋
Black Ice Cream

所有东西吃起来都像胡椒,甚至是冰淇淋,黑色的冰淇淋。

《101斑点狗》,道迪·史密斯

我的外婆是一位非常特别的人,她会发出咯咯的笑声,并且在我小的时候养了两只黑猫,所以小时候我总是怀疑她是女巫。除此之外,她也是一位出色的厨子。虽然是母亲教我做菜,却是外婆鼓励我去尝试更多新鲜的、具有挑战性的东西。正是在她的鼓励下,我尝试了墨西哥巧克力酱、越来越辣的辣椒、羊脑杂碎以及鱼子酱。

每个黑色星期五(既是十三号又逢星期五的日子),她都会准备一场黑色食物晚宴,客人们会吃到一碟又一碟墨黑色的食物。我记得在吃完墨鱼意面后还有黝黑的巧克力冰淇淋作为甜品,这道甜品总是能让我想起库伊拉·德维尔的黑色冰淇淋。

事实上,我在这里分享的这款黑色冰淇淋并没有胡椒的味道,它和黑巧克力冰淇淋一样美味。但并不是所有人都会喜欢它——即使加了蜂蜜,它还是会有点咸,不过我觉得外婆一定会爱它。我希望这道黑色冰淇淋会出现在她的下一个黑色星期五晚宴上。

配方

1½餐勺黑芝麻

150毫升／5液盎司／⅔杯牛奶

150毫升／5液盎司／⅔杯奶油

3颗蛋黄

80克／不足3盎司／¼杯蜂蜜

½茶勺粗磨黑胡椒

1茶勺海盐

工具

杵和臼或香料研磨器

耐冻的碗或冰淇淋机

黑芝麻冰淇淋
Black Sesame Ice Cream

8球

1. 用杵和臼研磨黑芝麻。

2. 将牛奶和奶油煮至即将沸腾的状态。将蛋黄和蜂蜜混合搅拌至轻盈、起泡。缓慢地将牛奶和奶油的混合物倒入蛋黄和蜂蜜里，不断搅拌以避免蛋黄变成炒蛋。随后加入黑芝麻糊、胡椒与盐。

3. 将刚刚这份卡仕达酱倒入炖锅中，以小火加热，不断搅拌直至它能够挂在木勺上不掉落。

4. 用细筛过滤卡仕达酱（如此可以过滤掉较大的胡椒籽和芝麻粒），然后暂时放一旁冷却。随后将其倒入冰淇淋机中按照说明进行冷冻。或者倒入耐冻的碗里并放入冰箱冷冻1个小时，取出后快速搅拌以防止形成冰渣，然后再放入冰箱继续冷冻，之后的3个小时里每隔1个小时取出重复这个动作。最后冷冻一个晚上。

5. 在做好的冰淇淋上撒一些黑芝麻，一起享用吧。

面包黄油布丁
Bread & Butter Pudding

主菜早已被一扫而光,贝蒂带着面包黄油布丁回来了。

《赎罪》,伊恩·麦克尤恩

《赎罪》的前几个章节充满了浓郁的夏日色彩,似乎那让人难熬的酷暑分分钟便会穿透页面折射出来。在酷暑难耐的日子里,我总是会不自觉地选择那些冰凉的水果,会喝大量的冰镇气泡水,并吃一碗又一碗冰淇淋或雪葩。我真的受不了炎热的天气,气温一高我就很容易流汗,会容易急躁、回避难题。虽然有很多人会在夏天选择去公园或露天啤酒店晒太阳,但我更喜欢待在有微风的阴凉处,或坐在泳池边上。公园的话,我更喜欢在秋高气爽的时候去。

说真的,在一年中最炎热的时候做面包黄油布丁,恕我不能苟同。《赎罪》中,布丁紧接在一些让人甜得发腻的巧克力鸡尾酒之后,我不敢想象还有人能够吃得下它们。虽然绅士们在就座前都已脱下他们的外套,但用餐氛围还是让人窒息。

为你(和你的客人)考虑考虑,把这道菜留到较为凉快的晚上自然是最好的。可以为了制作布丁专门去买些面包,也可以恰好使用你剩下的面包;我通常都是在圣诞节后的那一周使用吃剩的潘尼朵尼(意大利圣诞面包)和白兰地黄油去制作这道布丁。

配方

80克／3盎司／¾根有盐黄油（室温状态）

1条吃剩的面包，切成三角形（布里欧修和潘尼朵尼非常好切）*

5颗鸡蛋

2餐勺黄砂糖

375毫升／12½液盎司牛奶

125毫升／4液盎司／½杯浓奶油

1茶勺香草精

75克／不足3盎司／½杯葡萄干，最好在朗姆酒中浸泡了一个晚上（可选择的）

1餐勺红糖

工具

较深且耐热的碟子（我的是26×18×10厘米／10¼×7×4英寸）

*关于面包。如果你很想吃面包布丁，但是你没有吃剩的面包了，也可以先拿出新鲜的面包片放1个小时再来制作这道甜品。放置能让你的面包稍微干燥一些，如此才能更有效地去吸收卡仕达酱。

面包黄油布丁
Bread and Butter Pudding

6人份

1. 给每块面包涂满黄油。将面包块立起来，一层层交错叠放在盘子上。

2. 将鸡蛋和黄砂糖倒在一起，搅拌均匀。加热牛奶和奶油至即将沸腾的状态，将它们慢慢倒入蛋液中，且持续不停地搅拌，避免鸡蛋变成蛋花。倒入香草精继续搅拌。

3. 将步骤2做好的卡仕达酱倒在面包上，如果面包因为液体而漂浮起来，记得要将它们重新压回去。在上面撒些葡萄干。暂时放于一旁，让面包吸收蛋液20分钟，此时你可以先将烤箱预热至160摄氏度／325华氏度／第3档。

4. 在面包上撒些红糖，然后将其放在烤盘上移入烤箱里。在打开烤箱门的同时往烤盘上注入一些沸水，确保烤盘里的碟子是被沸水所围绕着，这么做能让你的卡仕达酱更顺滑。

5. 在烤箱中烤35分钟，直至面包变成金棕色。烤好后暂时放凉5分钟后再分盘。

蓝莓派
Blueberry Pie

"正好来吃块蓝莓派。"朱克曼夫人说道。

"看看我的青蛙!"埃弗里说着,将青蛙放在滴水板上,并伸出手拿了块派。

《夏洛的网》,E.B. 怀特

我在这道食谱中分享的蓝莓派和《夏洛的网》中具有完美外观的蓝莓派其实有点不同,书里的蓝莓派是可以一整块递到埃弗里手上的。但因为我使用的是富含黄油和糖的酥皮,所以如果要编织网状的外皮真的会很崩溃。我做的这款蓝莓派很难从模具中取出切片,它更适合直接用勺子挖出来吃。尽管外观可能不是那么美丽,但我真的超爱这款蓝莓派。

我本身很喜欢蓝莓,搭配柠檬汁,可以很好地平衡酥皮的甜腻与松脆。我非常喜欢酥皮被水果浸湿后染上的紫色。这是一款会让你舀个不停的派;不管是刚出炉热腾腾的时候,还是摆在桌上后依旧温热的时候,或者刚从冰箱取出冰凉的时候,它都是那么的美味。我希望这款蓝莓派也可以出现在朱克曼夫人的餐桌上。

这真是一款很容易制作的派。虽然酥皮的操作较难一些,但不管你是否能够成功擀出酥皮,都不会影响最后的成果,你尽管放心操作。如果你觉得酥皮太黏难以擀开,那就不要用擀的,直接将酥皮放在派盘上,用你的手将它们按压平整就好。然后,你需要做的便只是揉碎酥皮面团铺在蓝莓上,它并不需要任何多余的修饰,不需要什么酥皮叶子或格子面皮。这道蓝莓派很好地印证了那句俗语,"easy as pie(像派一样简单,不费吹灰之力)"。

配方

500克／1磅又2盎司蓝莓

2餐勺柠檬汁

150克／5⅓盎司／1¼根黄油

150克／5⅓盎司／¾杯细砂糖

1颗鸡蛋

250克／8又¾盎司／2杯中筋面粉

1茶勺泡打粉

20克／¾盎司／不足¼杯杏仁粉

搭配

香草冰淇淋

工具

派盘

蓝莓派
Blueberry Pie

8人份

1. 将蓝莓倒入碗里,加入柠檬汁。用碾土豆泥的工具或叉子将部分蓝莓碾碎,并保留大部分完整的蓝莓果肉。用你的手将它们稍微拌匀,放一旁待用,你可以先准备制作酥皮。

2. 打发黄油和糖直至变得轻盈蓬松。加入鸡蛋,继续打发,当鸡蛋全部融入黄油后筛入面粉和泡打粉,拌匀,最终你将获得一个较为松软的面团。

3. 在派盘上刷黄油。在你的案板上撒些面粉,在上面轻轻地揉捏酥皮面团几分钟。将面团分成两份,其中一份放在两张油纸之间,另一份面团用油纸包好放入冰箱待用。将夹在油纸间的面团擀成1英镑硬币那样的厚度。拿掉油纸,将面皮铺在派盘上——最好让面皮比派盘大一些,即超过派盘边缘处。轻轻将面皮按压至贴合派盘,确保底部没有多余的空气。在面皮上撒些杏仁粉,它们会在烘烤的时候吸收一些蓝莓汁液。将派皮连同派盘放入冰箱冷藏至少1个小时,或者隔夜也行。

4. 预热烤箱至180摄氏度／350华氏度／第4档,同时将烤盘放入烤箱中层一起加热。将冰箱里的另一块面团拿出恢复至室温状态。将蓝莓倒入派盘中,碾碎另一块酥皮面团,铺在蓝莓上。

5. 将处理好的派放在烤盘上烘烤40分钟,或直至派的表面上色。因为酥皮里加了很多糖,所以你千万不能大意,一旦上色了赶紧盖张锡纸。烤好后从烤箱取出,稍微放凉一些再吃。不要期待你能切得很好看,因为这款派更适合用勺子挖出来,并搭配满满一大勺香草冰淇淋一起吃。

165

无花果和卡仕达酱
Figs & Custard

……配菜碟上是一块斯密尔无花果,还有一碟撒了现磨豆蔻的卡仕达酱。

《都柏林人》之《死者》,詹姆斯·乔伊斯

有很多个夜晚我都会待在好朋友珍的房间。她在纽恩登林荫路的一套一居室公寓里住了七年,这在我大多数朋友里算是很特别的了,因为很多朋友都因伦敦不断飙涨的房租而不得不经常搬家。在珍刚搬进这间公寓的时候我们在墙上进行了涂鸦,但可能因为我们总是喝得醉醺醺而且ABBA乐队的音乐越播越响,我们的涂鸦技术稳步下降。在珍搬离这间公寓的时候,我们还能在浴室里看到我们那拙劣的涂鸦作品。我们经常在她的房间里开派对,彻夜狂欢,也会在那里享用一些美味的晚餐。虽然现在可能是其他人在那里做着这些事,但对我来说那里始终是珍的可爱公寓。

是珍给我买了一本《都柏林人》,并让我想起了《死者》中的凯特小姐以及她在自己厨房中所创造的"灾难"。而珍呢,她见证过我熬出的非常稀的蛋黄酱、煮焦了的焦糖,以及将蛋糕掉在地上后的崩溃。我们共进无数次晚餐,一起从无数次厨房灾难里恢复过来。正是在她的陪伴下我意识到,为自己喜欢的人做菜是能够让人放松、平静且开心的。他们才不会在意你的酱汁是否分层了呢。

这些无花果曾出现在奈杰拉·劳森的食谱《无花果的一千零一夜》中,它也是我在珍的公寓里经常吃的东西。不过我在这里使用的味道则与之有所不同,比起中东风味,它更偏向爱尔兰式,但依旧是让人喜欢的味道。我觉得这是和朴素却甜蜜的卡仕达酱最相配的食物。

无花果和卡仕达酱
Figs and Custard

6人份

1. 首先制作卡仕达酱。将牛奶倒入炖锅，划开香草荚，取出香草籽，将香草荚和香草籽一起丢进牛奶中。以中火将牛奶煮至即将沸腾的状态后关火，暂时置于一旁，让牛奶吸收香草的香气10分钟左右。

2. 在碗里搅拌鸡蛋、蛋黄和糖。在前面煮好的牛奶冷却后加入奶油，用滤网将其过滤到鸡蛋混合物中。搅拌均匀，不要太用力，避免造成许多气泡。将卡仕达酱倒入耐热的容器中并暂时放于一旁。

3. 预热烤箱至120摄氏度／250华氏度／第½档。在卡仕达酱上现磨一些豆蔻，将其放在烤盘上，并放入烤箱中层。往烤盘里注入热水至卡仕达酱容器一半的高度，小心别把水倒进你的卡仕达酱里了。

4. 烘烤1个小时直至卡仕达酱凝固，轻微的晃动是正常的。将其从烤箱中取出，暂时放于一旁冷却30分钟。

5. 现在来处理无花果。在一个小炖锅中加热黄油和蜂蜜直至融化且完全融合在一起。加入茶水和威士忌后暂时放于一旁。

6. 从尖头处切开无花果，至底部位置但不要完全切断。以同样的方式再横着切一刀，形成一个十字。将切好的无花果打开。以同样的方式处理好剩下的无花果，将它们摆在耐热的碟子上，最好这个碟子的大小刚好能摆下所有无花果。

7. 预热烤箱至200摄氏度／400华氏度／第6档。舀一些蜂蜜混合物在每个无花果上，并撒些红糖。将无花果放入烤箱烤15分钟。出炉后趁热搭配一勺卡仕达酱以及碟子底部渗出的无花果汁一起享用吧。

配方

卡仕达酱

500毫升／17液盎司／满满2杯牛奶

1根香草荚

2颗鸡蛋

2个蛋黄

50克／1¾盎司／¼杯细砂糖

100毫升／3⅓液盎司／满满的⅓杯淡奶油

现磨豆蔻

无花果

30克／1盎司／2餐勺黄油

1餐勺蜂蜜

2包爱尔兰早餐红茶包，在2餐勺沸水中浸泡4分钟

1餐勺爱尔兰威士忌

12颗新鲜无花果

40克／1½盎司／3¼餐勺红糖

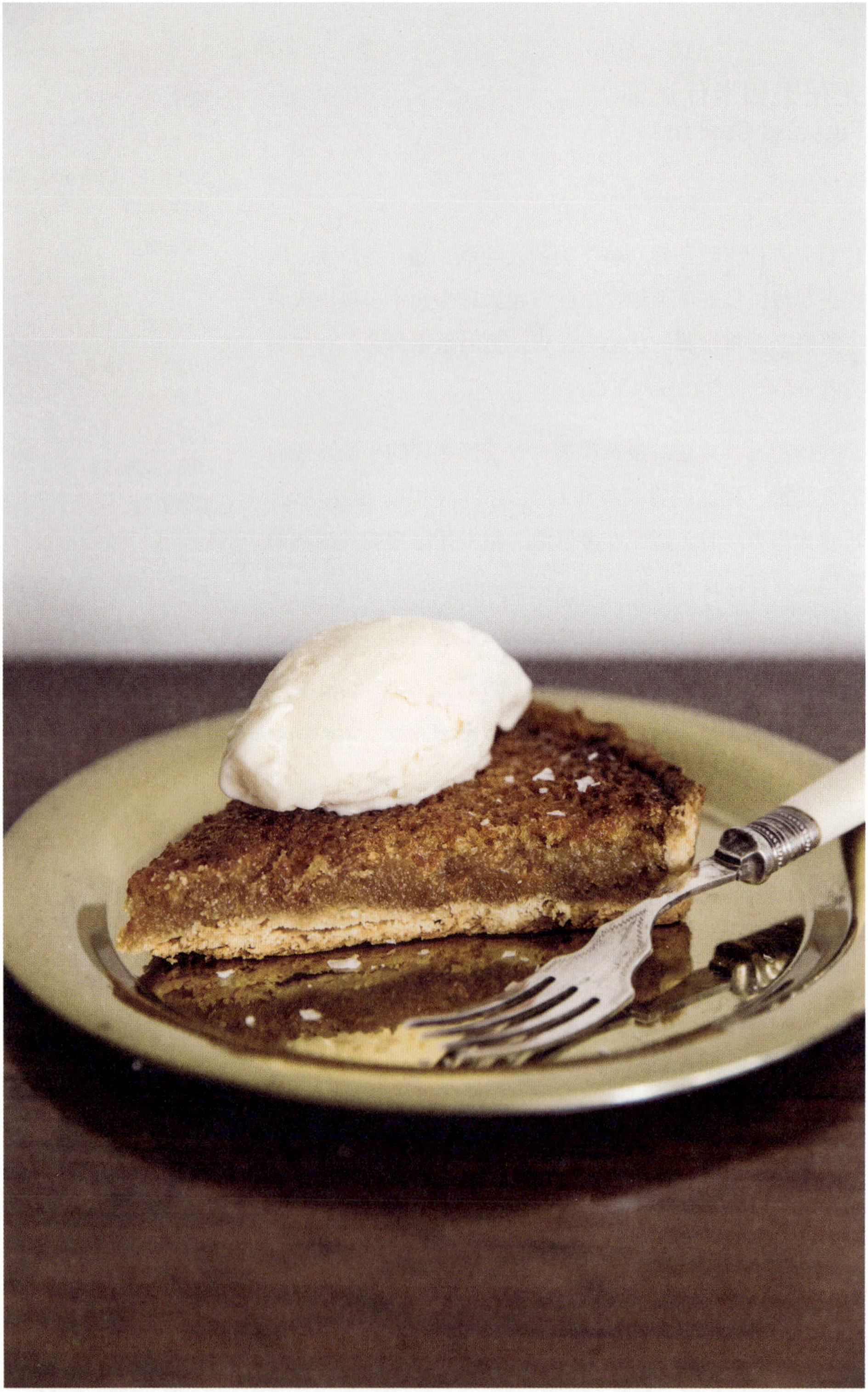

糖浆馅饼和迷迭香冰淇淋
Treacle Tart & Rosemary Ice Cream

一会儿甜点便出现了。有你能够想到的任何口味的冰淇淋、苹果派、糖浆馅饼、巧克力闪电泡芙、果酱甜甜圈、乳脂松糕、果冻以及米布丁等等。在哈利伸手拿了一块糖浆馅饼时,话题转到了他的家庭。

《哈利·波特与魔法石》,J.K.罗琳

所有一切都是从糖浆馅饼开始的。二〇一四年的时候,我曾为朋友们准备了一份三道菜的套餐,分别是手工意式饺子、羊肩肉和糖浆馅饼。我的澳洲朋友是第一次吃糖浆馅饼,他们都很好奇我为什么做糖浆馅饼?我跟他们解释,这是哈利·波特最喜欢的食物。我可以很清楚地回想起他们吃到糖浆馅饼时的反应,我想这也是激励我继续烹饪的原因。我的博客也由此诞生。

在成长的过程中我一直幻想着哈利波特的糖浆馅饼、爱德蒙的土耳其软糖(和街角小店里卖的裹着巧克力的糖果不一样,具体食谱可见第265页)以及玛丽和狄肯在《秘密花园》里吃的带壳炸鸡蛋是什么样的味道。虽然我很容易思乡,但同时我也很爱英国(这种矛盾的状态或许会永远持续下去),而制作一些英式料理也总是能让我想起在澳洲的童年生活,这似乎也是不错的,就像这道哈利波特的糖浆馅饼。

这些年我尝试过用各种口味的冰淇淋去搭配糖浆馅饼,最后发现迷迭香口味是最搭的。因为你需要一些草本的、咸的、浓郁的味道去融合馅饼的甜腻。说实话,店里卖的好吃的香草冰淇淋或者一大勺鲜奶油也都是可以用来搭配糖浆馅饼的啦。

配方

250克／8¾盎司／2杯中筋面粉

2餐勺糖粉

1颗柠檬皮

1小撮盐

175克／6盎司／1½根黄油，刚从冰箱取出，切小块

1个蛋黄

内馅

600克／1磅又5盎司糖浆

1/4茶勺生姜粉

150克／5½盎司／2½杯面包屑

1颗柠檬的皮和汁

1颗鸡蛋，打散

工具

23厘米／9英寸塔盘

糖浆馅饼
Treacle Tart

10人份

1. 先做酥皮。将面粉、糖粉、柠檬皮和盐倒入碗里并混合均匀。将黄油放入碗里与这些混合物揉搓成面包屑的状态。加入蛋黄和1至2餐勺冰水。用手将所有这些混合物揉和成面团。将面团移至撒了面粉的案板上，揉成一个球状。千万别过份揉搓，否则你的酥皮就不酥了。用保鲜膜将面团包起放入冰箱冷藏半个小时。千万不要省略冷藏这一步，否则你的酥皮将会在烤箱中收缩。

2. 在撒了面粉的案板上将酥皮面团擀开（如果你的面团很粘，如果是在温度很高的厨房里制作的话，你可以将面团放在两张油纸间擀开）。你需要将面团擀成一个直径30厘米或12英寸的圆形，厚度大约是1英镑货币的厚度，即⅛英寸左右。

3. 将面皮铺到塔盘上。用多余面团将面皮按压到每个角落里（不要用你的手指，因为你的指甲可能会戳破面皮）。如果有任何缺口可以用剩下的面团补全。用叉子在铺好的面皮上戳些气孔，然后放入冰箱冷藏30分钟。预热烤箱至190摄氏度／375华氏度／第5档，将烤盘放入烤箱中层一起加热。

4. 在冷藏好的面皮上铺张油纸，放入烘焙豆或生米，然后放入烤箱中的烤盘上先烤15分钟，取出油纸和烘焙豆再烤5分钟，直至酥皮上色。

5. 现在来制作内馅。在炖锅中倒入糖浆和生姜粉，以小火加热至非常烫却未煮沸的状态后关火。将其倒入面包屑、柠檬皮、柠檬汁和蛋液的混合物中，搅拌至完全融合后倒入塔盘中。

6. 将塔放入烤箱烘烤30至35分钟，直至馅料都凝固酥皮变成金棕色。烤好后将整个塔连同塔盘放在烤网上冷却15分钟后再脱模，趁热赶紧享用。如果没吃完，下次食用前记得放入烤箱加热下哦，否则你可能会因为馅饼太硬而失去宝贵的牙齿。

迷迭香冰淇淋
Rosemary Ice Cream

10个球

1. 将牛奶和奶油倒入炖锅中，小火煮至即将沸腾的状态。在蛋黄中倒入细砂糖搅拌至轻盈且顺滑的状态。当牛奶和奶油混合物即将到达煮沸点前，将其倒入蛋黄中并快速不断搅拌以避免蛋黄变成蛋花。重新将卡仕达倒回洗干净的炖锅中。加入迷迭香以非常小的火加热，不断搅拌，煮至用木勺舀起时形成三角形倒挂而不滴落的状态。

2. 当卡仕达酱变浓稠时加入盐拌匀，然后倒入大碗中，取出迷迭香。在卡仕达酱上铺一张保鲜膜（避免表皮凝结）让其自然冷却。

3. 一旦冷却，就将卡仕达酱倒入冰淇淋机，并根据说明进行操作。如果你没有冰淇淋机，也可以将卡仕达酱倒入耐冻的容器中放入冰箱冷冻2个小时。当部分卡仕达酱开始凝结时，从冰箱取出，搅拌至顺滑状态，然后放入冰箱再冷冻1个小时。如此重复3次后将其冷冻过夜。做好的迷迭香冰淇淋可以搭配糖浆馅饼一起食用，或者你也可以直接挖一大勺来吃。

配方

475毫升／16液盎司／2杯牛奶

225毫升／7½液盎司／不足1杯淡奶油

5个蛋黄

100克／3½盎司／½杯细砂糖

4根15厘米／6英寸长的迷迭香

1餐勺海盐

工具

冰淇淋机／耐冻的容器和手持电动搅拌器

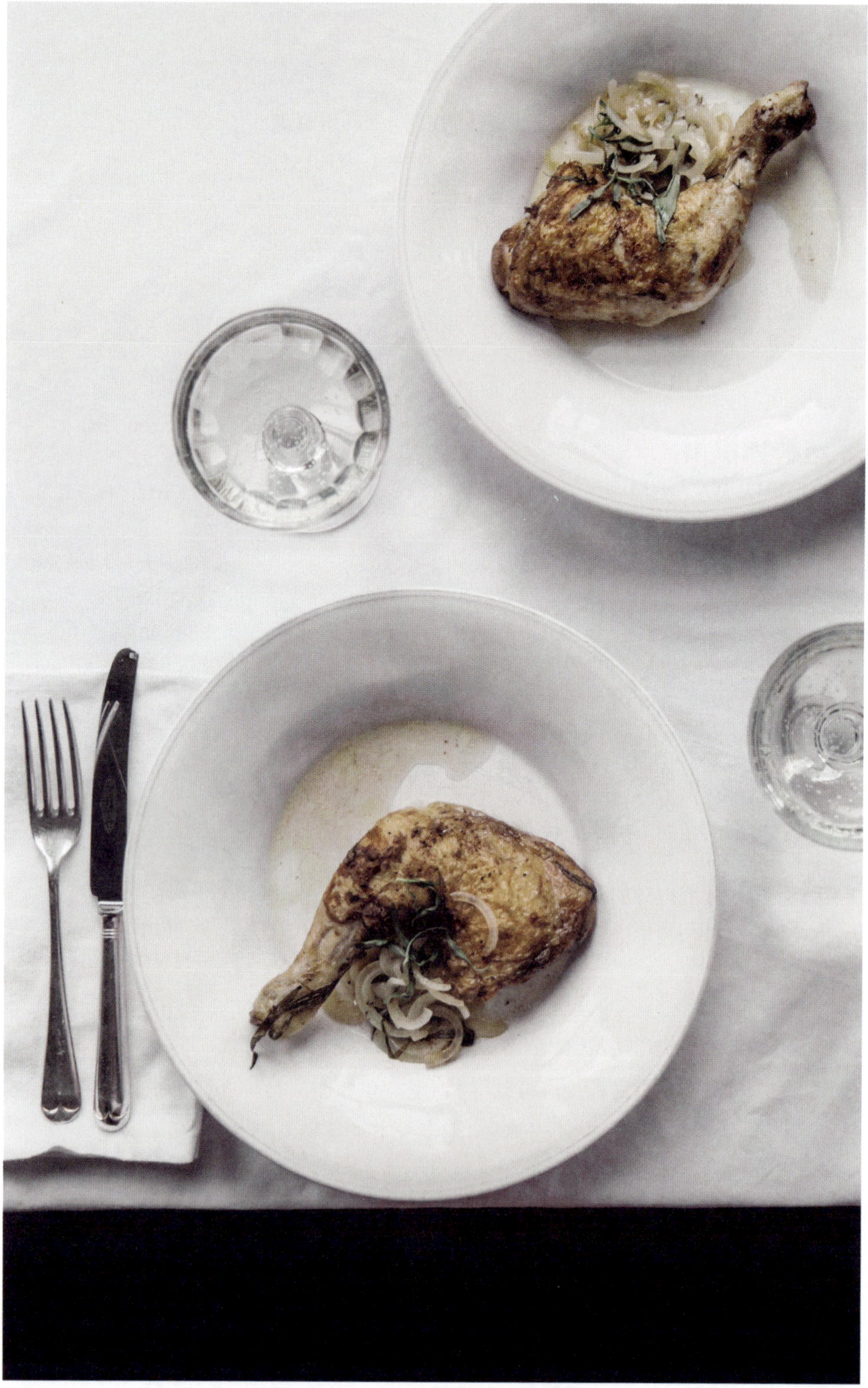

在英国的双人晚餐
Dinner for Two at the England

"……有多宝鱼、龙蒿烧鸡、水果沙拉，等等。"随即他放下了菜单，拿起了另一份酒单，并将其递给了斯捷潘·阿尔卡季奇。

《安娜·卡列尼娜》，列夫·托尔斯泰

有些听起来像是奢华菜单里出现的食物，比如奥勃朗斯基和莱文在《安娜·卡列尼娜》中吃的东西，其实制作起来非常简单。其中有些甚至可以作为下班后的晚餐选择——你可以快速简单地制作出来。当然，如果你想要更完整地呈现这些料理，可能需要比日常晚餐花费更多的预算；如果像书中人那样以三打生蚝为开胃菜，喝最昂贵的香槟，并以多宝鱼作为主菜，放在二十一世纪来说都是非常奢侈的晚餐了。不过，如果能够稍微做些与时俱进的调整，你也能享用这样"奢侈"的晚餐。

我的朋友尼克和马克斯便是我认识的人中最棒的晚宴准备者。我经常端着红酒坐在他们的厨房里，看着他们忙碌地往碗里装沙拉或将烤好的东西从烤箱中取出。虽然他们都有自己的日常工作，却都很擅于在晚上八点创造出美好的晚宴：他们会带着需要的食材回到家里，迎接朋友，然后有条不紊地准备晚餐。

他们能做到这点是因为找到了一些简单的窍门：只做一道烤箱料理，如此便不需要去操心烤箱的温度；准备至少一道不需要烹饪的料理；尽量减少食材类别。如果是我，通常会选择一些可以提前备好的料理，但如果是像这里提到的这种简单的食物，你便无须担心了。这是一个包含三道菜肴的晚宴。而其中的主菜和甜品（或者前菜和主菜，亦或者前菜和甜品）足以作为你的周三晚餐，在跨进家门后的一个小时内你便能够完成所有菜品。

多宝鱼佐柠檬酱
Turbot in Lemon Sauce

2人份

配方

鱼

2片120克／4盎司的多宝鱼片*

2个红葱头，纵向切片

2颗洋葱，纵向切片

300毫升／½品脱／1¼杯白葡萄酒

300毫升／½品脱／1¼杯水

酱汁

20克／3/4盎司／1⅓餐勺黄油

20克／3/4盎司／2⅓餐勺中筋面粉

60毫升／2液盎司／¼杯牛奶

1个蛋黄

60毫升／2液盎司／¼杯淡奶油

盐和胡椒

½颗柠檬榨汁

搭配

8根芦笋

工具

切鱼刀（如果你需要剥皮的话）

*我还未找到经济实惠的多宝鱼排，你完全可以把它换成多利鱼、大比目鱼或鲽鱼等，我经常这么做。而不同的鱼肉，厚度也会不同，你必须留心观察鱼肉的纹理，当你按压煮熟的鱼肉时，它应该是具有弹性的，而不是一按就剥落。

1. 剥去多宝鱼排的外皮或者直接叫鱼贩帮你剥好。如果得自己剥皮，你最好准备一把锋利的鱼刀，然后将鱼皮朝下放在案板上，手持鱼刀平行于案板，但稍微向下倾斜，快速将鱼皮剥离鱼肉。

2. 在锅中铺一层切片的红葱头和洋葱，将鱼片摆在上方。倒入葡萄酒和水没过食材。以小火进行焖煮，稍微冒泡持续2分钟后关火。你需要紧盯着鱼肉，鱼肉在烹饪过程中会变白，必须在鱼肉还有弹性、足够紧致的时候将其从汤汁中捞出。将鱼肉放在一个温热的碟子上，留下刚刚煮鱼的汁水，然后去准备酱汁。

3. 切去芦笋的根部，将芦笋放入开水中煮一会，捞出待用。

4. 在炖锅中融化黄油，加入面粉，以中火加热并不断搅拌，大约炒2分钟。倒入100毫升或3又1/3液盎司的煮鱼汤汁，搅拌均匀，因为面粉的关系，汤汁很快就会变浓稠。将火关掉并倒入牛奶搅拌后，暂时放于一旁待用。将蛋黄和奶油倒在碗里，搅拌均匀，随后将浓稠的汤汁少量多次地加到蛋黄混合物里，搅拌直至它们完全融合。

5. 以小火熬煮酱汁至沸腾，用盐和胡椒调味。关火后加入柠檬汁并拌匀。

6. 现在开始摆盘。在每个碟子上摆4根芦笋，将鱼放在芦笋上方。舀一大勺酱汁淋在鱼肉上便可以开始享用了。剩下的酱汁你可以放在冰箱中保存一两天，加热后搭配蒸煮的蔬菜也会非常美味。

龙蒿烧鸡
Chicken with Tarragon

2人份

1. 预热烤箱至180摄氏度／350华氏度／第4档。煎锅里放入黄油，加热至冒泡后放入鸡腿，鸡皮朝下，煎至金黄酥脆后翻面继续煎制一会。

2. 在烤盘中放入切好的洋葱，倒入葡萄酒和3根切碎的龙蒿。用盐和胡椒调味，搅拌均匀。将鸡肉摆在洋葱上，倒入平底锅中剩下的黄油。将烤盘（无需盖盖子）放入烤箱中烘烤40分钟。

3. 烤好后取出将鸡腿摆在碟子上并避免它们凉掉。将洋葱和渗出的汁液倒入锅中慢慢炖煮，待汁液变少时倒入法式酸奶油并搅拌均匀。再煮1分钟后舀些洋葱和酱汁到每碟鸡肉上，撒上一些新鲜的龙蒿叶。可以搭配煮好的土豆和绿叶蔬菜一起享用。

配方

60克／2盎司／½根黄油

2根鸡腿（包括鸡大腿和鸡小腿）

2颗棕色洋葱切成半圆形状

200毫升／7液盎司白葡萄酒

5根龙蒿

盐和胡椒

2餐勺法式酸奶油／酸奶油

配方

1颗梨

8颗樱桃

1颗蟠桃

4串红醋栗

6颗灯笼果

100毫升／3⅓液盎司／⅓杯樱桃酒（或其他你喜欢的水果酒）

4餐勺细砂糖

水果沙拉
Fruit in Liqueur

2人份

1. 准备你所需要的水果。梨切薄片，桃子切小片，樱桃对半切开，红醋栗从枝干上摘下，剥开灯笼果的外皮。

2. 将樱桃酒倒入碗里，加入糖搅拌至融化。倒入准备好的水果浸泡20分钟，期间你可以先准备其他料理或者为客人准备咖啡。

3. 在准备好的碗里／玻璃杯中装入水果，每一份各舀2餐勺樱桃酒糖浆。

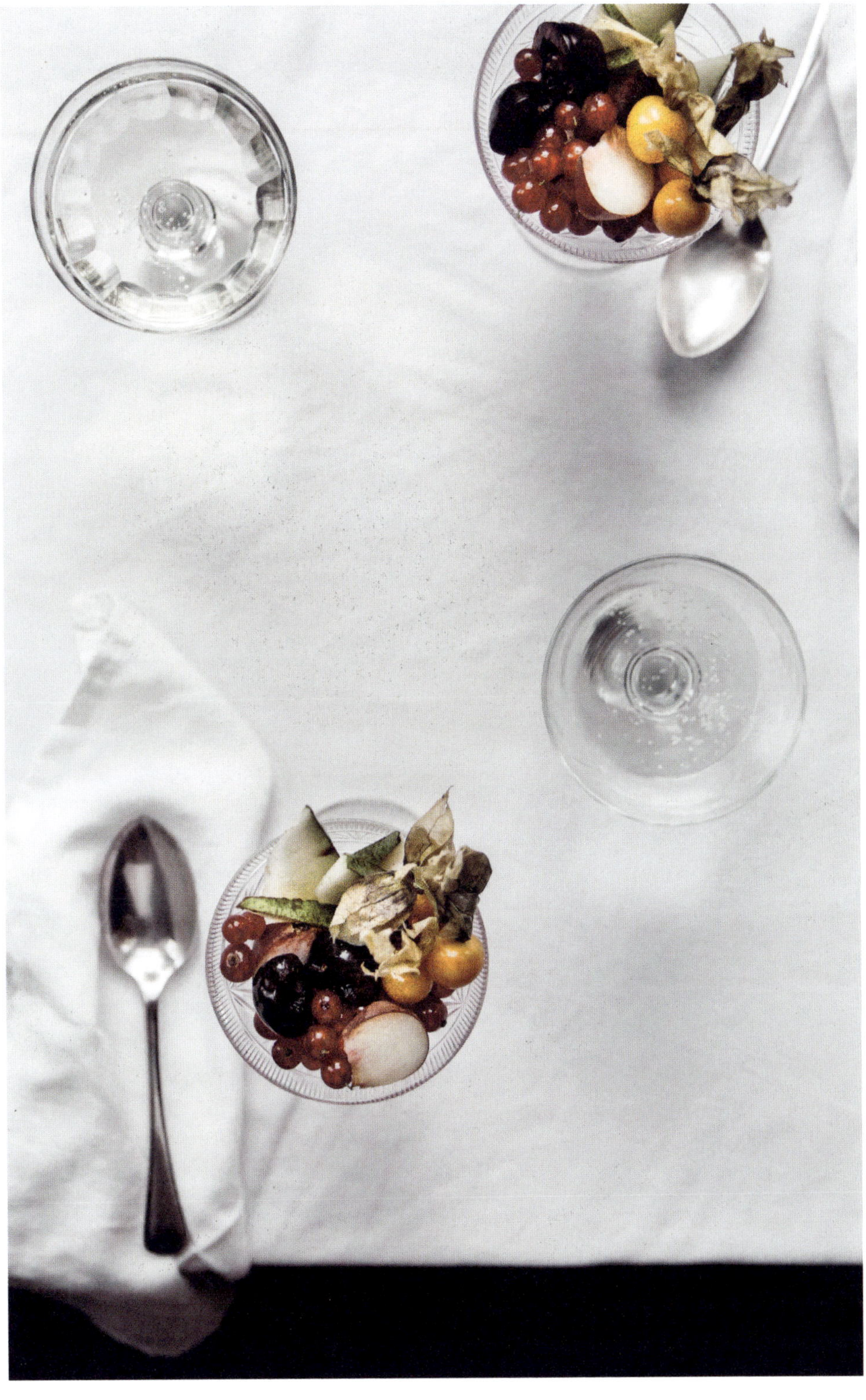

178

女性套餐
The Women's Meal

汤来了……透过清清如水的汤汁可以轻易看到盘子上的图案。但这款盘子并没有任何图案。盘子是素面的。

……

接下来是牛肉搭配绿色蔬菜和土豆,这是最常见的组合,让人想起周一的早上,脏乱的市场里有牛后腿肉,角落里是发皱、变黄的豆芽菜,女士们揣着网兜不断讨价还价。

……

紧接着的是西梅和卡仕达酱。

《一间自己的房间》,弗吉尼亚·伍尔夫

在我第一次举办自己的晚餐聚会后,我便一直坚持撰写关于食物的文字。那次的晚餐聚会真是个巨大的考验:我在一个小小的咖啡厅厨房里使用一台微波炉般大小的烤箱为二十位客人准备晚餐。但我也从那次晚餐中学到了许多,在那之后,我变得更有经验去准备其他的晚餐聚会。我会和朋友一起讨论任何合适的聚会菜单。我曾感叹过《一间自己的房间》中男性的晚餐食材太过奢侈,我不可能为餐桌上的每位食客都准备一条多利鱼和一只松鸡,更不可能用上沙拉与酱汁的考究搭配。后来我们随即想起了女性的晚餐餐桌。虽然伍尔夫是以一种贬低的语气进行描述的,但其中也有一些吸引我去参考的元素。

在为客人端出菜肴前我们进行了一些准备。透明到能够看到盘底的清汤让我们想到了洋葱清汤,搭配新鲜的春天蔬菜。我们做的牛肉是三分熟的,搭配烤土豆和我的旧爱——奥拓朗在他的第一本书中写到的香草沙拉。我们将卡仕达酱冻成了冰淇淋,搭配用阿玛尼亚克酒腌制过的西梅。

现在,这成了我最理想的周末午餐:大多数时候我只会做个主菜,特殊时刻我会做全三道菜。这是一顿新鲜且充满风味的套餐,我希望伍尔夫笔下的女性也能享用到这样的美味，这完全不输给男性吃到的鱼肉鸟肉和布丁。

蔬菜清汤
Vegetable Consommé

4人份

1. 蔬菜去皮切大块用来煮高汤。将处理好的蔬菜、月桂叶、整个胡椒籽和水放入你第二大的炖锅中。煮开后调小火慢慢炖煮2个小时，期间要始终盖着锅盖。

2. 在拂去高汤的泡沫后开始准备洋葱。把洋葱去皮、切碎。在煎锅中融化黄油，加入洋葱翻炒，以小火慢慢翻炒1个小时左右。洋葱会软掉，呈现焦糖化。然后将高汤滤入洋葱里，以小火慢炖20分钟。

3. 高汤过滤到碗里后重新倒回大锅中。清洗蘑菇并切小块。搅打蛋白至起泡后加入蘑菇。这看起来可能有点奇怪，如果你之前未曾做过法式清汤，会觉得将蛋白蘑菇加入高汤中很荒谬。但别担心，尽管这么做吧。

4. 以小火慢慢焖煮高汤。将蛋白和蘑菇倒入，不断搅拌直至鸡蛋中的蛋白质开始变熟并膨胀。这真的有点神奇：鸡蛋和蘑菇将像一辆"救生筏"一样漂浮在汤上，它们会吸收许多来自汤底的杂质。在这个过程中你可以用木勺轻轻地推动蛋白，如此你便能够看到汤底了。一旦你觉得汤变得足够清澈，便可以关火。如果不小心破坏了"救生筏"也别担心，重新过滤高汤并加入鸡蛋和蘑菇继续开始这个澄清过程就好了。

配方

汤

3根胡萝卜

1根较大的韭葱

2颗棕色洋葱

3根芹菜

5瓣月桂叶

8颗胡椒籽

2.5升／4¼品脱／2⅔夸脱水

1千克／2¼磅棕色洋葱

50克／1¾盎司／不足½根黄油

150克／5½盎司／2¼杯蘑菇

3个蛋白

盐和胡椒

搭配

4个嫩豌豆／荷兰豆

24根小的／12根大的芦笋尖

2个洋葱／青葱

20片香菜叶

20枝莳萝

工具

2个可以装3升／5品脱／3¼夸脱液体的大锅

1张细孔棉布

5. 在滤网上铺张细孔棉布。用木勺小心穿过你创造的"救生筏"与汤的缝隙，舀出高汤，注意不要舀到任何蛋白和蘑菇。将高汤倒入棉布中过滤。最后以盐和胡椒调味。

6. 取一个干净的锅，倒入澄清后的高汤，然后慢慢加热。将处理好的嫩豌豆、芦笋、洋葱连同香草放入碗里。舀起高汤，淋在碗中的蔬菜上，尽快食用吧。

牛肉，绿色蔬菜和土豆
Beef, Greens and Potatoes

4人份

1. 预热烤箱至200摄氏度／400华氏度／第6档。将切好的洋葱铺在烤盘上。在牛肉上涂抹橄榄油并撒上足量的盐和胡椒，放在洋葱上，然后送入预热好的烤箱。如果你想要3分熟就烤25分钟，想要5分熟烤45分钟，想要全熟至少要烤1个小时。如果你有肉类温度计的话就更简单了，将温度计插入牛肉中，46摄氏度／115华氏度代表1分熟，56摄氏度／133华氏度代表3分熟，66摄氏度／150华氏度代表5分熟，76摄氏度／170华氏度代表全熟。需要注意的是我们用的牛肉不是那种特别昂贵的，所以你千万不能煮太久，在肉还是粉色的时候食用才能保证它的柔嫩度。

2. 将土豆放入炖锅中，加入冷水，盖上盖子煮至土豆变软，大概需要10分钟左右，具体时间取决于你所使用的土豆的大小。取出煮好的土豆，滤干水分后放入另一个烤盘。倒入橄榄油，并加入迷迭香和用刀背稍微碾压过的蒜瓣（不需要剥掉蒜皮）。稍加调味后暂时放于一旁等待牛肉出炉。

配方

牛肉

2颗棕色洋葱，切薄片

800克／1¾磅室温状态下的牛臀肉

橄榄油

盐和胡椒

土豆

600克／1磅又5盎司小型土豆，去皮

橄榄油

4根迷迭香

6瓣大蒜

盐和胡椒

绿叶菜

25克／不足1盎司／1⅓杯香菜叶

30克／1盎司／1杯平叶欧芹

15克／½盎司／1¾杯莳萝叶

25克／不足1盎司／2½杯龙蒿叶

20克／¾盎司／¾杯罗

勒叶
30克／1盎司／1½杯芝麻菜

沙拉汁
100克／3½盎司／¾杯杏仁
35克／满满1盎司／¼根黄油
盐和胡椒
½颗柠檬榨汁

3. 从烤箱取出牛肉，用锡纸包裹好并用茶巾盖着"休息"30分钟。将烘烤时渗出的汁液倒入小锅中慢慢炖煮，随后将土豆放入烤箱烤25分钟左右。

4. 开始准备沙拉。将绿叶菜去茎留叶，放入碗里拌匀。这一步较费时，但很重要。

5. 现在来制作沙拉汁。在加热过的平底锅中将杏仁煎至金黄色。这一步一定得盯紧了，因为杏仁很容易就会焦掉。将煎好后的杏仁倒在案板上切碎。

6. 在平底锅中融化黄油至冒泡，放入切碎的杏仁，用盐和胡椒调味，随后加入柠檬汁，关火。

7. 待牛肉"休息"够了后打开锡纸，将其切成薄片。在每个碟子上摆几块牛肉和一些土豆，舀入适量温热的酱汁。将做好的沙拉汁倒入绿叶菜沙拉中拌匀。在每个碟子里各放一些沙拉。马上开始享用吧。

*如果有剩余的食材，隔天都可以用来制作美味的三明治。

配方

西梅
250克／9盎司西梅
250毫升／8½液盎司／满满的1杯水
40克／3¼餐勺红糖
1根香草荚
100毫升／3⅓液盎司／⅓杯阿玛尼亚克酒

冰淇淋
150毫升／5液盎司／⅔

阿玛尼亚克酒浸西梅配黑面包和黄油冰淇淋
Prunes in Armagnac with Brown Bread and Butter Ice Cream

4人份

1. 先准备西梅。因为酒浸西梅可以在冰箱中保存好几个月，所以你可以至少提前一周做准备。在炖锅中倒入水、糖、香草籽和香草荚，开火慢煮，不断搅拌至糖全部溶化。即将煮沸时放入西梅。

2. 炖煮几分钟，直至西梅变得光滑且状态饱满。将锅从炉灶上拿开，加入阿玛尼亚克酒，搅拌至完全融合。将它们倒入罐子中放入冰箱冷藏保存。

3. 现在制作冰淇淋。将牛奶、奶油、香草籽和香草荚倒入锅中煮至即将沸腾的状态。同时在碗里搅拌蛋黄和糖直至变得浓稠。将牛奶和奶油混合物慢慢倒入蛋黄中，保持不断搅拌避免蛋黄被烫熟。

4. 将卡仕达酱连同香草荚一起倒回洗干净的炖锅中，以小火加热至卡仕达酱能够以三角形的状态倒挂在木勺上，期间保持搅拌。煮好后取出香草荚，将卡仕达酱倒入碗中，盖上保鲜膜放入冰箱冷却。

5. 预热烤箱至160摄氏度／325华氏度／第3档。将面包撕成小块。平底锅里放入黄油融化，以中火将其煮至褐化，即散发出焦糖的香气。期间记得不断搅拌。加入糖搅匀，随后加入面包块。搅拌面包让其均匀地裹上黄油。将煎好的面包倒在耐热的烤盘上，放入烤箱中层烤15分钟，期间拿出来翻一下，最后烤至面包变成焦糖色即可。

6. 将冷却的卡仕达酱倒入冰淇淋机或耐冻的容器中。按照冰淇淋机的说明书进行操作，或者每隔1个小时从冰箱取出卡仕达酱进行搅拌（避免碎冰的凝结）。当冰淇淋快要凝固时将面包块放入一起冷冻至凝固状态。

7. 挖几勺冰淇淋搭配一些西梅和阿玛尼亚克糖浆一起享用吧。

杯牛奶

150毫升／5液盎司／2／3杯淡奶油

1根香草荚

3个蛋黄

45克／3½餐勺细砂糖

2片黑面包

30克／1盎司／¼根无盐黄油

15克／½盎司／4茶勺红糖

一小撮盐

工具

消毒过的罐子

耐冻的容器或冰淇淋机

184

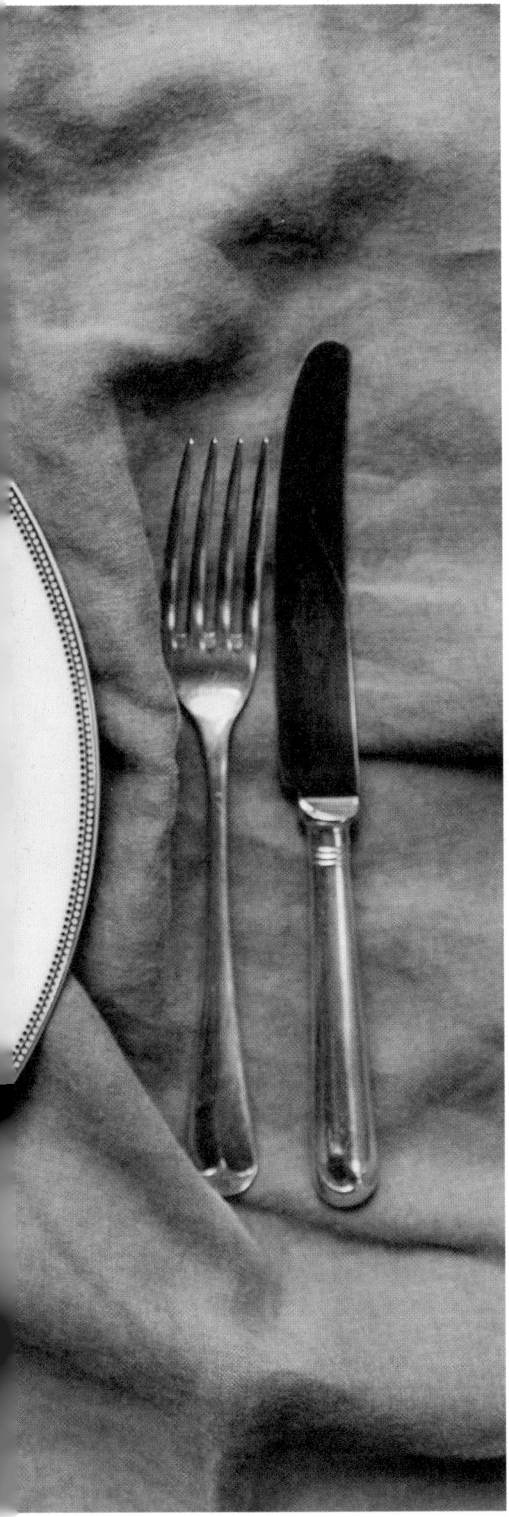

Northern Lights
Philip Pullman
ELENA FERRANTE The Days of Abandonment

宵夜
midnight *feasts*

宵夜

每次准备宵夜，我还是会有一些紧张又刺激的感觉。因为从小到大总是有人教育我们半夜不要再吃那些又腻又甜的东西了。而每次当我们背着大人们偷偷吃这些东西的时候，就会获得淘气的乐趣。

我对"寝室夜谈"的感情不来自于我的童年，而是在认识了伊妮德·布赖顿的女学生、J.K.罗琳笔下的格兰芬多学生以及米瑟斯韦特庄园里的玛丽·诺兰丝和柯林·克莱文之后。这些故事中的成人角色——看似不在场，实则潜伏在走廊的某个角落——更让你坚信，规则正在被破坏。作为焦虑的规则遵守者，我在所有这些我喜欢的角色中找到了共鸣并获得了刺激感（和安全感）。

实际上，我小时候很少吃宵夜，要不就吃一些平淡无奇的东西，例如在外过夜时窝在睡袋里吃棉花糖，或者在昆士兰州酷热难眠的夏夜和母亲一起吃冰砖。而现在，宵夜成了再平常不过的一顿，毕竟我是一个夜猫子。对我来说，晚餐只是放松的开始，我经常在半夜十一点的时候迫切想要从烤箱中取出烤盘做点什么。

本章节出现的食物是为那些外宿的朋友准备的，即在睡通铺时可以和别人分享的食物，老少咸宜。当然也可以在白天吃这些料理，比如香肠卷便是很棒的午餐选择，拉面非常适合晚餐，而香籽蛋糕则非常适合下午茶。但我还是推荐你们在宵夜时尝试它们。我并不会因为进食而产生愧疚感，但我不得不说，"禁忌"的午夜饕餮会显得更加美味。

189

巧克力特尔
Chocolatl

"你喜欢巧克力特尔吗？"

"喜欢！"

"刚好，这些巧克力特尔太多了，我自己也喝不完，你来帮我喝点？"

《北极光》(《黄金罗盘》)，菲利普·普尔曼

在搬到英国的第一年，每个周六，我都会坐地铁穿越伦敦去找小伙伴赖利。她比我早几个月来到英国，发现了一家让她疯狂着迷的巧克力店。所以，每个周末，我们都会坐在路边或酒吧的凳子上边喝着浓厚的热巧克力边聊天。在努力适应全新环境的时候，能够每周去同一个地方真的让我安心许多。

顺着那条路走下去，会遇到一家库存丰富的二手书店。我来英国只带了三本书：罗尔德·达尔的故事集，一本我未曾意识到缺少最后一章的二手书，以及我读过最多次的《杀死一只知更鸟》。多次拜访那家书店让我能收集到更多书籍。几周后我发现了菲利普·普尔曼的《北极光》，我十二岁之前读过这本书，我拿起它，再次将自己带到了莱拉的世界中。我并未想到成年后的自己还会这么爱这本书。威尔和莱拉、吉卜赛人的小船以及前往北方的旅程依然在那儿，但重新翻阅让我觉得这本书更加深刻了。

这款热巧克力是库尔特女士用来在深夜引诱孩子们的，想必足够美味。也只有喝了这样浓郁、暖心的饮品，你才可能放松警惕，愿意追寻一个带着一只阴险猴子的奇怪女子吧。总之，这必须是一款极具诱惑力的饮品。

巧克力特尔
Chocolatl

2人份

1. 将牛奶和奶油倒入炖锅。将豆蔻荚敲碎取出豆蔻籽,将豆蔻荚、豆蔻籽、肉桂棒和月桂叶放入牛奶中。以小火加热。

2. 煮至即将沸腾后关火,冷却1分钟。将巧克力捏碎后放入炖锅中,让牛奶的余温融化它。静置10分钟后用力搅拌,再加入盐和糖调味。以小火稍稍加热后便可直接享用。

配方

300毫升／½品脱／1¼杯牛奶

75毫升／2½液盎司／⅓杯淡奶油

4个豆蔻荚

1根肉桂棒

1片月桂叶

75克／满满的2½盎司黑巧克力(我用的是可可含量60%至70%的巧克力)

1小撮盐

1餐勺精细白砂糖

奶油鳕鱼吐司
Creamed Haddock on Toast

"你说的是熏鳕鱼,但我觉得你不会想在卧室里吃它。它会留下味道。等到晚餐的时候我再搭配吐司做给你吃。"

《沉睡谋杀案》,阿加莎·克里斯蒂

《沉睡谋杀案》是我看过的第一本阿加莎·克里斯蒂的小说。在我十二岁的时候,母亲买了一套六本的阿加莎悬疑小说,在小学的最后一年我看了好几本。它们燃起了我对这位犯罪小说女王持续一生的爱。之后的几年里,我慢慢补全了她所有的经典作品。我会在深夜的时候因为看了可怕的内容而被吓坏,阿加莎的许多部无线电台广播剧陪我度过了烦人的加班时刻。每个圣诞节,我都会从书架上拿下几本她的小说来看。它们是最舒服的读物,寒冷的冬夜降临,我会带上那些书去泡热水澡。

最近重新阅读《沉睡谋杀案》,让我觉得自己又回到了十二岁的时候。当格温达打开衣柜并看到自己一直想象的那面花卉壁纸时,我还是会感到脊背发麻,而且我同样会冒出在床上吃熏鳕鱼的想法。不过这确实不是个好主意。请允许我附和科克尔夫人的提议,晚餐时享用这道料理,并且是在沙发上,搭配一本书、一条毛毯以及一杯热茶。

奶油鳕鱼吐司
Creamed Haddock on Toast

4人份

1. 将牛奶倒入一个较宽且较深的煎锅里,并放入胡椒籽和月桂叶。随后加入鳕鱼和洋葱,开中火加热。

2. 慢慢进行炖煮,当牛奶开始冒泡后将火关掉。让鱼肉在牛奶里浸泡5分钟,余温会继续煮熟鳕鱼。

3. 当牛奶冷却至能够触碰的状态时,捞出鱼肉。用手将其撕碎到碗里。

4. 将黄油放入炖锅中,小火融化,倒入面粉不断搅拌。在面粉和黄油完全融合之后继续搅拌几分钟,以确保面粉煮熟。将牛奶倒入锅中,并将其中的洋葱取出待用,不断搅拌奶锅直至浓稠。

5. 将洋葱倒入装鱼肉的碗里,挑去胡椒籽。随后将鱼肉和洋葱都倒入白酱中拌匀。重新开火加热。

6. 将做好的鱼肉舀到黑麦面包上,并撒上足量的现磨黑胡椒与海盐。你可以用这道菜作为宵夜招待一些朋友,或者留到隔天早上重新加热食用,和水波蛋一起搭配吐司吃也超棒的,只要你不在床上吃就可以。

配方

300毫升／½品脱／1¼杯牛奶

5颗胡椒籽

2片月桂叶

400克／14盎司熏鳕鱼,剥好皮并切大块

2颗棕色洋葱,切碎

40颗／1½盎司／3餐勺黄油

3餐勺中筋面粉

4片黑麦面包

盐和胡椒

194

橘子酱卷
Marmalade Roll

他们吃完鱼肉，海狸夫人从烤箱中拿出了一条诱人的、表面黏稠的橘子酱卷，它还冒着热气，同时，她将茶壶放到了炉灶上，如此当他们吃完橘子酱卷的时候茶也就煮好了。

《狮子、女巫和魔衣柜》，C.S.路易斯

直到二十一岁，我才第一次看见雪。那是我在伦敦度过的第一个十二月，那时的我正坐在国王剧院的办公室里，我先是往窗外看了一眼，又疑惑地看了一眼，才确定那真的是雪呀。事实上，它和我想象中的有点不一样，更像白色雨水的慢镜头。我迫不及待地想要跑到外面去。于是我抛下了电脑和同事，冲到了街上，在接下来的一个小时里，我像是小孩一般兴奋地到处奔跑。我想到了《纳尼亚传奇》，露西·派文西和裘皮大衣。当然了，因为这里是伦敦，所以不可能有积雪。在开始下雪的一个小时后，落下的雪便全部融化了。

从那天起，每当下雪的时候我都会跑到室外。我会放下工作，放下塞得满满的购物车，放下包了一半的圣诞礼物，甚至会在半夜离开温暖的床铺，跑去寒天雪地里愉快地玩耍。不过，虽然我喜欢待在雪地里，但我也很享受回到室内后的第一个小时，我会泡个长长的热水澡，穿上干净、温暖的袜子，吃一些热腾腾的食物。而这道橘子酱卷，便是在阴沉的天气里，当厚厚的积雪出现时，海狸夫人为派文西孩子们准备的食物，是这种寒冷天气里最合适的选择。而卡仕达酱也是最好的搭配。

橘子酱卷配卡仕达酱
Marmalade Roll with Custard

6人份

配方

橘子酱卷

250克／8¾盎司／2杯中筋面粉

50克／1¾盎司／¼杯黄砂糖

1茶勺泡打粉

40克／1½盎司／3餐勺黄油

40克／1½盎司／⅓杯植物油

60克／4餐勺酸奶油

60毫升／2液盎司／¼杯牛奶

1颗鸡蛋

450克／1磅橘子酱（你喜欢的任何口味都行）

25毫升／1½餐勺威士忌

卡仕达酱

300毫升／½品脱／1¼杯牛奶

100毫升／3⅓液盎司淡奶油

1根香草荚

4个蛋黄

40克／1½盎司／3¼餐勺细砂糖

工具

绳子（可选择的）

---

1. 预热烤箱至190摄氏度／375华氏度／第5档。在碗里倒入过筛后的面粉、糖和泡打粉，加入黄油、植物油，拌在一起揉搓至面包屑的状态。

2. 在杯里倒入酸奶油、牛奶和鸡蛋搅拌均匀，然后倒入干料中。用叉子将其混合均匀，直至变成面团状。在案板上撒足量的面粉，并将面团倒在上面。将面团整成一个长方形状，大概18厘米／7英寸宽，30厘米／12英寸长，厚度为1½厘米或⅝英寸。

3. 舀2/3勺橘子酱到面团上，并将其抹开，均匀覆盖于面团上。如果你的橘子酱比较稠，不太容易抹开，你可以用小火稍微加热下再进行涂抹。

4. 利用刮刀将面团卷成一个卷轴的形状。将接口处捏紧，并用油纸将其卷紧一点。用绳子或扭转的方式固定左右两边（多出的面团压在下方）。在烤盘上放一个烤网，将橘子酱卷放在烤网上。将它们移到烤箱中，在关上烤箱门前往烤盘里倒入一些热水，一定要避免热水碰到橘子酱卷。烘烤1个小时，直至你将叉子插入橘子酱卷并抽出后叉子上没有任何残留物。

5. 现在来做卡仕达酱。将牛奶和奶油倒入炖锅中放入香草籽和香草荚，以小火加热。加热至即将沸腾的状态，期间不断搅拌避免糊底。随后取出香草荚。

6. 将蛋黄和糖混合在一起搅拌均匀，缓慢将热牛奶和奶油倒入，保持不断的搅拌。

7. 将卡仕达酱重新倒回炖锅中，以小火加热，继续搅拌至足够浓稠，能够以三角形状倒挂在木勺上。如果你不打算马上食用，可以先用保鲜膜盖起来避免表面结皮。

8. 从烤箱中取出橘子酱卷。将剩下的橘子酱和威士忌倒入小锅中加热，直至橘子酱融化。将融化后的橘子酱涂抹在橘子酱卷表面，搭配卡仕达酱趁热享用。

棉花糖
Marshmallows

我们总是不得不做出一些艰难的选择,即食无糖营养燕麦片或棉花糖、口袋面包或果酱甜甜圈、燕麦片或薯条。我羞于在这些情况里选出胜利方……

《明日,战争爆发时》,约翰·马斯登

我们家是一个很有计划的家庭。周末下午,当我们一起看电影放松的时候,我们中的某个人便会拿出一些清单(用大夹子夹着的厚厚的一叠纸),然后我们会开始讨论下一次的聚餐、聚会或假期计划。

通常野营总是我们的最佳选择。我们会和其他一两个家庭同行,所以我们所准备的餐食大部分都是十人以上的分量。偶尔我们会选择自己去捕鱼,但更多时候,我们都是准备烧烤,从保温箱中取出各种肉类直接丢在烤网上,最后搭配一大袋面包卷与沙拉一起吃。

对于《明日,战争爆发时》中的艾丽和她的朋友来说,野营之旅真是个疗愈时刻。我们亦是如此。我们会兴奋地带上平时在家里不能吃的麦片、巧克力饼干(而不是平淡无味的消化饼干)以及一包包粉色、白色的棉花糖。日落后,我们会将棉花糖插在竹签上,然后放在火上烤。睡觉前,我们也会在嘴巴里塞满棉花糖,躺在睡袋里久久不想入睡。

棉花糖
Marshmallows

大约可做80个棉花糖，足以满足7个野营者

1. 在碗中倒入125毫升或4½液盎司冷水，倒入吉利丁粉，搅拌均匀后放于一旁静置。

2. 将细砂糖、葡萄糖浆和盐倒入炖锅中，并倒入剩下的125毫升／4½液盎司的冷水。以中火煮沸，一开始先不断搅拌至糖融化，然后等待其煮沸（或晶体化）。将它们煮至116摄氏度／240华氏度或到达软球状态（即当倒入一杯冷水时糖浆会形成球形／块状）。一旦到达这一状态，便可以将炖锅从火上拿开。

3. 搅拌器开中速，缓慢将糖浆沿着搅拌盆的边缘倒入，避免碰到搅拌器，不然做出来的就是拔丝糖了。当加完所有糖浆后，将搅拌器调至高速，搅拌12至15分钟，直至混合物变硬挺并充满空气，这时候的搅拌盆已经足够冷却了。这12分钟就像炼金术的过程。通常情况下我都会怀疑是否真的会成功，因为前几分钟的搅拌过程中糖浆始终都是较稀的液体状态，不过只要持续搅拌，它最终会膨胀得像云朵一般。当糖浆足够浓稠时加入香草精以及一点可食用色素（根据你的喜好进行选择，也可不加）。

4. 快速将棉花糖混合物倒入准备好的容器中（详见注解）。你可以使用沾湿的刮刀将顶部抹平。最后撒上足量的糖粉混合物，放在室温中至少4个小时（或隔夜）。

5. 当棉花糖"休息"够了后，用两侧粘满玉米淀粉的刀将其切成方块状。切好的棉花糖裹上足够的糖粉就好啦。你可以把它在火上烤一下或丢进热巧克力里一起吃，或者也可以用油纸包起来送给朋友作为礼物。

配方

250毫升／8½液盎司／满满的1杯冷水

20克／6茶勺吉利丁粉

400克／14盎司／2杯细砂糖

170克／6盎司／不足½杯葡萄糖浆

1小撮盐

植物油

50克／1¾盎司／½杯玉米淀粉

50克／1¾盎司／满满的⅓杯糖粉

1茶勺香草精

食用色素（可选择的）

工具

20厘米／8英寸方形蛋糕模具*

搅拌器或手持电动搅拌器（如果用手的话会辛苦一些）

*准备模具，先涂上薄薄的一层油，在底部和四周铺上锡纸。混合玉米淀粉和糖粉，将其撒在铺了锡纸的模具上，记得转个方向继续撒粉，轻拍，以确保模具底部和四面都撒上粉类。多余的粉类重新倒回碗里之后再用。

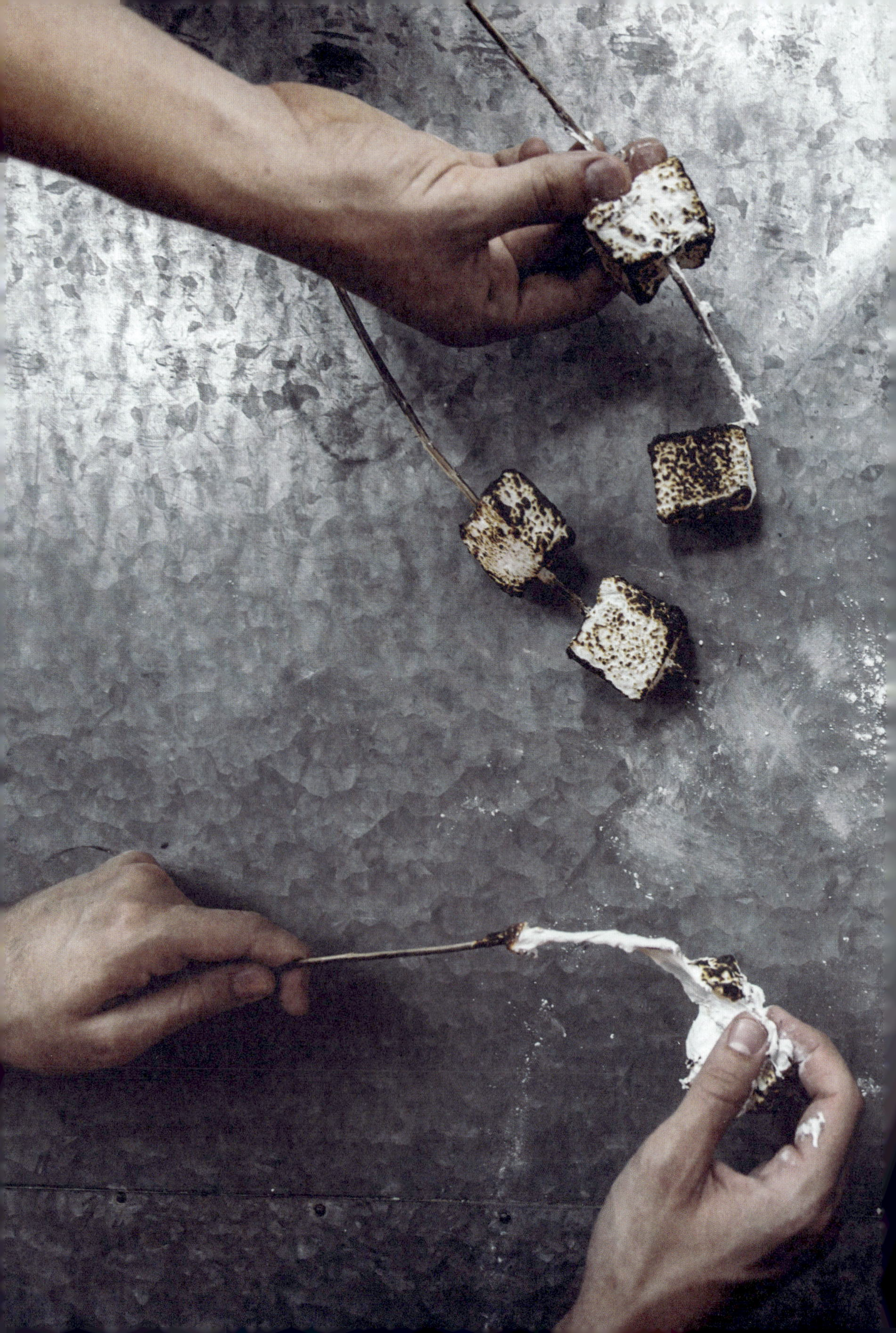

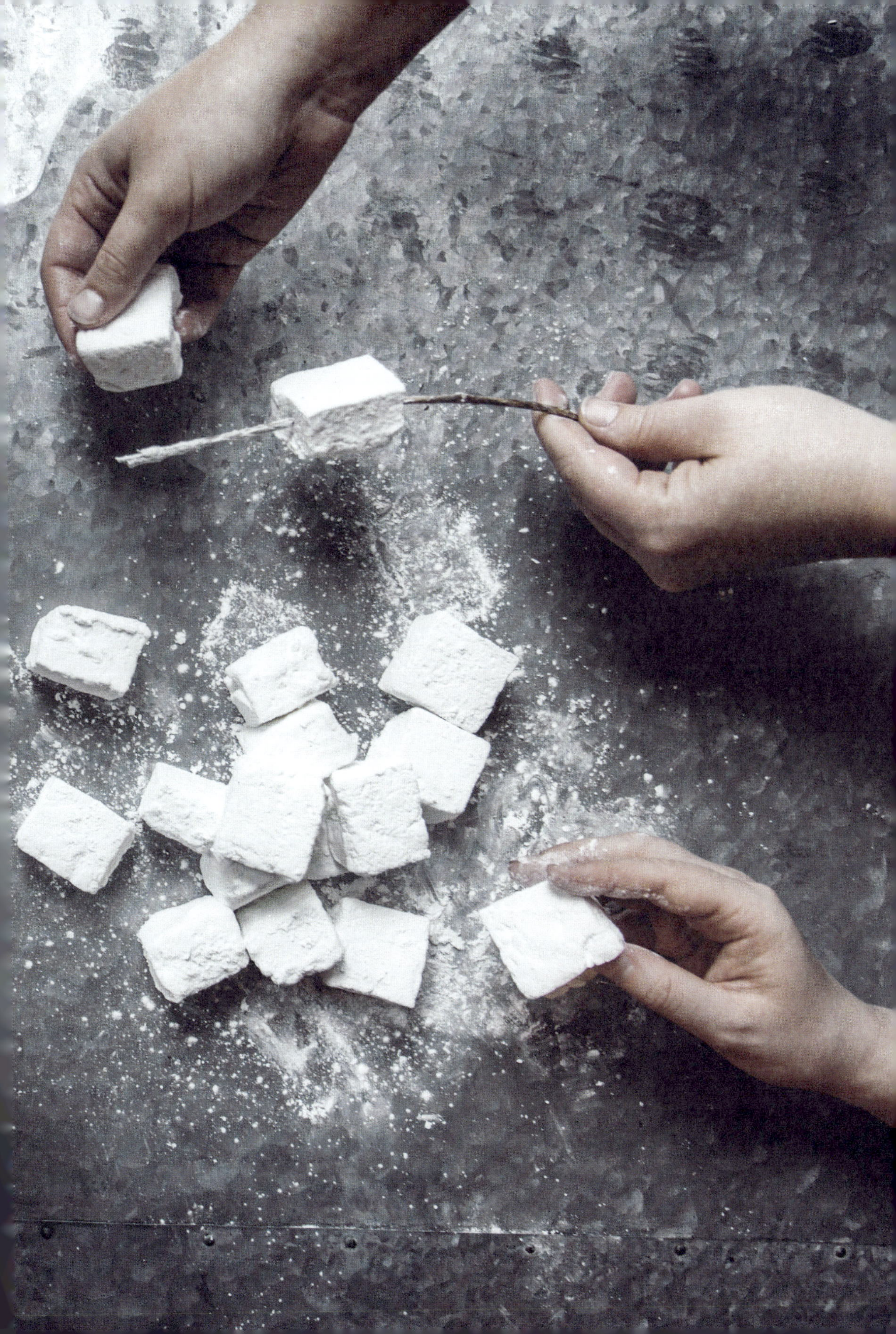

牛奶甜酒
Posset

端上热腾腾又香甜可口的牛奶甜酒，帕滕温柔地脱下西尔维亚的行装。

《威洛比城堡斗狼记》，琼·艾肯

在寒冷的冬夜，不管是加班，或是在外用餐，还是在雪中漫步，从外面回到家里的我都会在睡前走进厨房。就像一段漫长的旅行之后，热饮总是最让人暖心；虽然它可能不足以唤醒我，却能让我从里到外温暖起来。西尔维亚在《威洛比城堡斗狼记》中经历了艰苦的旅程后所喝到牛奶甜酒便是这样的存在。这比我日常喝的热茶更为奢侈，但如果是一个较为特殊的夜晚，它还是值得一试的。加入白兰地是很好的选择，不适合像西尔维亚这样的小孩，对于我们这些早已毕业的大人来说却是非常棒的睡前饮品。

在你开始制作之前我还有一些要说明的。现代的牛奶甜酒，也就是你更加熟悉的版本，更像甜品而不是饮品。但在过去，制作牛奶甜酒需要往牛奶中加入酒精去发挥凝结的功效。这时候，凝乳和乳清将分离，凝乳会变甜，可以用勺子舀着吃，而乳清则是用来饮用的。我在这里分享的这款饮品介于新旧做法之间：香甜顺滑，带有酒精且温暖人心，处于凝结的边缘状态。这听起来很不正宗，但可能真正存在于《威洛比城堡斗狼记》的世界中。

牛奶甜酒
Posset

2人份

1. 将牛奶、柠檬皮屑、糖和杏仁香精倒入炖锅中，以中火慢炖。

2. 在碗里倒入蛋白，搅拌至起泡。把蛋白倒进热牛奶中搅拌均匀。加入朗姆酒和白兰地，再次搅拌。

3. 趁热直接饮用。近距离观察的话，你会发现牛奶出现了分层，趁热喝的话，你便能感受到顺滑与香甜。

配方

150毫升／5液盎司／⅔杯牛奶

1颗柠檬的皮屑

40克／1½盎司／3¼餐勺细砂糖

½茶勺杏仁香精

1个蛋白

40毫升／1⅓液盎司／2餐勺朗姆酒

50毫升／1⅔液盎司／3餐勺白兰地

拉面
Ramen

> 我切着蔬菜。在我最喜欢的这个地方,我突然想到:拉面!这么巧?我没有转身,开玩笑地说道:"在我的梦里,你说你想吃拉面呢。"
>
> 《厨房》,吉本芭娜娜

我并不是一个喜欢在晚上出去玩的人。比起在夜店里喝酒跳舞,我更喜欢和朋友待在一起安静地享用晚餐,享受红酒。我总是扮演一个理性朋友的角色。我会很好地区分打车与喝啤酒的钱,并在我们出门参加派对前确保所有功课都已完成。

二十多岁搬到伦敦后,这种习惯也并未发生变化;只不过我们不再需要做功课了,于是我便需要寻找其他关注点。当有人让我推荐宵夜时,我总是义不容辞。我非常热衷于在半夜做吃的:例如在听完演奏会回家后做法式火腿干酪三明治,在蹦迪之后做一炉饼干,以及使用我能在冰箱中找到的任何食材做拉面。

我最常做的就是拉面(不管加了什么食材)。它是我在很晚回到家或者想要简单吃个午餐时的最佳选择。它具有丰富的味道,但绝对不会太过。而且它也是一道可以随意调整的料理,千万不要因为你缺少哪一样食材或配菜而感到气馁。我也曾做过没有豆腐、没有虾或没有鸡肉的拉面,你可以找其他任何蔬菜进行替换,甚至即使不加这些食材也没关系。这不一定是你吃到的最正宗的拉面,但能在不到二十分钟内端上桌便足以使它成为你的最佳宵夜选择。

205

配方

高汤

500毫升／17液盎司／满满的2杯蔬菜高汤（鸡汤或牛肉汤也可以）

2茶勺姜蓉

3瓣大蒜，压碎

2茶勺酱油

5朵干香菇

1片干拉面

2餐勺白味噌酱

豆腐

2茶勺酱油

2茶勺味醂

80克／不足3盎司嫩豆腐

1餐勺芝麻油

搭配

1颗鸡蛋

迷你菠菜

切碎的蔬菜（或者任何你冰箱里有的蔬菜）

醃生姜

1根大葱／青葱

芝麻

拉面
Ramen

2人份

1. 将蔬菜高汤、姜、大蒜、酱油和蘑菇倒入炖锅中煮开，炖煮5分钟，同时你可以去准备其他食材。

2. 现在来处理豆腐，将酱油和味醂在碟子上混合，豆腐纵向切成两半，将它们浸泡在酱油汁中。正反面翻转几次。取一只较小的煎锅，倒入芝麻油，油烧热后放入豆腐，煎至两面酥脆，将剩下的酱油汁倒入锅中。关火，将豆腐暂时置于一旁。

3. 煮一小锅水，水煮开后小心放入鸡蛋，煮6分钟。时间到后马上取出鸡蛋，放入冰水中，随后敲破蛋壳，剥去一点蛋壳，使用茶勺划入鸡蛋和薄膜之间，用茶勺轻松剥去剥膜和蛋壳。

4. 将拉面放入热高汤中按照包装上所指示的时间烹煮，煮好后用夹子夹出放在碗里。

5. 在高汤还是温热但不是煮沸的状态下放入味噌酱拌匀。当味噌全部融化后关火。

6. 装盘时，在拉面上摆好迷你菠菜或任何你喜欢的蔬菜，将高汤分别倒入碗里。每个碗里摆上豆腐、醃渍好的姜、切碎的洋葱和对半切开的鸡蛋，最后撒些芝麻即可。

汤与麦芬
Soup & Muffins

你可以想象一下，剩下的一整个晚上会是怎样的。他们会蜷缩在火光闪烁、火花跳跃的壁炉前，他们会打开碟盖，发现里面是热腾腾的美味浓汤，这本身就是一道菜肴，还有丰富的三明治、吐司与麦芬来搭配它们。

《小公主》，弗兰西斯·霍奇森·伯内特

《小公主》这本书体现了故事的力量，展现了小说能够像面包一样温暖你并喂饱你。当萨拉·克鲁发现自己突然变成了孤儿且身无分文，同时还要被残忍无情的米切思女士所操控时，她所讲述的那些故事——无论是对自己讲的，还是对阁楼墙另一端的贝基讲的，都是帮助他们度过那个漫长的、饥寒交迫的冬天的强大力量。在经历了无数个没有食物的夜晚之后，某天晚上，他们醒来，发现自己梦想的美味盛宴就在眼前。于是他们吃到了深夜。

尽管萨拉和贝基的状况与我在现实世界中的状况并不相同，但在伦敦经历了好几个漫长冬季的我也经常需要各种故事和温暖浓汤的抚慰。我在伦敦的第一个一月就非常冷，那时候住处的窗户是单层的，而我也没有足够的钱能让自己一直开着暖气。虽然盖着羽绒被，但我的身体始终适应不了冬季早晨的寒冷。

当我觉得冷到骨子里并且非常想念家人的时候，我便会选择用喜欢的书籍与简单、温暖的食物来安抚自己。这道汤品（以及这些麦芬，如果你有足够时间准备的话）便是非常合适的选择。

配方

40克／1½盎司／3餐勺黄油

1千克／2¼磅棕色洋葱，切成较薄的半圆状

10枝百里香

盐和胡椒

2餐勺中筋面粉

400毫升／14液盎司／1¾杯蔬菜高汤（自制的最好）

蔬菜高汤*

注：以下的分量只是我的建议，你可以随意增减。

选择你冰箱所拥有的食材：

2根胡萝卜

2根芹菜

1颗较小的棕色洋葱

1颗红色洋葱

3根大葱／小葱

一些欧芹茎

5颗胡椒籽

1.5升／2¾品脱／6¼杯水

* 或直接使用浓缩固体汤料

洋葱汤
Onion Soup

2到3人份

1. 首先如果你选择自制高汤，那便需要先煮高汤。将蔬菜（洗干净并切好，但不需要削皮），欧芹、胡椒籽和水倒入较大的炖锅中。文火慢煮，开盖煮大约1个小时后过滤出高汤，置于一旁待用。

2. 在锅里加入黄油融化至冒泡，倒入切好的洋葱以中火翻炒10分钟。当洋葱变软且呈现透明状态时，将百里香的叶子丢进锅里，同时加入两撮盐和一些胡椒。

3. 洋葱某些部位变色时加入面粉，继续翻炒2分钟直至搅拌均匀。倒入之前做好的高汤，再次搅拌。将汤煮开后调成小火，开盖煮至你喜欢的浓稠度即可。

麦芬
Muffins

8个

1. 将面粉倒入搅拌盆中。在一边加入盐，另一边加入酵母粉，然后加入糖、黄油、鸡蛋和牛奶。使用搅面钩搅拌面团直至顺滑具有弹性（大约需要5分钟）。如果你没有搅拌器，将所有材料倒入碗里混合均匀，然后倒在撒了面粉的案板上揉搓10分钟左右。最后将面团塑形成球状。

2. 洗干净搅拌盆，稍微涂点油。将面团放入盆中，盖上保鲜膜发酵至2倍大。一个检测面团是否双倍发酵的小方法：事先用手机拍个照。我发现自己总是很难记住面团最初的大小。

3. 一旦面团发酵至2倍大后，将它重新倒回撒了面粉的案板上。将面团擀成2.5厘米／1英寸左右的厚度。使用沾了面粉的模具或玻璃杯压出麦芬的形状。

4. 在2个烤盘上先撒一半玉米粉，小心地将麦芬移到烤盘上，在麦芬上撒上剩下的玉米粉。轻轻地将保鲜膜盖在麦芬上进行二次发酵，大约30分钟。如果你的麦芬并未膨胀得很大也无须担心，因为一旦温度升高它便会很好地"长大"了。

5. 以小火加热一个高身平底锅。将部分麦芬放入平底锅中，它们将延伸并膨胀，所以千万别摆得太靠近。大约煎5分钟后翻面，再煎5分钟，直至两面都呈现金棕色的状态。

6. 如果想和《小公主》里的情节一样，你可以将麦芬对半切开，插上叉子在火上烘烤（或和我一样在燃气灶上烤）。随后涂上大量的黄油，蘸洋葱汤吃。

*剩下的麦芬可以用纸袋包起来保存几天，吃之前再复烤一下。它非常适合搭配焗豆（32页）做为自带午餐，也可以搭配烤芝士和辣椒酱作为早餐，再或者作为你的宵夜选择。

配方

300克／10½盎司／2⅛杯高筋白面粉

6克／满满的1茶勺盐

6克／2茶勺酵母粉

15克／½盎司／4茶勺细砂糖

15克／½盎司／1餐勺软化后的黄油

1颗鸡蛋

170毫升／满满的5液盎司／不足¾杯牛奶

15克／不足2餐勺玉米粉

210

香肠卷
Sausage Rolls

"好像有人在受折磨!"纳威说道,他的脸色变得非常苍白,香肠卷滚落了一地,"你必须和钻心咒战斗!"

《哈利·波特与火焰杯》,J.K.罗琳

十岁的时候我第一次接触《哈利·波特》。对于一个爱读书又有点任性的女孩来说,你们肯定能够猜到我在这本书里最喜欢的角色是谁。我觉得我很难具体说明那个聪明、有趣、能够勇敢地在课堂上举起手并且在这些故事中扮演着英雄角色的女孩对我有多大影响。赫敏真的是一个非常勇敢、聪明、讲义气的女孩,是我在青少年时期的榜样。

虽然我很喜爱并欣赏赫敏,但其实,纳威·隆巴顿才是我最爱的角色。他是个笨拙且始终焦虑的人,在前三本书中他一直是所有人的笑柄,但在最后,纳威发挥了自己的特长。他不再是那个被嘲笑、被蔑视的人,他带领霍格华兹的学生们去对抗极其强大的敌人,并在处于弱势时仍坚持不放弃。

我第一次读《哈利·波特与火焰杯》是在外婆家,那时候我不得不想办法甩掉一直缠着我的妹妹,她一直吵着让我赶紧看完,好把书给她。而我最初吃这道香肠卷也是在外婆家,每次有派对她都会做好几百个香肠卷。这是一道可以一次性做出很大分量的料理——不断挤压并搅拌肉沫,最终做出的量可能是你估算的二到三倍。外婆肯定会因为我从外面买酥皮而嘲笑我,但我觉得在这里使用市售材料会让一切轻松许多,特别是当你在半夜制作这道料理时。

配方

3颗棕色洋葱，切碎

3根胡萝卜，搓碎

500克／1磅又2盎司香肠肉

250克／9盎司猪肉碎

250克／9盎司鸡肉碎

（或者你可以选择使用更多猪肉碎）

125克／4½盎司／2¼杯白面包屑

足量现磨胡椒

1大撮盐

3餐勺伍斯特辣醋酱

2茶勺芥末粉

1大把切碎的平叶欧芹

4张卷好的酥皮（或则你也可以选择自己做的酥皮）

1颗鸡蛋

1餐勺芝麻

香肠卷
Sausage Rolls

大约可以做12个

1. 预热烤箱至200摄氏度／400华氏度／第6档。在搅拌盆中混合除酥皮、鸡蛋与芝麻以外的所有材料，并将它们揉合在一起。

2. 铺一张酥皮。在靠近你的那一端，离边缘2厘米或¾英寸的位置上，以长条形状铺上1/4分量的肉馅，大约4厘米／1½英寸长。

3. 在一个较小的碗里用叉子打散鸡蛋，使用刷子将蛋液涂抹在离你较远的那端酥皮的边缘。将铺在酥皮中的香肠肉紧紧地卷起来，涂抹了蛋液的那部分酥皮将起到粘合作用。将卷好的香肠放在案板上，黏合部位需朝下。做好的香肠切成3大块（当然如果你想要也可以切得更小），将切好的每块香肠挪到烤盘上，刷上蛋液，撒上芝麻，在酥皮表面划几刀。以同样的方式处理完所有香肠。

4. 香肠卷在烤箱中烤30分钟，直至呈现金黄色。稍微冷却后搭配伍斯特辣醋酱一起食用吧。

香籽蛋糕
Seed Cake

"当然！我有很多！"比尔博先生意外地发现自己竟然这么回答了，而且他就这么自顾自地忙活了起来。他先跑到酒窖里装了一品脱啤酒，然后去餐点间拿了两个美味的圆形香籽蛋糕，那是他下午烤的，作为晚餐后的甜品。

《霍比特人》，约翰·罗纳德·瑞尔·托尔金

我是在布里斯班长大的，开车去莱明顿国家公园并不会太远，在莱明顿国家公园有超过五百个拥有五千多年历史的瀑布与大树，在那里还能听到鞭鸫独特的叫声。经历了雨季后，你的眼睛将被一大片绿色承包。这是这个世界上非常美丽的一角。周末的时候我经常和父亲、继母谢丽儿穿上运动鞋前往莱明顿国家公园，我们仅仅是聆听鸟叫声或远眺风景。我的妹妹露西有时会坐在林中小道上指着自己的脚说它们"坏了"。幸运的是，只要父亲承诺为她讲个故事，并且宽慰她即使坐在地上蜘蛛也不会往人身上爬，她就愿意再一次去公园徒步。

父亲是一个很会讲故事的人。在散步的时候我们会想出各种各样的角色，如一头大象、一个叫做安妮的勇敢女孩，或者一只跳蚤，而他总是能用这些角色编出各种有趣的故事。回到家后，虽然大家都很疲倦，但也很开心，父亲会在房间拉来一把椅子，给我们读故事，直到我们都真正地进入梦乡。他选择的故事总是关于各种冒险，例如《金银岛》《霍比特人》和《镜石》。

我们都爱《霍比特人》，爱那些隐藏于黑暗中的谜题、聪明的比尔博以及矮人们。我们都害怕史矛革，觉得矮人们不可能击败它。随着年龄的增长，托尔金继续不断地出现在我们的生活中，父亲经常会在某个晚上建议我们在白墙上投影《指环王》或者彼得·杰克逊的其他电影。但我最喜欢的还是《霍比特人》；不管是一场突如其来的深夜派对，还是在发生了各种事情后回到霍比屯，比尔博那让人羡慕的酒窖总是能够发挥作用。

214

香籽蛋糕
Seed Cake

8人份

1. 在模具中刷黄油并铺上油纸，烤箱预热至160摄氏度／325华氏度／第3档。确保所有食材都处于常温状态。

2. 打发黄油和糖至轻盈顺滑的状态。在另一个碗中加入鸡蛋、白兰地、肉豆蔻粉、肉豆蔻干皮粉，搅拌均匀，然后加入黄油和糖中。

3. 将面粉和泡打粉筛到以上混合物里，并加入葛缕子籽，轻轻拌匀。随后小心倒入蛋糕模具中，用刮刀将表面抹平，并撒上一些德麦拉拉蔗糖。

4. 放入烤箱烘烤50分钟，直到插入叉子取出后是干净的状态。取出蛋糕放在烤网上冷却，可以作为晚餐后的甜品或者早午茶的点心。

配方

225克／8盎司／2块黄油

170克／6盎司／不足1杯的精细白砂糖

3颗中型鸡蛋

60毫升／2液盎司／¼杯白兰地

½茶勺肉豆蔻粉

½茶勺肉豆蔻干皮粉

225克／8盎司／1¾杯中筋面粉

1茶勺泡打粉

1餐勺葛缕子籽

1餐勺德麦拉拉蔗糖／托比那多糖

工具

20厘米／8英寸圆形蛋糕模具

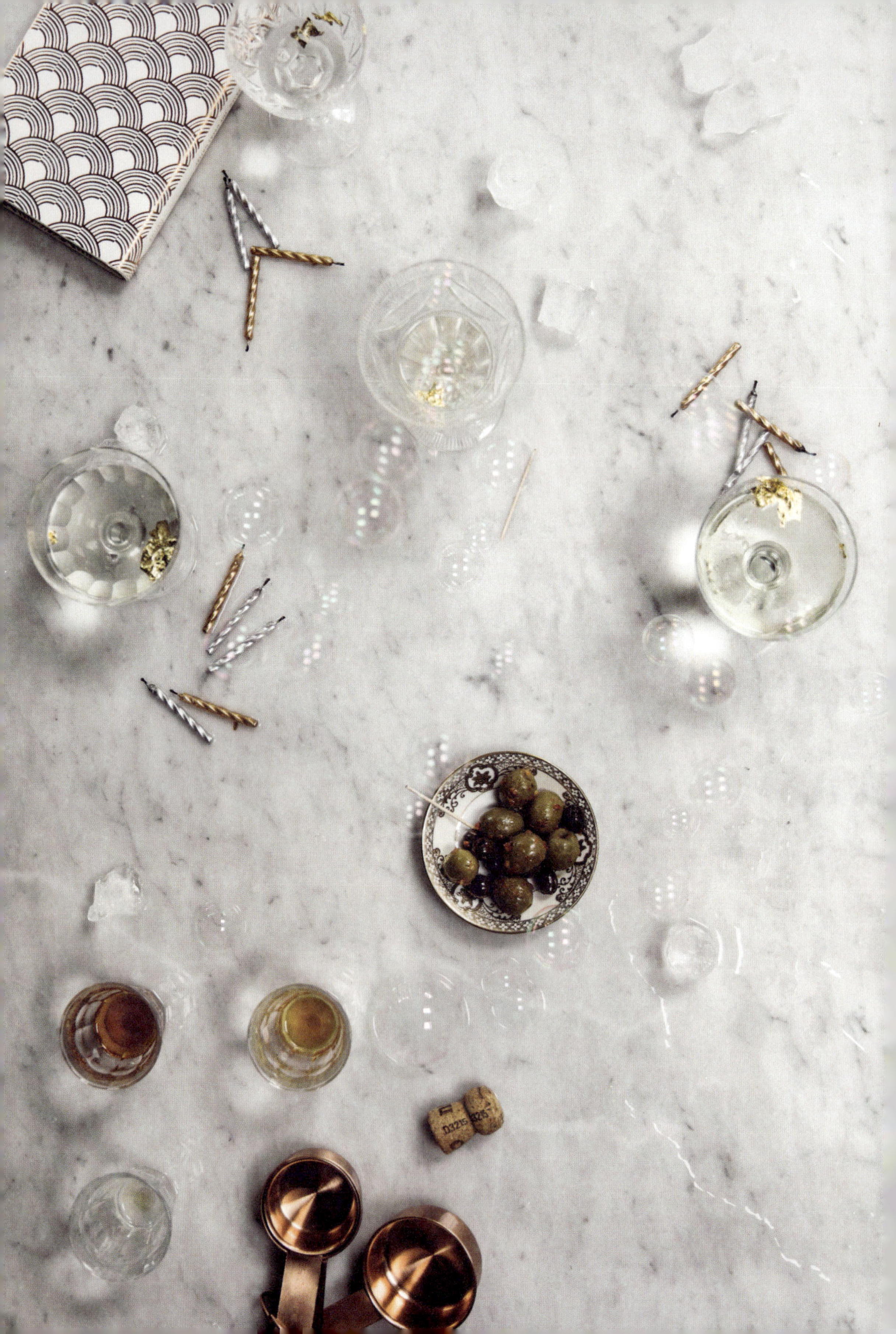

派对和庆祝活动
parties & celebrations

派对和庆祝活动

我小时候那些生日派对的记忆已经混合在一起。我记得其中的一些片段，例如我们会在后院中吃被串在一起的芝士圈，或者清晨的时候在父亲家后面的小溪里探险，再或者，母亲为彻夜狂欢的派对订了一个甚至很难送进门的巨型披萨。

在我们家，同时也是我认识的很多人家里，这些庆祝活动都是围绕着食物展开的。母亲和外婆总是能够淡定自如地准备大量的食物，我从未见过她们为此慌张。我们家是一个开放式的房子，总是能够聚集许多宾客。我十八岁的生日派对持续了三十个小时；客人们在我家醒来后看到那些早午餐便决定继续留在家里。

因为成长于一个很少吃甜食的家庭（通常我们在晚餐后吃的都是各种水果），我和妹妹露西便逐渐喜欢上了烘焙。我们俩曾提出要为派对准备甜品，因为通常母亲准备的派对食物多是咸口的。我们当时怀揣的小心思是，如果自己制作，母亲便有可能允许我们去吃这些甜食了。

我们的祖母应该算是我们家中最喜欢烘焙的人，但是她在我刚刚上中学的时候便去世了，所以很大程度上我们的烘焙都靠自学。我们会攒些书券去买烘焙书，并尝试制作那些我们在外面橱窗和咖啡店里看到且超想吃的甜品。最先尝试制作的是麦芬、香蕉蛋糕和奶酥，随后我们还做了杯子蛋糕、饼干，甚至是夹心蛋糕，以及较复杂的糖衣和酥皮点心。

随着年龄的增长，我对甜食的迷恋逐渐衰退。现在，如果为了准备派对，牛排和蛋糕对我来说是差不多的选择。但我还是很喜欢蛋糕带来的仪式感：视觉享受，切蛋糕的过程，庆祝。而且，制作甜品对我来说也仍然很有趣。

我在这一章节里分享的甜品、面包和蛋糕都是适合多人分享的。它们可以插上蜡烛出现在生日派对上，可以出现在婚礼上，也可以在晚宴中惊艳你的宾客。总而言之，这些都是非常适合庆祝活动的甜品。

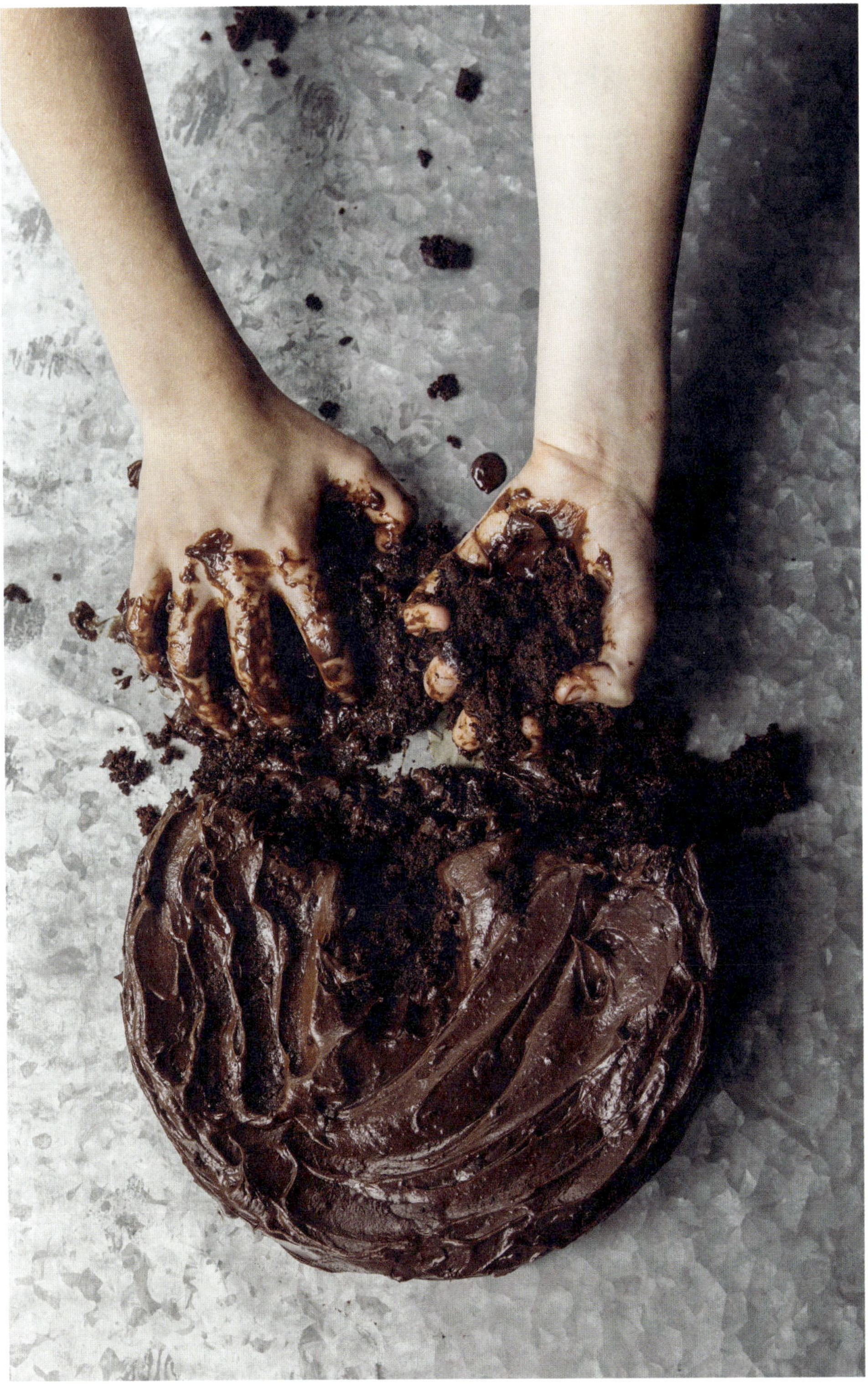

巨大的圆形巧克力蛋糕
An Enormous Round Chocolate Cake

她马上就回来了,并端着一个用巨大的陶瓷盘子装着的巨大的圆形巧克力蛋糕。那个蛋糕足足有18英寸*,上面淋满了深棕色的巧克力糖衣。

《玛蒂尔达》,罗尔德·达尔

这是一款我从小就心心念念的蛋糕,既是美梦也是噩梦。在达尔的笔下,这款蛋糕被当成折磨人的道具,一个可怜的小学生必须把它全部吃掉。这是达尔浓墨重彩的一笔,每个小孩都想要的大蛋糕变形为滑稽的惩罚——布鲁斯·波格托把蛋糕吃个精光。这是我提起《玛蒂尔达》这本书时最常想起的一幕,人们会想聊聊自己对于这一幕的想象。

我对于自己首次(或许可能不是首次,但的确是第一次没有大人在身边的时候)阅读《玛蒂尔达》有着非常清晰的记忆。那时候的我七岁,是第一次(也是最后一次)被父亲禁足。我要一个人在卧室里待四个小时,于是我从书架上拿出《玛蒂尔达》,一页一页地看了起来。多亏了它,我觉得禁足也没有想象中那么让人害怕了。

现在,当我想起布鲁斯吃的那个蛋糕时,我便想到了这个食谱。这是一款非常厚实、具有大量巧克力、体型巨大且非常甜蜜的蛋糕。那些粘手的巧克力与似乎没熟的海绵蛋糕粘满了男孩的手指、脸庞与衣服。当我第一次尝试这个食谱的时候,我直接将蛋糕放在盘子上涂抹巧克力糖衣,最后端起盘子的时候,我终于感受到它那惊人的重量。

* 1英寸相当于2.54厘米。

巧克力蛋糕
Chocolate Cake

可满足至少30个小孩，或者布鲁斯1个人

1. 预热烤箱至150摄氏度／300华氏度／第2档。在蛋糕模具上刷一层油并铺上油纸。取一只炖锅倒入水并烧开，在锅里放一个碗加入巧克力和黄油隔水融化，随后放一旁冷却。

2. 在一个较大的碗里混合面粉、泡打粉、小苏打、糖和可可粉。

3. 将鸡蛋和酪乳混合在一起，加入冷却后的黄油和巧克力混合物中。倒入咖啡混合均匀。将湿混合物倒入干混合物中并完全拌匀。

4. 拌好的蛋糕糊倒入模具中并放入烤箱，烘烤90分钟。当叉子插入蛋糕再取出后没有粘上生面糊时便可从烤箱中取出。这款蛋糕的糕体糖分较高，所以不那么软弹，比起海绵蛋糕，它可能更像布朗尼。

5. 将蛋糕放在烤网上冷却10分钟，随后脱模，让其在底模上放至完全冷却。因为蛋糕非常脆弱，一定要万分小心将其挪到盘子上。有一个很简单的方法便是将盘子扣在蛋糕上，快速翻转如此便能将蛋糕反扣在盘子上了。这么做也能隐藏蛋糕上方的凹陷。因为蛋糕很沉，如果没有任何支撑便拿起的话很容易裂成两半，但没关系，你可以在盘子上将其重新拼回去。

6. 现在来制作巧克力抹面。将奶油煮至即将沸腾的状态。将巧克力放入碗里，倒入滚烫的奶油，静置5分钟后搅拌均匀，随后放入冰箱冷藏10分钟让其变得浓稠一些（但不要放太久，否则巧克力将再次凝结）。然后将巧克力奶油涂抹在蛋糕上方和四周即可。

配方

300克／10½盎司黑巧克力

300克／10½盎司／2¾根无盐黄油

250克／8¾盎司／2杯中筋面粉（无麸质的也可以）

2茶勺泡打粉

½茶勺小苏打

300克／10½盎司／1½杯精细白砂糖

300克／10½盎司／1½杯黄砂糖

60克／2¼盎司／满满的½杯可可粉

4颗鸡蛋

100毫升／3⅓液盎司／满满的⅓杯酪乳

125毫升／4¼液盎司／满满的½杯冷却了的浓咖啡

巧克力抹面

250毫升／8½液盎司／满满的1杯淡奶油

150克／5¼盎司黑巧克力，切碎

100克／3½盎司牛奶巧克力，切碎

工具

25厘米／10英寸可脱底的蛋糕模具（因为这款蛋糕比较粘稠，如果是传统蛋糕模具可能会很难脱模）

红心王后的浆果塔
The Queen of Hearts' Tarts

"红心王后,做了一些塔,
炎炎夏日竟发生这等事情:
红心武士,偷走了塔,
全部带走无踪影。"

《爱丽丝梦游仙境》,刘易斯·卡罗尔

我是在三月份的时候搬到英国的,这是最佳的到达时间。在接下来的几个月里,我见证了伦敦逐渐褪去冬天的外皮,迎来万物复苏的时节。所有的一切都在发生变化,公园里开始被各色鲜花和绿油油的植被填满,而出售着新鲜农产品的果蔬摊子更是我每日必会拜访的地方。每年六月初,浆果季来临,我都会非常开心。番茄、草莓、树莓和红醋栗等水果如果不是在对的季节享用,通常都不会很好吃。在英国,提到红色浆果便会自然让人想到温布尔顿、夏日里的野餐与晴朗的傍晚。尽管用来做冰淇淋、果酱或派都会很美味,但直接从花园里摘下塞进嘴里始终是这些浆果最完美的食用方式。

我们并不知道红心武士从红心王后那里偷走的塔里包的是什么馅。榛睡鼠认为可能是糖蜜馅,但其他人似乎并不认同。有些人认为或许是果酱馅,而且馅料一定是鲜艳的红色,但我觉得红心王后想要的不会是这么简单的塔。我所幻想出来的红心王后的塔应该是这样的:首先是非常酥脆的酥皮,里面填满了甜蜜的香草卡仕达酱,上面则布满各种各样的红色浆果。红心王后要求一切都是深红色调的。我猜她肯定会因为别人从她眼皮底下偷走这些塔而非常生气吧。

夏日浆果塔
Summer Tarts

可做出6个小塔或者1个大塔

1. 预热烤箱至200摄氏度／400华氏度／第6档。先做酥皮底。将黄油和糖混合搅拌均匀，打入蛋黄，随后倒入杏仁粉和面粉拌匀。将它们整合成一个厚实的面团（如果混合物太干的话可以再加1餐勺冷水）。将面团用保鲜膜包裹好放入冰箱冷藏至少20分钟。

2. 从冰箱中取出酥皮面团。比起直接擀开，将其切成每份5毫米或¼英寸厚圆形，并直接按压到塔模中，确保没有任何缺口更好。将铺好酥皮的塔模整个放入冰箱中冷藏15分钟。

3. 在酥皮冷藏的时候可以开始制作内陷。将鸡蛋、蛋黄和糖倒入碗里搅拌至轻盈顺滑的状态。将过筛好的面粉倒入并轻柔地拌匀。置于一旁待用。

4. 将塔模从冰箱中取出，放入烤箱中部烘烤15分钟，直至酥皮变成浅棕色。取出放凉。

5. 在炖锅中加入牛奶和黄油，以小火煮至快要沸腾的状态，倒入鸡蛋混合物中快速搅拌。将所有混合物再次倒回炖锅中（记得提前清洗炖锅并擦干），以小火熬煮，用木勺不断搅拌，煮10分钟左右。

6. 当卡仕达酱变得足够浓稠，能倒挂在木勺上时，将其盛到一个干净的碗里，盖上保鲜膜放至冷却。保鲜膜必须接触到卡仕达酱的表面，如此才能避免结皮。

7. 当馅料和塔皮都完全冷却后，将馅料舀进塔皮中，然后放入冰箱或置于阴凉处30分钟左右。（这一步能确保你干净地切出每一块塔，避免卡仕达酱粘满你的刀。）待塔冷藏完

配方

酥皮

100克／3½盎司／不足1根的黄油

2餐勺精细白砂糖

1个蛋黄

100克／3½盎司／1杯杏仁粉

200克／7盎司／1½杯中筋面粉

馅料

1颗鸡蛋

2个蛋黄

125克／4½盎司／不足⅔杯精细白砂糖

40克／1½盎司／满满的¼杯中筋面粉

500毫升／17液盎司／满满的2杯牛奶

40克／1½盎司／3餐勺无盐黄油

装饰

250克／9盎司红色浆果（红醋栗，树莓，草莓）

糖粉

工具

20厘米／8英寸的塔模（最好有3厘米／1¼英寸的深度）

或6个8厘米／3¼英寸的小塔模（2厘米／¾英寸深）

成后，从枝干上摘下红醋栗，清洗树莓，并切好草莓，将所有的这些水果都堆到塔上。最后撒些糖粉便可享用。

梨子柠檬生日蛋糕
Pear & Lemon Birthday Cake

姆明妈妈正在厨房里，用黄色的柠檬皮屑和透明的梨子片装饰一个巨大的蛋糕。

《姆明谷的彗星》，托芙·扬松

在童年的时候我参加过不少结婚典礼，其中包括我父母的再婚仪式。我记得自己曾在堂兄弟的婚礼上到处寻觅别人没动过的蛋糕，并小心地用餐巾将它们包起来带回家。作为终生的蛋糕爱好者，我实在不能理解，谁会一口蛋糕也不吃？

我是在二〇一五年六月份第一次制作婚礼蛋糕的。尽管那时候我已经为咖啡馆制作过一些蛋糕，但我还是会感到紧张，毕竟我将制作的那款蛋糕必须要能够配得上那样特殊的场合才行。同时我也希望那会是一款你根本不舍得剩下的蛋糕。

自那之后，我所做的每一款婚礼蛋糕都是第一款蛋糕的变体，都是以滋味浓郁丰富的海绵蛋糕为底（可能是蜂蜜迷迭香、柠檬百里香或者接骨木花白巧克力等口味），再抹上奶油奶酪，并加些可食用的装饰物。这款梨子柠檬蛋糕便是我最喜欢的一个搭配。虽然这是姆明妈妈制作的一款生日蛋糕，但它也能够作为一款婚礼蛋糕。制作这款蛋糕需要一个漫长且繁琐的过程，所以我建议你只为真正喜欢的人制作。我敢保证，这款蛋糕能为你喜欢的人成就完美的一天，不管是婚礼还是生日宴会。

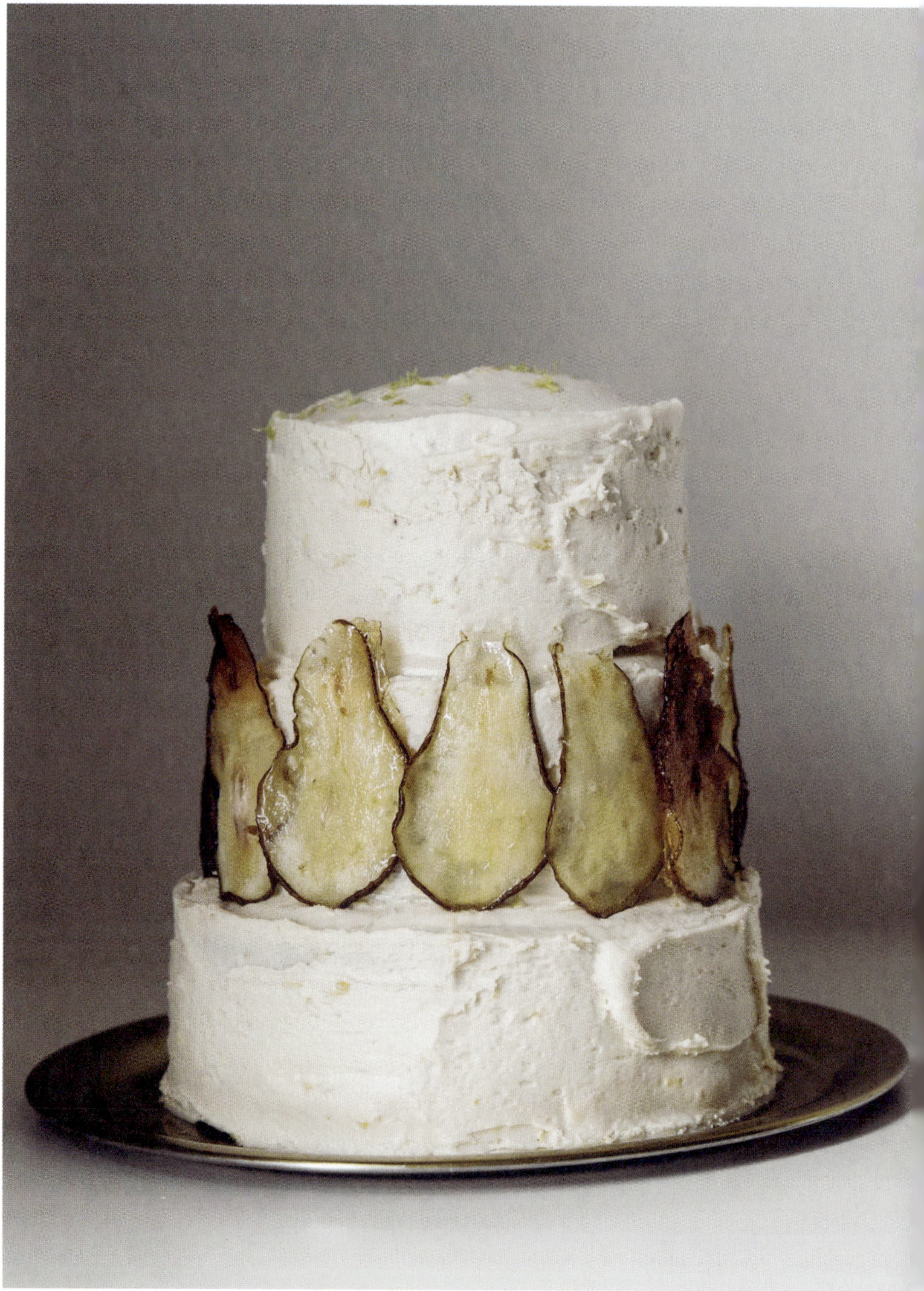

配方

海绵蛋糕

300克／10½盎司／2¾根无盐黄油

260克／9⅓盎司／满满的1¼杯黄砂糖

6颗梨子，去皮去核切小粒

400克／14盎司／1⅓杯糖浆

400克／14盎司／1⅓杯酸奶油

6颗鸡蛋

600克／1磅又5盎司／4½杯中筋面粉

4茶匙泡打粉

1茶匙小苏打

1茶匙豆蔻粉

2茶匙肉桂粉

水晶梨

2颗梨子

50克／1¾盎司／¼杯精细白砂糖

糖衣

100克／3½盎司／不足1根黄油

1千克／2¼磅糖粉

50克／2¾盎司／⅓杯酸奶油

2颗柠檬皮屑和柠檬汁

工具

20厘米／8英寸可脱底模的蛋糕模具

15厘米／6英寸可脱底模的蛋糕模具

梨子柠檬蛋糕
Pear and Lemon Cake

至少40人份*

1. 预热烤箱至160摄氏度／325华氏度／第3档，给3个可脱底模的蛋糕模具刷油并铺上油纸。

2. 先煮梨子。在煎锅里融化60克／2盎司／½根黄油，加热至冒泡。加入60克／5餐勺黄砂糖，不断搅拌至融化。将切片的梨子倒入，以小火烹煮15分钟，期间不断翻拌。煮好后暂时置于一旁待用。

3. 在炖锅中融化糖浆、剩下的糖与黄油。待其冷却后倒入酸奶油和鸡蛋中。

4. 将面粉、泡打粉、小苏打和香辛料过筛到一个较大的搅拌盆中。将湿的混合物倒入，轻柔搅拌至无干粉状态。

5. 最后将梨子也拌入。（锅里剩下的焦糖留着不要倒掉，你可以之后淋在冰淇淋上一起吃。）将做好的面糊平均倒入三个模具中，确保它们的高度差不多。

6. 放入烤箱中烤至叉子插入并取出后是干净的状态。在烤制35分钟后就要留意最小的那个蛋糕的状态了。50分钟后开始留意中间大小的蛋糕。最大的那个差不多需要1个小时。如果蛋糕表面很快便上色，你可以在它们上面盖一张锡纸。

7. 将烤好的蛋糕留在模具中先冷却10分钟，随后移到烤网上放至完全冷却。你必须在蛋糕完全冷却后才能开始涂抹糖衣，你可以前天晚上提前做好，或者在等待冷却时顺便洗个长长的热水澡。

8. 现在来做"水晶梨"。使用蔬果刨或一把足够锋利的刀将梨子削／切薄片。在碟子上倒入糖，将梨子片两面都粘满糖，

228

随后放在铺着油纸的烤盘上，放入烤箱（160摄氏度／325华氏度／第3档）烘烤20分钟，直至它们变成金棕色并且边缘变得酥脆。你一定要留心别让梨子烤焦了。烤好后取出放凉，一两分钟后将它们从油纸上小心拿下，放在烤网上至完全冷却。

9. 开始做糖衣。将黄油打发至颜色变浅，加入一半的糖粉，打至完全融合。倒入酸奶油和剩下的糖粉，再次搅打。最后加入柠檬皮屑和柠檬汁，调至高速搅打5分钟，直至糖衣变得非常轻盈。

10. 为了避免3层蛋糕塌陷，我建议你们在每层蛋糕之间都夹个蛋糕托。你可以在烘焙店中买到它们，但我通常都选择自己做。我会在一块较厚的纸板上临摹出2个较小的蛋糕底模，将它们剪下来并用锡纸完全包裹起来，这就做好了。

11. 开始组装蛋糕吧。将最大块蛋糕放在上菜盘上，抹上足量的糖衣，慢慢抹到蛋糕四周。将4根竹签插入蛋糕并修剪至糖衣处。在竹签上方对齐放上中间大小的蛋糕托和蛋糕。再次抹上糖衣，确保糖衣能够完全隐藏住蛋糕托。在中间层蛋糕中也插入竹签，上面放上最小的蛋糕托和蛋糕，抹上剩下的糖衣。在每一层蛋糕上用水晶梨进行装饰。

*如果你想要小一点的或者只有1层的蛋糕，将分量减半便可。

13厘米／5⅛英寸可脱底模的蛋糕模具
果蔬刨或锋利的刀
不用的纸板和锡纸或蛋糕托
竹签

乳脂松糕
Spongy Trifle

哈利向我淘气的小妹妹展示了一个很可爱的乳脂松糕，它覆盖着顺滑的奶油，上面还摆了一些银色的小球和果冻软糖。

《我淘气的小妹妹》，多萝西·爱德华兹

每当母亲要做甜品的时候，不是做奈洁拉·劳森那款超好吃的橘子杏仁蛋糕，便是做乳脂松糕。这款甜美诱人且我们都很熟悉的蛋糕总是作为各种活动与周末午餐的主角。而它最让人印象深刻的还是那复杂的组合，包含了一层又一层超市果酱卷、雪利酒、红色的Aeroplane牌果冻（澳洲老牌果冻）、桃子罐头、厚实的黄色卡仕达酱以及松软的奶油，上面还有杏仁片和巧克力酱。

而我所做的乳脂松糕则是这款的升级版。虽然我也很喜欢超市的果酱卷，但在这里我将和你们分享一个完整的食谱，你可以选择自己喜欢的果酱。但如果你没有足够的时间，你当然也可以选择去外面买来果酱卷。我总是会往乳脂松糕碗中加入大量水果，果冻也是我绝对不会漏掉的。你可以自己用甜果汁和吉利丁制作果冻，但我觉得外面买的果冻也足够美味。

我亲爱的朋友珍妮送了我这本多萝西·爱德华兹的书，书前面的献辞让我想到了这款乳脂松糕。作者和她的小妹妹从童年时期便幻想这款甜品，我发现身边很多朋友也是如此。所以我所做的这款乳脂松糕便是为了送给所有对它带有幻想的人。

乳脂松糕
Trifle

12人份，足以满足一个晚宴聚会或一个大家庭，且有余量

1. 根据包装说明制作果冻，并放入冰箱冷藏。

2. 接下来制作果酱。烤箱预热至160摄氏度／325华氏度／第3档。将黑莓倒入可放入烤箱的盘子里，糖倒入另一个盘子里。将这两个盘子都放入烤箱中烤15分钟。期间你一定要时刻留意着（不然糖很有可能焦糖化），烤好后取出，将糖倒入黑莓中。这时候一定要非常小心，因为糖变得非常烫了。暂时先放置一两分钟再将它们搅拌在一起。烤过的黑莓会软掉变成糊状，和糖混合在一起便成为了果酱。做好后放在一旁冷却。

3. 烤箱预热至180摄氏度／350华氏度／第4档。在瑞士蛋糕卷模具上涂一层油并铺上油纸。打发鸡蛋和糖至颜色发白，体积膨胀至3倍大。如果是用电动搅拌器来打发，大概需要8至10分钟时间，请保持耐心。将粉类过筛到鸡蛋混合物里，小心地拌匀，一旦看不到干粉便可停止搅拌，尽量不要拌入太多空气。

4. 将拌好的面糊倒入模具中，抹平表面。放入烤箱烤8分钟，直至上色。在蛋糕烤制期间准备一张足够大能够放下蛋糕的油纸，在上面撒上糖粉。蛋糕烤好后先冷却1分钟，在还是非常烫的状态下将其翻转到撒了糖粉的油纸上。撕掉蛋糕最初的那层油纸。在蛋糕较短的那一边斜切2厘米，然后连同油纸将蛋糕一起卷起来。让蛋糕保持卷着的状态放至到完全冷却。

5. 重新铺开蛋糕并涂抹上果酱。再次卷起，这一次就不带油纸了。将卷好的蛋糕卷切成1.5厘米／⅝英寸厚的蛋糕圆

配方

果冻

能够做出600毫升／1品脱／2½杯果冻的树莓果冻粉

果酱

200克／7盎司黑莓

200克／7盎司／1杯精细白砂糖

海绵蛋糕

4颗鸡蛋

125克／4½盎司／不足⅔杯精细白砂糖（再加上用来撒在油纸上的分量）

125克／4½盎司／不足1杯中筋面粉

卡仕达酱

300毫升／½品脱／1¼杯牛奶

300毫升／½品脱／1¼杯淡奶油

1根香草荚

6个蛋黄

60克／5餐勺精细白砂糖

2餐勺玉米淀粉

以及

50毫升／3½餐勺樱桃酒或樱桃利口酒

150克／5½盎司／去核樱桃（最理想的是腌制过的）

200克／7盎司黑莓

500毫升／17液盎司／满满2杯淡奶油

一小把可食用的装饰小银球

50克／1¾盎司果冻软糖／糖果

工具

瑞士蛋糕卷模具或较大的长方形烤盘（36*24厘米或15*10英寸）

最后用来组装蛋糕的较大的玻璃碗

片，铺满碗的底部和边缘。

6. 开始制作卡仕达酱。在炖锅中以小火加热牛奶、奶油、香草籽和香草荚。在搅拌盆中倒入蛋黄、糖和玉米淀粉，搅拌至起泡且变得浓稠。当炖锅中的牛奶开始冒泡时马上关火。取出香草荚。将牛奶倒入蛋黄混合物中并不断快速搅拌，避免鸡蛋被烫熟。将卡仕达酱重新倒回洗干净的炖锅中。

7. 以小火加热卡仕达酱，不断搅拌，直至变得足够浓稠。这大约需要10分钟左右，千万不要图快而开大火。一旦你的卡仕达酱足够浓稠，将其倒在一个碗里，盖上保鲜膜防止表面结皮，然后放入冰箱中冷却。

8. 最后可以组装乳脂松糕了。在果酱卷上撒些樱桃酒或利口酒。在蛋糕层上放入水果。当之前做好的果冻几乎凝结后，稍稍搅拌下，顺势将其切碎，舀到水果上。在果冻上放卡仕达酱。打发奶油，舀到卡仕达酱上。在最上方放些可食用的银色小球以及果冻软糖。组装好后放入冰箱冷藏一个晚上，或者至少冷藏几个小时，确保每一层都能够凝固，当你一勺挖出时能够看到明显的分层。

*我经常会拿着勺子时不时打开冰箱挖一大勺吃，直至见底。这款乳脂松糕也非常适合在圣诞节制作。

莱恩蛋糕
Lane Cake

亚历山德姑姑回到了梅康镇。莫迪·阿特金森小姐烤了个加了很多酒的莱恩蛋糕，吃完后我整个人昏昏沉沉的。

《杀死一只知更鸟》，哈帕·李

在我十岁的时候，我父亲的前老板巴里给我买了我的第一本《杀死一只知更鸟》。他总是送书；他送给我们的东西总是被摆在柜子上，等到一两年后才会被想起。所以我到十二岁才第一次打开这本书。那是昆士兰的一个炎热的夏日。炎热到什么程度呢？还未到中午十一点，你的T恤便会被汗水浸湿。

我从未去过美国南部，所以在想象梅康镇时我便会想到布里斯班那酷热的天气。我会幻想杰姆、司考特和迪尔奔跑在尘土飞扬的街道上，他们的背部被炙热的阳光灼烤着。我也会幻想梅康镇的妇女们在自己的厨房里制作莱恩蛋糕的画面，她们坚持敞开窗户，等待并不存在的微风。

说实话，在炎炎夏日里制作这款蛋糕实在很荒谬：要做四层海绵蛋糕以及三层带酒和果味的卡仕达酱。如果你想要海绵蛋糕中间的夹心能够稳稳地支撑着而不是沿着两边流下来，你就必须确保卡仕达酱和蛋糕都是冰凉的状态；你千万别去还原阿拉巴马州的场景。但这也确实是一款值得你马上去尝试制作的蛋糕，因为它完美地呈现了味道、口感与酒的融合。

配方

海绵蛋糕

250克／9盎司／2¼根无盐黄油

450克／1磅／2¼杯精细白砂糖

2茶勺香草精华

8个蛋白

360克／12⅔盎司／2¾杯中筋面粉

2茶勺泡打粉

1茶勺盐

250毫升／8½液盎司／满满的1杯牛奶

夹心

8个蛋黄

225克／8盎司／1⅛杯精细白砂糖

115克／4盎司／1根软化后的黄油

150克／5½盎司／1⅓杯樱桃干

100克／3½盎司／1杯切碎的山核桃

1茶勺香草精华

150毫升／5液盎司／⅔杯朗姆酒,波旁威士忌或白兰地

糖衣

340克／12盎司／不足1¾杯精细白砂糖

¼茶勺塔塔粉

1小撮盐

85毫升／6餐勺水

2个蛋白

1½茶勺香草精华

莱恩蛋糕
Lane Cake

16人份

1. 预热烤箱至180摄氏度／350华氏度／第4档。模具上刷一层油并在底部铺上油纸。

2. 先做蛋糕,将黄油和糖打发至轻盈蓬松的状态。加入香草精华继续搅打。分次加入蛋白,每次加2个蛋白,搅打均匀后再继续加入。过筛面粉、泡打粉和盐,分3次加入黄油混合物中,拌匀后再继续加入,随后加入牛奶。最后做出的面糊应该是顺滑带有轻微颗粒感的状态。

3. 将面糊倒入模具中并抹平表面。放入烤箱烘烤20分钟,直至边缘稍微回缩且轻轻按压表面能够恢复原样。取出烤好的蛋糕放在烤网上冷却。

4. 在蛋糕冷却的同时可以开始制作夹心。在炖锅中加入蛋黄、糖和软化后的黄油搅拌均匀,开小火煮至浓稠状态(大约需要10至15分钟),期间一定要用木勺或刮刀不断搅拌。关火后拌入樱桃、山核桃和香草精华。盖上保鲜膜且直接接触到表面以避免结皮,放入冰箱冷却。

5. 当所有材料都冷却后便可以开始组装蛋糕了。在每一层蛋糕上刷一层你喜欢的酒,然后抹上⅓的夹心。如果当天天气炎热,你在做完每一层蛋糕后可以先放入冰箱冷藏一会儿,直到你准备好抹面。

6. 现在来制作棉花糖糖衣。将一锅水煮开。在一个耐热的碗中放入糖、塔塔粉(一种酸性原料)、水和蛋白。使用电动搅拌器搅打1分钟,然后放在煮开的水中隔水加热,搅拌器高速搅打7分钟。最后加入香草精华拌匀。

7. 将做好的糖衣抹在蛋糕的上面和四周，你可以借助调色刀将其抹匀。棉花糖糖衣很容易推开，并且也很容易定型，你一定要忍住偷吃的诱惑，不要过度去摆弄它。

工具

4个20厘米／8英寸夹心蛋糕模具（如果你没有那么多模具的话也可以分批制作）

电动搅拌器（你也可以手动搅拌，但需要花费更多时间）

法式牛奶冻
Blancmange

卡丽准备了一份即兴的晚餐,有剩下的冷菜、一小块三文鱼(我不打算吃,怕它不够分),以及一块牛奶冻和卡仕达酱。

《小人物日记》,乔治·格罗史密斯,维顿·格罗史密斯

在吃到莉薇做的牛奶冻之前,我从未吃过真正好吃的牛奶冻。莉薇花了很多时间去研究那些已经"失宠"的食物的食谱,例如羊油布丁、肾脏以及我们这里提到的牛奶冻。她做的牛奶冻真的超棒,那是一款巨大的藏红花色的甜点,在她的厨房里挖起一大勺牛奶冻放入嘴里时,我马上兴奋地跳了起来。

最初我是在推特网站上认识莉薇的,后来我们会相约去吃牡蛎、喝鸡尾酒。那时候的我们都处于转型期,打算离开本来努力适应、经营的工作,走向厨房。在之后的几年里,我们一起做过无数次料理,不管是为了宴席活动、周六晚餐,还是这本书。

我们喜欢的东西都很相似,也会和彼此分享各种书籍。在我第一次拜访莉薇家的时候,我便在她的书柜前逗留了好一会儿。《小人物日记》是我们俩都非常喜欢的一本书;它描述了维多利亚时期中下层职员查尔斯·普特尔及其妻子一年多的生活经历。这种对日常生活的有趣描述与近一个世纪后的《BJ单身日记》《艾德里安·莫尔的秘密日记》非常相似。

我在这里分享的食谱源自莉薇最初的食谱,只是我将藏红花改成了玫瑰,因为这一食材在维多利亚时期相对便宜一些,更符合普特尔他们家的生活水平。

牛奶冻
Blancmange

4人份

1. 如果你使用的是吉利丁片，先将它们在冷水里浸泡5分钟。

2. 将牛奶和奶油倒入炖锅中，再倒入糖。以小火慢慢加热，不要煮沸。几分钟后加入泡软的吉利丁片。

3. 将炖锅从火上移开，倒入玫瑰水，尝尝看玫瑰味重不重。随后放一旁冷却待用。

4. 将液体倒入模具中，在案板上敲几下以震掉气泡。盖上保鲜膜，放入冰箱中冷藏至少4个小时，或放隔夜。

5. 食用前从冰箱取出牛奶冻，将整个模具底部浸泡在温热的水里，小心不要让水流入模具中。用薄刃刀沿着模具边缘划一圈，在模具上方摆上碟子，快速倒扣。整个过程一定不要犹豫，如此牛奶冻才能完美地脱模。如果你的牛奶冻很难脱模，你可以轻轻摇晃下模具或者用一块温热的湿毛巾将其包起来，稍等片刻再脱模。

6. 脱模后的牛奶冻用一些玫瑰花瓣进行装饰，随后便可享用。

配方

4片吉利丁片（或10克／3茶勺吉利丁粉）

300毫升／½品脱／1¼杯牛奶

100毫升／3⅓液盎司／满满的⅓杯淡奶油

35克／2½餐勺精细白砂糖

½茶勺玫瑰水

工具

小的布丁杯或果冻模具（能够装下500毫升／17液盎司的液体）

238

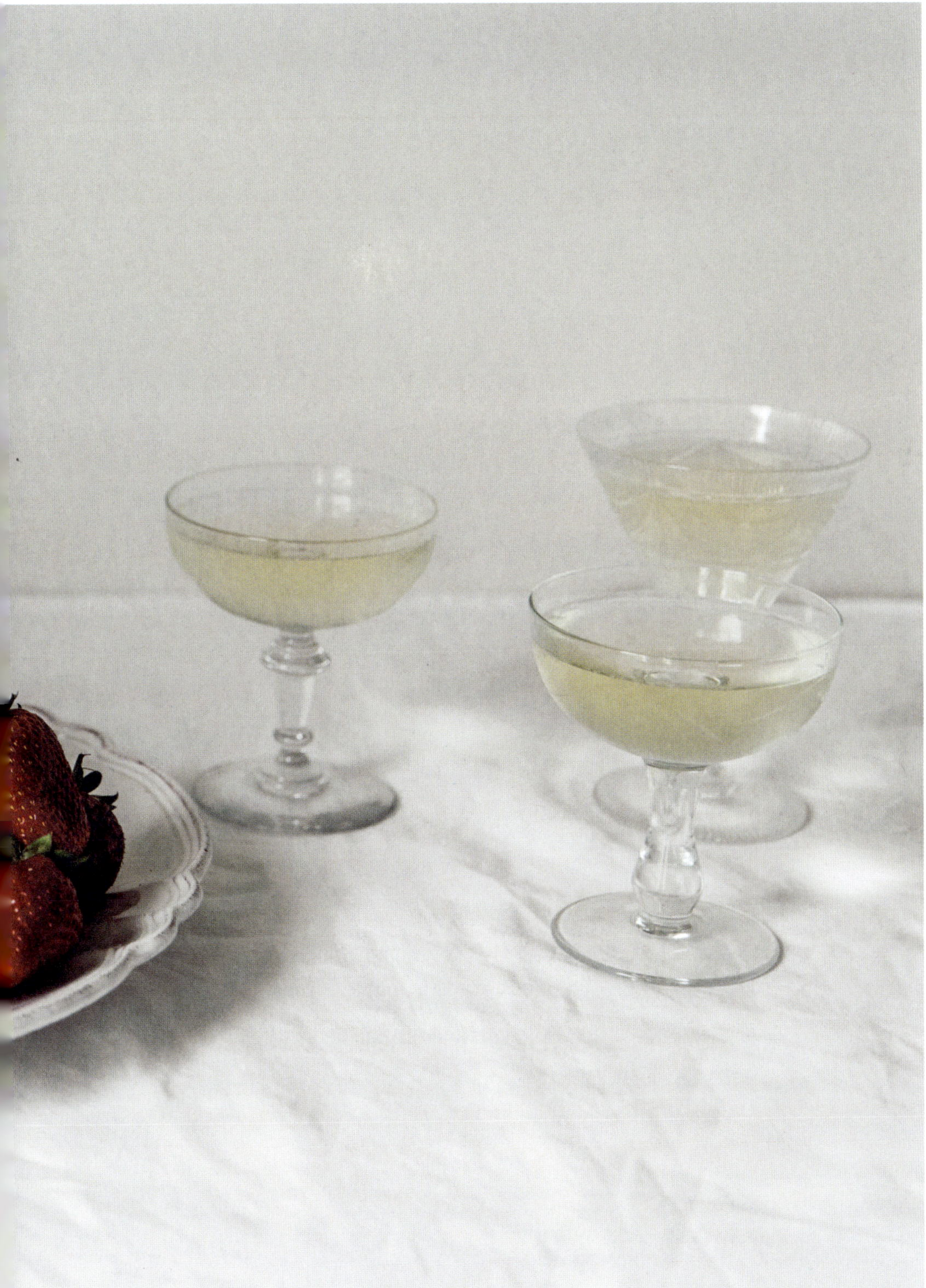

冰布丁
Ice pudding

为欢迎斯达卡德斯和当地像他这样辛苦的农民,准备了奶油葡萄酒、冰布丁、鱼子酱三明治、蟹肉饼、乳脂松糕和香槟。

《令人难以宽慰的农庄》,斯黛拉·吉本斯

弗洛拉·波斯特是我在书中最喜欢的角色之一。她真的非常聪明、有趣且务实,总是能够将各种活动以及身边的人安排得妥妥帖帖。虽然从小就被抛弃,是个一无所有的孤儿,但她在这种极端条件下成长了起来。她很快便搬到了农村,被自己的亲戚斯达卡德斯选中,着手改变自己的生活。

上面的菜单出现在弗洛拉最辉煌的时刻,即婚宴上。那是一个仲夏夜,一年中白天最长的日子。在搜索这道食谱的时候(我对奶油葡萄酒和乳脂松糕更熟悉一些),我发现在二十世纪二十年代和三十年代之间有各种各样的甜品都带有"冰布丁"的标签,却找不到一个真正明确的版本。于是我便创造了这道我会想在夏至日结束时享用的甜品——一款冷冻版的伊顿麦斯(由草莓、奶油和蛋白酥皮制成的甜品)。

这道甜品非常适合轻松的夏季婚宴或在后院举办的仲夏夜晚宴。你可以提前几天准备好大部分食材(如冰淇淋和蛋白饼),等到宴席当天,你只需切切水果并一层层堆上去就好。当你从冰箱中取出冰布丁后,你需要让它静置几分钟再端出去。你可以将它放在阴凉处,先给宾客们倒点香槟。

冰布丁
Ice pudding
10人份

1. 首先制作冰淇淋。将切碎的草莓和香草糖一起倒入碗中，搅拌均匀后放着待用。在炖锅中倒入奶油和牛奶，加入香草籽和香草荚，煮至即将沸腾的状态。

2. 搅拌蛋黄和糖至颜色变浅且浓稠。从牛奶混合物中取出香草荚后缓慢倒入蛋黄中，持续不断地搅拌。洗干净炖锅，将所有混合物重新倒回锅中，开小火加热。用木勺不断搅拌至卡仕达酱浓稠得能够倒挂在木勺上，关火。将熬好的卡仕达酱倒到碗里，盖上保鲜膜（让保鲜膜接触到卡仕达酱的表面以避免结皮）放至冷却。

3. 使用土豆捣碎器将草莓捣碎，加入柠檬汁拌匀，随后加进冷却的卡仕达酱中，如此，你的卡仕达酱将变成好看的粉色。

4. 将草莓卡仕达酱倒入冰淇淋机中搅拌直至稍稍凝固，随后放入冰箱冷冻几个小时。如果你没有冰淇淋机，可以将卡仕达酱倒入耐冻的容器中放入冰箱冷冻。每隔半个小时取出，用电动搅拌器搅打，总共冷冻3小时，最后再冷冻2个小时或者过夜。

5. 开始制作蛋白饼。先预热烤箱至200摄氏度／400华氏度／第6档。将糖倒在铺了油纸的烤盘上放入烤箱烘烤8分钟。使用切片柠檬擦拭掉碗里残留的油脂，放入蛋白打至起泡，然后倒入加热后的糖。继续搅打10分钟直至蛋白变得硬挺且光滑。

6. 将烤箱温度调至最低。舀一大团蛋白霜到铺了油纸的烤盘上，烤箱温度降低后将烤盘放入烤箱中，低温烘烤6个小

配方

冰淇淋

300克／10½盎司草莓，去梗，粗略切碎

50克／1¾盎司／¼杯香草糖（或者精细白砂糖和1根香草荚）

250毫升／8½液盎司／满满的1杯淡奶油

250毫升／8½液盎司／满满的1杯牛奶

1根香草荚

5个蛋黄

75克／6餐勺精细白砂糖

柠檬汁（1颗柠檬）

蛋白饼

180克／6⅓盎司／不足1杯的精细白砂糖

½颗柠檬

3个蛋白

水果

250克／9盎司树莓

250克／9盎司草莓

工具

模子或搅拌盆（大约1.5至2升或2½至3½品脱的容量）

搅拌器或电动搅拌器

冰淇淋机或耐冻容器

时。当你轻敲蛋白饼时，如果听到的声音是空洞的，便可以关掉烤箱了，将蛋白饼留在烤箱中至完全冷却。可以的话在烤箱门上塞块茶巾让烤箱门留一点缝隙。

7. 在端上桌之前的几个小时，你可以开始准备组装冰布丁。提前从冰箱中取出冰淇淋，让它软化20分钟，如此你才能轻松地挖出。弄碎蛋白饼，和树莓与草莓混合在一起，将较大的草莓切片。

8. 在布丁模具或碗中铺一张保鲜膜，然后按照一层冰淇淋、一层蛋白饼、一层新鲜水果的顺序放材料进去，直至用掉所有食材。将做好的布丁重新放入冰箱中冷冻2个小时至凝固。

9. 开始装盘，在布丁模具上盖上碟子，让布丁倒扣在碟子上，撕下保鲜膜。搭配一些新鲜水果一起享用吧。

安妮女王的布丁
Queen Ann's Pudding

她那呈现出金棕色泽的薄煎饼以及带有温柔奶油色的安妮女王布丁获得了大家的一致好评。

《尤利西斯》,詹姆斯·乔伊斯

我几年前第一次前往都柏林去拜访我很好的一个朋友。我认为探索一座新城市的最佳方式便是找一个当地人陪伴,她总是能告诉你哪里有最好吃的芝士烤面包,并且能在下雨的午后带你找到提供威士忌的温暖酒吧。当我们走在街上的时候,朋友时不时会跟我说,那是曾经出现在乔伊斯的《尤利西斯》里的地方,包括各种小酒馆以及街角处。所以,当我回到伦敦的时候,我便决定开始读这本书,并制作书中的一些料理。《尤利西斯》是一本描述了人类生活中诸多细节的书籍,当然,里面也提到了许多不同的食物。

书中对于格蒂·麦克道尔的描述并不详细,她是制作了我们在引文中看到的薄煎饼和安妮女王布丁的人。事实上,直到小说的最后,我们从莫莉·布鲁姆那里了解到,格蒂是一种罕见的女性声音:她会和朋友在海滩上幻想自己未来丈夫的模样。她想象着自己会是什么样的妻子——她会做出完美的薄煎饼和美味的女王布丁给丈夫享用。然后她向利奥波德·布鲁姆展示了丝袜的光泽,因为他在海滩上不远处看着这位美丽的女性。

虽然女王布丁在书中只是简单带过,但它的确是一款非常优秀的甜品。它有点像是面包和黄油布丁的结合体,远比看上去的还要美味,特别是搭配完美的配料。

配方

卡仕达酱

80克／2¾盎司／3片新鲜的白面包，去皮并撕大块

600毫升／1品脱／2½杯牛奶

25克／1盎司／2餐勺黄油

3颗蛋黄

40克／1½盎司／3¼餐勺精细白砂糖

果酱

225克／8盎司草莓

225克／8盎司／1⅛杯精细白砂糖

蛋白饼

3个蛋白

180克／6⅓盎司／不足1杯的精细白砂糖

工具

耐热盘子，直径为22厘米／8¾英寸大小

手持电动搅拌器

一次性裱花袋

女王布丁
Queen of Puddings

6人份

1. 预热烤箱至160摄氏度／325华氏度／第3档。在烤碗上刷少量黄油，放上大面包块，暂时置于一旁。

2. 先来制作卡仕达酱。小火加热牛奶，煮至即将沸腾的状态，关火，放入黄油搅拌。碗里放入蛋黄和糖搅拌至发白，随后倒入温热的牛奶，快速搅拌避免蛋黄被烫熟。将做好的卡仕达酱倒在面包上，静置15分钟。

3. 将烤碗放在一个烤盘里，在烤盘里倒入沸水，至烤盘深度一半处。烘烤至卡仕达酱几乎凝固，中间部分还有些许流动状态即可，大约需要25分钟。烤好后放在一旁冷却。

4. 开始制作果酱。将草莓倒入耐热盘子中，糖倒在另一个耐热盘子上。将这两个盘子放入烤箱烤25分钟（仍然是160摄氏度／325华氏度／第3档的温度）。烤好后小心将热腾腾的糖拌入草莓中，搅拌均匀。盖上盖子放置冷却。将冷却后的草莓酱舀到卡仕达酱上，一定要小心慢慢地舀，避免让草莓酱和卡仕达酱混合在一起，这样才能做出层次感。

5. 最后准备蛋白饼。在一个干净的碗里倒入蛋白，搅打至起泡，然后开始慢慢加入白砂糖，不断地搅打。搅拌器调到最高速，搅打至蛋白变得足够硬挺。将打好的蛋白霜装入裱花袋，剪个1厘米或½英寸大的开口。在果酱上方挤下小山峰状的蛋白霜。如果你没有裱花袋的话也可以用勺子将蛋白霜舀到果酱上。

6. 放入烤箱烤15至20分钟，直至蛋白饼变成浅棕色并且酥脆。取出后至少放置15分钟再享用，因为刚烤好的果酱会超级烫。

三王节面包
Three Kings' Day Bread

她想起了过去的那段幸福时光，于是她便可以带着过去的那种热情去准备三王节面包。如果她还能和姐妹们像过去那样有说有笑地分享面包就好了。

《巧克力情人》，劳拉·爱斯基维尔

二十岁的时候，我曾经去墨西哥参加了一场为期两周的非常学生气的模拟联合国大会。出发前我真的不抱任何期待，但事实上这次旅行远比我想象的有趣。结束了一周的聚会与模拟讨论，在启程返校前，我们获得了能够自由探索墨西哥城的机会。于是我们尝试了骑马、爬瀑布、攀登金字塔以及上烹饪课，还喝下了好多龙舌兰。我完全爱上了这个国家，特别是这里的食物。

回国后，我在一家二手书店找到了这本《巧克力情人》。书中的主人公蒂塔便与厨房有着深厚的情缘。当她的母亲阻止她嫁给自己喜欢的人，而最终这个人娶了自己的大姐时，这段错综复杂的关系影响了整个家庭好几十年。这本书中的每个章节都由一道食谱展开，比如这道柔软且充满黄油香气的面包，里面隐藏的小人就预示着书中的角色即将拥有自己的小孩。

同样地，这款面包的分量非常大，所以我把爱斯基维尔最初的食谱用量减半了，你也可以根据自己的需求再次减半，做出自己想要的尺寸。虽然这道食谱有点费时，但真的值得一试。请一定要保持耐心，特别当你是在三王节（一月初）时制作它，因为寒冷的天气会让面团发酵时间变得更漫长。

{1}

{2}

{3}

{4}

{5}

{6}

{7}

{8}

{9}

{10}

{11}

{12}

配方

发酵面团

60毫升／2液盎司／¼杯牛奶

15克／1餐勺新鲜酵母粉

125克／4½盎司／不足1杯中筋面粉

生面团

8个蛋黄

500克／1磅又2盎司／3½杯高筋面粉

1茶勺粗粒海盐

4颗鸡蛋

1餐勺橙花水

110毫升／3½液盎司／不足½杯牛奶

150克／5⅓盎司／¾杯精细白砂糖

125克／4½盎司／1根＋1餐勺无盐黄油,室温状态

250克／9盎司混合果干

涂面或装饰

1个打散的蛋黄

20克／¾盎司／5茶勺糖

50克／不足2盎司／满满的⅓杯混合果皮／果脯

100克／3½盎司／¾杯糖渍樱桃

工具

迷你耶稣瓷人（可选）

三王节面包
Three Kings' Day Bread

1大条

1. 首先制作液种（starter）。将牛奶加热至体温，将酵母粉倒入搅拌至融化。静置10分钟，直至牛奶表面开始冒泡。将牛奶和面粉混合在一起，让其发酵至2倍大。

2. 现在开始制作面团。将高筋面粉和盐堆在案板上，中间挖个洞。将鸡蛋打入洞中，用手将鸡蛋和面粉混合在一起。将橙花水和牛奶分多次加入，尽可能将更多面粉混合入液体中。加入糖继续混合，随后可以慢慢开始揉搓了。

3. 将第1步做好的液种面团撕成小块揉进第2步的大面团中，直至液种均匀分布于面团中。继续揉搓，直至面团足够顺滑有弹性。随后加入块状黄油，揉搓至黄油完全融入面团里。将面团整成圆球状，放在碗里，盖上盖子发酵至2倍大，大约需要1个小时。

4. 面团发酵完成后，将其擀成1厘米或½英寸厚的长方形。在上面撒上水果干，长方形最上方5厘米或2英寸处留些空间无需撒果干。从靠近你这一端开始往上卷起，期间记得放入耶稣小瓷人。最后捏紧连合处。

5. 将面团翻转过来确保连合处在下方。将面团转移到铺了油纸的烤盘或碟子上，然后卷成一个环状，再次捏紧两端的接缝处。如果你做好的圆环中间的洞口不够大，你可以取一只玻璃杯将其刷上黄油放在洞口处，如此面团便会向上、向外膨胀，而留出中间的空间。将面团盖好最后发酵1个小时。

6. 预热烤箱至190摄氏度／375华氏度／第5档。在发酵好的面团上刷蛋黄液，撒上糖、果皮和糖渍樱桃。在面团上均

匀地割些口子，大约1厘米或½英寸深，让里面包裹的果干能够显露出来。

7. 将面团放入烤箱烘烤45分钟，直至面包呈现金棕色且轻敲时里面有空洞的声音。如果你的面包已经膨胀并且中间位置连合在一起，你可以再烤个10分钟，从而确保中间部分也熟透。烤好后冷却一会儿再享用，因为刚烤完时面包上的水果会非常烫。

树莓灌木丛鸡尾酒
Raspberry Shrub

而且他们甚至不会将它称为醋和水,绝对不会!每个孩子都给自己吞下去的东西取不同的名字,就好像那个瓶子是西格诺尔·布利茨(来自英国的魔术师)的瓶子,能够一下子倒出各种各样的东西。克洛弗称她得到的食物为"树莓灌木丛"。

《凯蒂做了什么》,苏珊·柯立芝

我和妹妹露西已经将近十年不住在同一座城市了。我们出现在同一个地方往往是因为参加婚礼或订婚宴席,所以相聚的时间总是很短。虽然我们经常打电话或发信息,但这和见面还是有所不同。我们是作为一个组合彼此陪伴长大的,所以和她的分别让我产生一种缺失感。

她和我的妹夫几年前搬到了西雅图。他们在西雅图的第一个感恩节,我去拜访了他们。在家里庆祝了节日后,我们一起前往美国西海岸。在旅途中我们分享着感恩节烤鸡,拜访了位于旧金山的《窈窕奶爸》中的房子,驱车在大雪中前行,放声高歌,这一切的一切都让我再次意识到,我们依旧是分不开的组合。

我觉得自己从未像那两个星期吃得那么好!不管去哪个城市,我们都列出了长长的餐厅名单。露西生日那天我们在波特兰,计划进行一次彻底的美食之旅——我们打算尝试五家不同的餐厅。最后我们来到了Pok Pok,除了吃到超级美味的鸡翅外,还点了树莓灌木丛鸡尾酒。这是露西和贾斯丁经常喝的东西(在西雅图很常见),而我也很快就感受到了它的魅力。我觉得这是非常惊艳的一款甜果酒:很强烈、很新鲜也很美味。这是一款每次喝都能让我想起露西(以及凯蒂)的饮品,而以下也是来自露西的食谱。

树莓灌木丛鸡尾酒
Raspberry Shrub

可做大概10杯

1. 在一个碗里捣碎树莓、薄荷叶和糖。盖上保鲜膜放入冰箱冷藏过夜。

2. 隔天,用滤网(或棉布)滤出混合物中的汁液。先静置一会儿,然后尽你所能地滤出水果中的全部汁液。

3. 分多次加入酒醋,每次1餐勺,每次加入都要尝尝看。如果能达到甜度和烈度相对平衡的状态是最好的,但毕竟每个人口味不同,所以需要你自己品尝和判断。就我个人而言,会将分量中的所有酒醋都加入,但或许你并不喜欢。

4. 你可以搭配一些冰镇气泡水或气泡酒一起享用。

配方

225克／8盎司树莓

60克／5餐勺细砂糖

4根薄荷叶

60毫升／2液盎司／¼杯上好的白葡萄酒醋(或香槟醋)

气泡水或气泡酒,用于搭配

工具

滤网或一张棉布

消过毒的瓶子

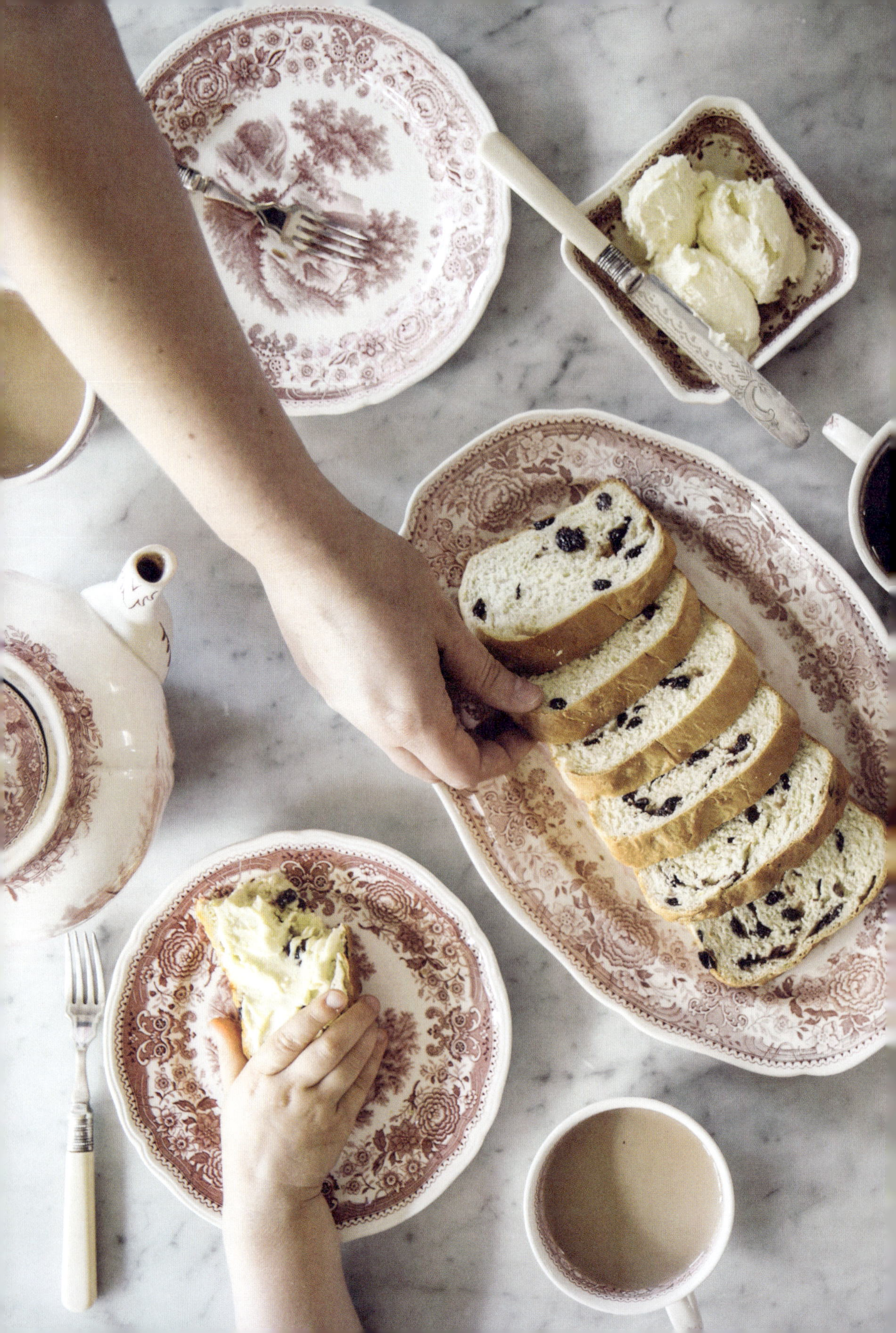

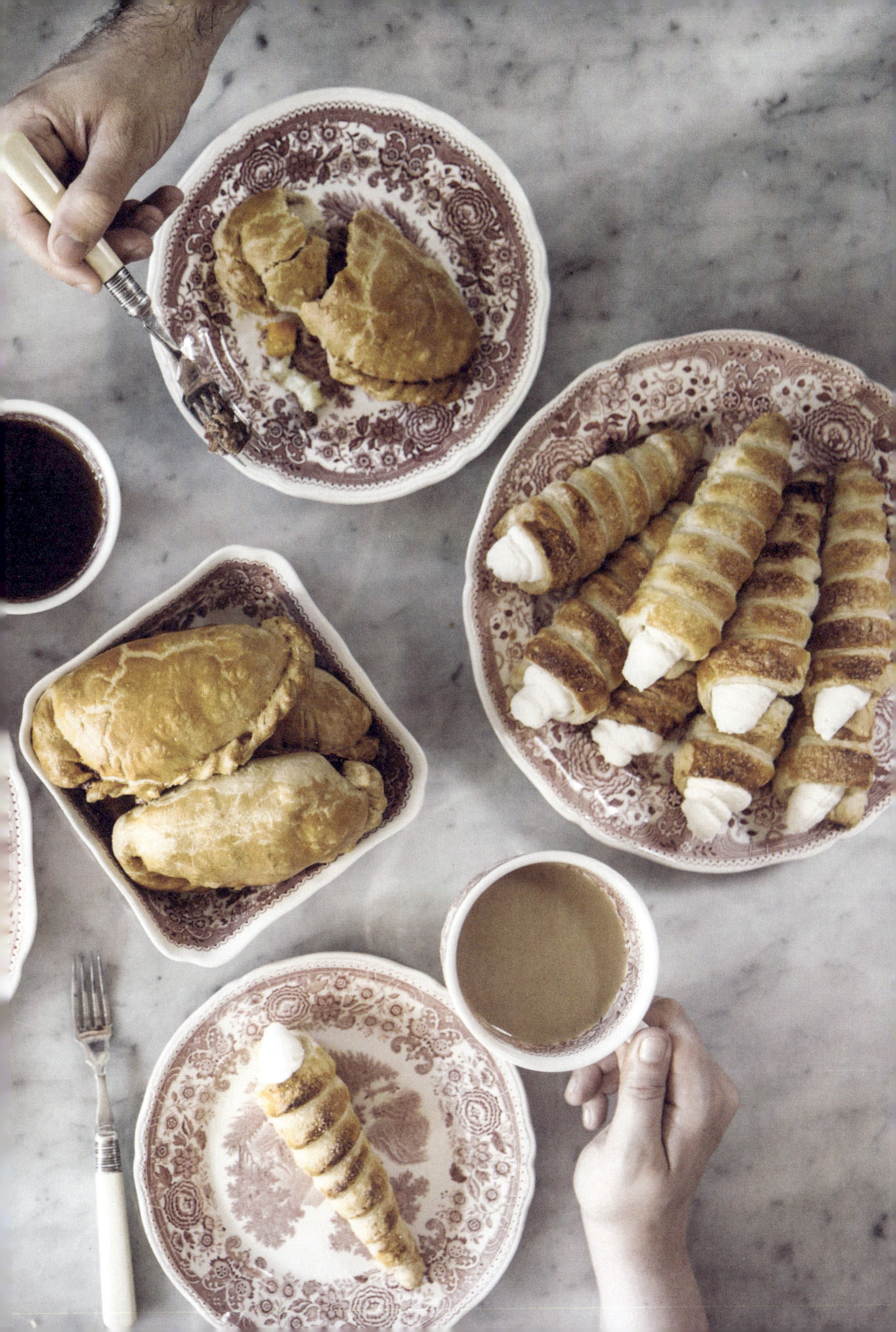

马默杜克·斯卡利特的宴席
Marmaduke Scarlet's Feast

"足够了。已经有很多葡萄干蛋糕、藏红花蛋糕、樱桃蛋糕、杯子蛋糕、闪电泡芙、姜饼、蛋白酥饼、奶油葡萄酒、杏仁牛油酥、岩皮饼、巧克力蛋糕、麦片蛋饼、奶油海螺面包、德文郡面包、康沃尔馅饼、果酱三明治、柠檬酱三明治、生菜三明治、肉桂面包、蜂蜜吐司,这些足以喂饱二十个人以上……只要厨师是马默杜克·斯卡利特,食物肯定是不会少的。"

《古堡里的月亮公主》,伊丽莎白·古吉

我在厨房里睡了五年。当发现东伦敦双卧室的房租远高出我们预算的时候,我和朋友最终租下了一个单间公寓,并将部分居住空间变成了厨房/餐厅/客厅/次卧。当然。并非所有人都能接受这种改造,但这非常适合我。厨房总能够带给我很大的安全感,我也总是长时间地待在厨房里,等待即将出炉的蛋糕或面包以及炉灶上冒泡的炖锅。所以,将床铺安置在厨房附近,对我来说是很方便的。

每次去别人家里,厨房总是我最好奇的地方;我会观察他们的橱柜里装着什么香料,或者去翻阅他们书架顶端的烹饪书。虽然大多数聚会都在客厅或后院举办,但我更喜欢待在厨房里和主人聊天并帮助他们准备各种食物。

这种迷恋也进一步延伸到那些虚构的厨房中,我非常渴望去月亮坪的马默杜克·斯卡利特的厨房里看看。马默杜克并不喜欢别人进入他的厨房,而我甘愿冒着被轰出去的风险,去看看他创造出一大桌宴席的过程。我已经幻想着这种宴席好久了,那里一定会有酥皮奶油海螺面包和盖着凝脂奶油的藏红花蛋糕,美味的香气将在午后飘荡于整个屋子里。

藏红花蛋糕
Saffron Cake

10片

1. 在炖锅中加热牛奶，但不要煮沸。加入藏红花后放一旁静置15分钟。

2. 重新加热牛奶至体温状态，倒入酵母粉搅拌至全部溶解于牛奶中。再次静置10分钟。

3. 在一个较大的碗里混合面粉、糖、盐和肉豆蔻。在中间挖个洞，倒入牛奶和酵母混合物。揉搓10分钟后将面团整成一个球形，盖上盖子发酵至2倍大，大约需要1个小时。

4. 用黄油涂抹模具。将葡萄干揉进发酵好的面团中，确保它们均匀分布，然后将面团整成长条状并放入模具中，封口处朝下。盖上保鲜膜再发酵1个小时。

5. 预热烤箱至160摄氏度／325华氏度／第3档。放入藏红花蛋糕烘烤25分钟，直至表面呈现金棕色。从烤箱取出后留在模具中冷却5分钟，随后移到烤网上再冷却10分钟。趁热切厚片，搭配凝脂奶油一起享用吧。

配方

150毫升／5液盎司／⅔杯牛奶

20瓣藏红花

25克／1盎司／5茶勺新鲜酵母25克／1盎司／5茶勺新鲜酵母

250克／8¾盎司／2杯高筋面粉

30克／1盎司／2½茶勺砂糖或精细白砂糖

1把盐

半茶勺肉豆蔻粉

75克葡萄干

工具

2磅面包模具

奶油海螺面包
Cream Horns

12个

1. 将50克／2盎司／½根黄油和面粉揉搓在一起，直至变成像面包屑一样的状态。倒入水，用手将其揉成面团。继续揉搓10分钟，直至面团变得非常顺滑且有弹性。放入冰箱冷藏30分钟。

2. 将剩下的200克／7盎司／2根黄油放在两张油纸间，用擀

配方

酥皮面团

250克／9盎司／2½根无盐黄油

250克／8¾盎司／2杯高筋面粉

125毫升／4¼液盎司／满满的½杯水

1颗鸡蛋

30克／1盎司／2½茶勺精细白砂糖

内馅

300毫升／10液盎司／1¼杯淡奶油

1茶勺香草精华

2餐勺糖粉

工具

6个奶油海螺面包模具（或者自己制作的模具，详见第6步）

一次性裱花袋

面杖将黄油擀平；整个过程中油纸都是包裹着黄油的，最终你将得到一个30×20厘米或12×8英寸的黄油厚片。将做好的黄油厚片和包裹它的油纸整个放入冰箱中冷藏变硬。

3. 在案板上撒些面粉。将酥皮面团擀成一张大的长方形，厚度约为5毫米或¼英寸，记住一定不能太薄，否则你的黄油会漏出来。打开油纸包裹着的黄油，将其放在面团中间。将酥皮面团四边都往里折，完全盖住黄油。将它再次擀成一个厚度为60×20厘米或24×8英寸的长方形，将上面¼处和下面¼处都往中间折，然后再对折（也就是做出了4层酥皮）。将面团用保鲜膜包裹起来放入冰箱冷藏30分钟。

4. 在案板上再撒些面粉。从冰箱取出酥皮面团，此时的面团就像一本书一样，折痕处在你的右手边位置。再次将其擀成厚度60×20厘米或24×8英寸的长方形。以同样的方式折出4层酥皮，继续包好放入冰箱冷藏30分钟。

5. 再重复同样的过程一次，然后在案板上撒面粉，将面团擀成60×30厘米或24×12英寸的长方形。切出12根长条。将这些长条放入冰箱再冷藏15分钟。

6. 当酥皮面团在冰箱冷藏的同时，我们可以先准备一些圆锥形模具。我不喜欢购买那些平时很少使用的模具，于是我把纸板做成了圆锥形状，并在表面包裹了一层锡纸。在模具上刷一层油，将从冰箱中拿出的酥皮面条缠绕在上面，从圆锥形尖头处开始缠绕，边缘处保持部分重叠，不要留有缝隙。将每个缠绕好的圆锥模具摆在铺了油纸的烤盘上，每个之间留出一些膨胀的空间。从下至上刷好蛋液，避免掩盖住一层层的纹理。最后撒些白砂糖放入冰箱再冷藏20分钟。

7. 预热烤箱至200摄氏度／400华氏度／第6档。将面团放入烤箱烘烤12至14分钟，直至面包变成金棕色。取出后冷却10分钟，小心将其从模具中取下来，放在烤网上至完全冷却。

8. 将奶油打至湿性发泡后加入香草和糖粉继续打至足够硬挺的状态。将奶油装进裱花袋挤入冷却的海螺面包中。然后马上享用吧。

康沃尔馅饼
Cornish Pasty

6个

1. 将猪油揉搓到面粉中,直至变成面包屑的状态。加入盐和水,揉合成面团,用手揉搓10分钟直至面团变得光滑有弹性。为了确保面团能够不破损地包裹住馅料,你需要尽可能久地揉面,以确保面团具有足够的延展性。揉好后将面团放入冰箱冷藏1个小时。

2. 将牛肉与切碎的蔬菜混合在一起,用足量的黑胡椒调味。

3. 预热烤箱至180摄氏度／350华氏度／第4档。在案板上撒些面粉,将面团擀成5毫米或¼英寸左右的厚度,使用一个15厘米或6英寸大的碟子作为模型切下一片圆形的面皮。如果需要的话你可以修整下面皮,确保它们的厚度是一致的。

4. 取一张圆形面皮放在你面前,在半边面皮上舀4餐勺菜肉混合物,边缘留出2厘米或¾英寸的空间。手指沾些水涂抹在面皮边缘,将没放馅料的那半边面皮对折过来做出一个半圆形,边缘处压紧。

5. 重复同样的方法做完所有面皮。在烤盘上铺油纸,将做好的酥皮放在烤盘上,每个酥皮之间都保持一定的空间。将它们放入冰箱冷藏30分钟。

6. 在每个酥皮表面刷上蛋液,放入烤箱烘烤50分钟,直至表面呈现金棕色。出炉后可直接享用,我个人喜欢搭配芥末酱或腌菜一起吃。

配方

酥皮

125克／4½盎司／⅔杯猪油

125克／4½盎司／1⅛根无盐黄油

500克／1磅又2盎司／3½杯高筋面粉

1大撮盐

170毫升／不足6液盎司／满满的½杯水

内馅

400克／14盎司裙牛排／后腹牛排,切成1厘米／⅜英寸小块

2颗中型土豆,切小块

2颗中型棕色洋葱,切小块

3个中型胡萝卜,切小块

足量的现磨黑胡椒

1颗鸡蛋,打散

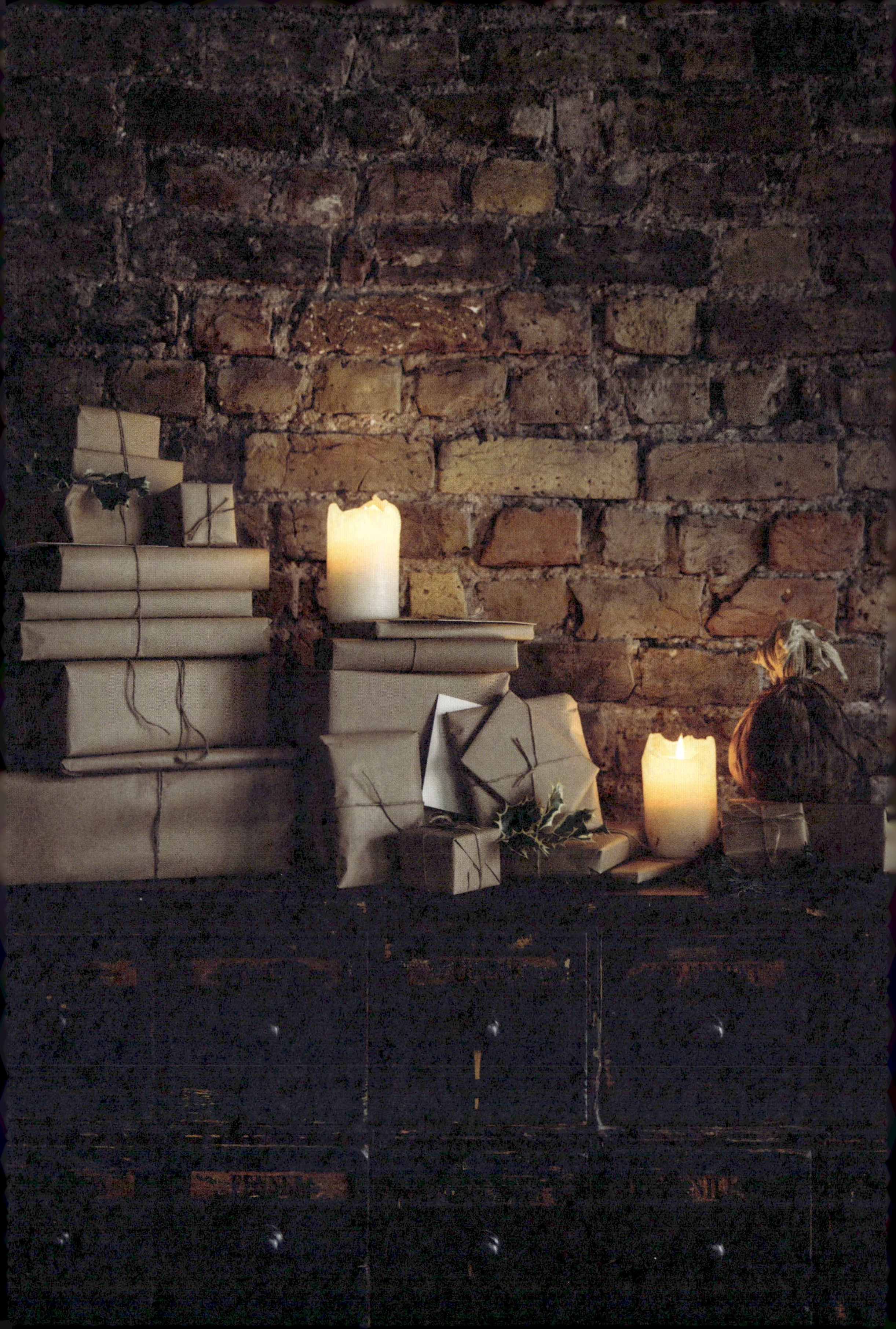

圣诞节
christmas

圣诞节

圣诞节是我一年中最喜欢的日子。我以为，随着年纪的增长，我对于这个节日的喜欢会慢慢变淡，会厌倦大街上拥挤的人群和各种商品促销，厌倦大量的社交活动，并觉得强制性的家庭聚会是种负担。但事实并非如此。每年一到圣诞节，我便会重复播放文斯·瓜拉尔迪三重奏（Vince Guaraldi Trio）的《查理布朗的圣诞节》，并且在家里准备大量的腌菜、蜜饯和肉派，我还会去喜欢的电影院看《生活多美好》，并购买很多牛皮纸和绳子去包装各种礼物。每当看到整座城市被圣诞树与灯光笼罩时，我便会非常兴奋。

我对于圣诞节的喜爱很大一部分是受到我在童年时期读到的书籍的影响，那时候我非常憧憬冬日里的圣诞节。在童年，我过的是夏季圣诞节，所以我一直幻想着平·克劳斯贝所歌颂的那个白雪皑皑的世界。我非常羡慕《小妇人》中的女孩们围着钢琴唱《圣诞颂歌》，并在圣诞节的早上兴奋地冲进皑皑白雪中。我也很想加入哈利和罗恩在格兰芬多塔里的对决。我甚至幻想过和佩文西四兄妹一起见证圣诞老人在经历漫长冬天后第一次来到漫天白雪的纳尼亚的场景。

这些奇幻的圣诞节与我小时候所经历的圣诞节完全不同，这也是你们将在接下来的食谱中看到的圣诞节。提前做好计划能在之后带给你更多喜悦，所以我会详细告诉你们在重要日子到来时需要提前多久开始进行准备。本章节中的大多数料理都能和小朋友们一起制作，所以在这个十二月里，让那些可爱的小手忙碌于搅拌荞麦粉、制作水果蛋糕并填充肉馅派吧。

祝各位圣诞快乐。

261

圣诞蛋糕
Christmas Cake

他们的父亲切了蛋糕。

他拍掉毛上的蛋糕屑说道:"多么美味的水果蛋糕。糖衣的量也刚刚好。"

小树袋熊们也点头赞同。

《树袋熊没有圣诞节》,简·布瑞尔,迈克尔·杜根

童年时,父亲和母亲都会在睡前为我和妹妹阅读书籍。而在他们离婚后,父亲的声音便从我们的睡前阅读仪式中消失了。于是他便决定自己用磁带录下我们最喜欢的六个故事。在圣诞节的时候父亲将自己录的磁带送给了我们,磁带的封面是我们三个人的照片。之后我和露西便经常播放这盘磁带,所以现在每当看到这些故事,我的脑海里便会响起父亲那副特有的嗓音。

长大后,我第一次遭遇失眠,我抱着书读到深夜,我永远不清楚阅读这个行为会让我更加清醒还是逐渐犯困。于是,父亲将那张他为我们录的磁带拷贝到CD中寄给了我(他甚至还打印了同样的照片作为封面),如此我便可以反复听着那熟悉的六个故事渐渐入睡。

其中一个便是《树袋熊没有圣诞节》,这是关于一个树袋熊家庭的故事,他们的父亲认为树袋熊不应该庆祝圣诞节。,于是小树袋熊们便和母亲悄悄为这个美好的节日做了准备,他们准备了颂歌、袜子、冬青树和蛋糕,并最终哄骗父亲一起庆祝了圣诞。树袋熊的父亲很喜欢他们做的所有准备,特别是那个水果蛋糕。

我非常喜欢这款圣诞蛋糕。即使在大家吃过布丁后,还是会一人切一小块搭配下午茶将它吃掉。这款蛋糕没有加任何酒,这与我吃过的大多数圣诞蛋糕都不同。而不加白兰地意味着你可以随时做随时吃,不需要提前几个月便开始准备。我经常会忘记前期的准备,而这款蛋糕便是这种情况下的最佳选择。

圣诞蛋糕
Christmas Cake

可以切12大块

1. 预热烤箱至150摄氏度／300华氏度／第2档。往蛋糕模具上刷油并铺上油纸。将面粉、水果干、盐和小苏打放入搅拌盆中搅拌混合。

2. 在融化后的黄油中加入奶油、糖浆和糖，搅拌均匀。将这些湿混合物加入干混合物中，拌匀。

3. 搅打鸡蛋至轻盈起泡，拌入面糊中。此时的面糊状态应该是深色且厚重的。将面糊倒入模具中，放入烤箱烘烤90分钟，1个小时后检查下蛋糕表皮，如果上色太快的话（我经常遇到），可以在上方盖张锡纸。将叉子插入蛋糕并取出时如果叉子是干净的便可以将蛋糕从烤箱中取出。

4. 将蛋糕留在模具中放在烤网冷却10分钟，然后从模具中取出放至完全冷却。

5. 现在制作杏仁蛋白糖。将糖过筛到碗里，加入杏仁粉。用手将它们混合在一起，随后加入鸡蛋。再次用手将它们混合，因为你需要用手去判断混合物的状态。做好的杏仁蛋白糖应该能够整成一颗球形，而不会粘在碗里或你的手上。如果太干，可以再加一点点蛋白。而如果太粘，可以加些糖粉。最后将其整成球状，用保鲜膜包裹起来放入冰箱冷藏至少1个小时，或冷藏至你需要使用它的时候。

6. 当蛋糕完全冷却后（如果还是温热的状态，杏仁蛋白糖便很难固定住），便可以准备制作糖衣了。如果蛋糕表面拱起来了，需要切掉拱起的那部分让其表面是平整的。蛋糕装饰是一个很繁琐的过程，如果需要的话你需要不断慢慢地修整。将修整好的蛋糕翻转过来,底部朝上放在上菜盘上。

配方

海绵蛋糕

500克／1磅又2盎司／3¾杯中筋面粉

150克／5½盎司／满满的1杯小葡萄干（你可以使用任何普通的葡萄干，而我更喜欢饱满些的葡萄干）

75克／2½盎司／½杯切碎的枣干

50克／2盎司／½杯切碎的樱桃干（比起糖渍樱桃，普通樱桃干更适合）

2茶勺姜粉

1小撮盐

½茶勺小苏打

200克／7盎司／1¾根无盐黄油，融化且足够冷却后

200毫升／7盎司／不足1杯淡奶油

100克／4½餐勺糖浆

180克／6½盎司／不足1杯黄糖

2颗鸡蛋

150克／5½盎司／½杯杏子酱

*杏仁蛋白糖**

100克／3½盎司／½杯精细白砂糖

150克／5½盎司／1杯糖粉

250克／8¾盎司／2杯杏仁粉

1颗鸡蛋（以及一个额外的蛋白，如果你需要的话）

糖霜

2个蛋白

350克／12⅓盎司／2½杯糖粉

1茶勺甘油

工具

20厘米／8英寸可脱模的蛋糕模具

绳子

*大多数圣诞蛋糕上的杏仁蛋白糖和糖霜都是买来的现成品，你当然也可以这么做。但如果你想要自己完整地做一个圣诞蛋糕，自己制作每个组件也是很有趣的。你需要留给每一层蛋糕足够的风干时间。

7. 在小炖锅中加热杏子酱，过筛掉成块的果肉。将杏子酱涂抹在蛋糕表面和侧方。在案板上撒些糖粉，将杏仁蛋白糖擀成一个足够盖住蛋糕表面和侧面的圆形（你可以使用绳子去测量蛋糕的直径和高度）。在擀平杏仁蛋白糖的过程中，你需要不时拿起它并往案板上再撒些糖粉。如果你家很暖和，可以将杏仁蛋白糖夹在2张油纸间擀平。

8. 当你的杏仁蛋白糖擀得足够大时将它拿起（如果你需要的话可以借助擀面杖的帮忙）盖在蛋糕上，让它完全遮盖住蛋糕的表面和侧面。修剪掉多余的蛋白糖，并让它自然风干。

9. 开始制作蛋白糖霜。用电动打蛋器搅打蛋白至起泡，加入⅔的糖粉，每次加1餐勺，高速搅打蛋白至硬性发泡。加入剩下的糖粉和食用甘油，继续搅打蛋白至硬挺状态。

10. 将做好的蛋白糖霜舀到蛋糕上，借助抹刀抹平表面和侧面。如果担心自己抹不平整也没关系，因为一些突起的造型也会让蛋糕显得很可爱。抹好后等蛋糕变得足够干燥再切开享用。蛋白糖霜能让这款蛋糕有效保存几周时间（甚至更长时间），所以你完全可以提前做好并保存在密封盒子中，等待圣诞节的到来。

土耳其软糖
Turkish Delight

"亚当之子，如果只是喝东西而不吃什么的话肯定很无聊，"白女王说道，"你最想吃什么？"

埃德蒙说道："我喜欢土耳其软糖，陛下。"

《狮子，女巫和魔衣橱》，C.S.刘易斯

在真正吃到土耳其软糖之前我对它非常好奇。我觉得既然埃德蒙会选它作为自己最想吃的东西，就说明这款软糖很特别。特别是当他为了王位和土耳其软糖而抛弃自己的兄弟姐妹时，我就更加在意了。我一定要尝尝它到底是什么味道！在澳洲，我可以买到巧克力裹着的土耳其软糖，很快这便成了我最喜欢的东西。

而我和正统土耳其软糖的第一次相遇则是在我去伊斯坦布尔旅行的时候，在那里我才真正理解了埃德蒙为何对它如此着迷。我和朋友莉斯去了一个香料市场，我们身边围绕着五颜六色的香料、干果和坚果，以及一桶又一桶的土耳其软糖。虽然那里的开心果和石榴都很好吃，但真正让我着迷的是那些浅粉色的方块糖，它们作为饭后茶点是再合适不过了。

以下的食谱便是这款经典的粉色玫瑰味糖果。当然你可以在此基础上加入你喜欢的味道或坚果。你必须在做完这些糖果的一周内吃掉它们。如果你打算送人，最好在即将送出手的时候再进行最后的制作过程，也就是裹上糖粉和玉米淀粉，否则当你的朋友收到并打开包装盒时，里面的糖果可能早已融化了。

266

土耳其软糖
Turkish Delight

大约可做30块

1. 将糖和柠檬汁倒入炖锅中，加入175毫升／6液盎司／¾杯水。小火加热并不断搅拌至糖融化。当液体看起来足够清澈时停止搅拌，继续加热至糖浆到达118摄氏度／245华氏度（大约需要15分钟）。

2. 在烤盘上铺张保鲜膜，尽可能抚平表面和边缘处。将玉米淀粉过筛到一个中型大小的炖锅中，倒入塔塔粉和300毫升／½品脱／1¼杯水。小火加热并不断搅拌。锅中的混合物将变得浓稠。继续熬煮直至它们变得像发胶一样黏稠。

3. 糖浆做好后，重新以小火加热玉米淀粉混合物。并缓缓将糖浆倒入，其间保持搅拌。小火熬煮并搅拌大约1个小时。一开始这些混合物看起来可能会有点奇怪（即不能融合在一起），但最终它们将完全融合。它们最终的状态应该是金棕色的，并且非常浓稠、很难搅动。我知道这费时费劲，但如果你能边看圣诞电影边搅拌的话，一切都会轻松许多。

4. 煮好后从火上挪开，加入玫瑰水和可食用色素拌匀。

5. 将土耳其软糖舀到铺了保鲜膜的锡盒中，这一步可能会让人有点崩溃。用沾湿的刮刀抚平糖果表面，将顶部往下压。盖上毛巾，在通风的地方放置一个晚上。

6. 隔天将土耳其软糖从锡盒中取出，撕掉外面的那层保鲜膜。用泡了热水的刀将软糖切成一个个小方块状。在一个浅碗中混合玉米粉和糖粉（如果你想，也可以加一些可食用的亮片）。将切好的方块软糖倒入碗里，均匀地裹上混合物。每层软糖之间用油纸隔开，放在凉爽干燥的地方保存。

配方

450克／1磅／2¼杯白砂糖

1餐勺柠檬汁

475毫升／16液盎司／2杯水

90克／3¼盎司／不足1杯玉米粉

½茶勺塔塔粉

1餐勺玫瑰水

粉色可食用色素（最好是糊状的）

装饰

40克／1½盎司／4½餐勺玉米粉

40克／1½盎司／4½餐勺糖粉

可食用亮片（可选择的）

工具

小小的直边烤盘（我的烤盘尺寸是12×20厘米或4¾×8英寸）

肉馅派
Mince Pies

在节礼日那天，我们的日程安排便是看电视，睡觉，吃肉馅派。

《博物馆幕后》，凯特·阿特金森

继父杰夫搬进我们家后，我们家的圣诞氛围也提升到新的层次。我们总是会早早就开始做圣诞装饰（每年都是在十二月四日，即杰夫和我妹妹的生日结束后），并且每个早餐的背景音乐都是以五十年代歌手吟唱的有关白色圣诞节的歌曲。整个十二月份，我们经常可以看到杰夫戴着圣诞帽。而看圣诞电影也成了我们每年圣诞季的惯例；我们会蜷缩在沙发上和吉米·史都华和唐娜·里德一起大哭，和比尔·默瑞一起大笑，并和平·克劳斯贝一起高声歌唱。

之后我便搬到了伦敦。边看电影边吃肉馅派，午夜弥撒后享用潘妮朵尼，一起分享祖母做的圣诞布丁——这些传统仍然在我的老家延续着，而身在异国的我却不得不远离它们。

在伦敦的第一个冬天到来了，白天变得越来越短，树叶开始掉落（似乎是十一月的第一天），我开始计划远离家人的第一个圣诞节。我和室友一起买了棵巨大的圣诞树，穿过东伦敦将它扛回了家。我去查尔斯王子影院看了《生活多美好》。我还买了一本《奈杰拉的圣诞节》并跟着书里的食谱制作料理。离开了以前的传统仪式，我决定好好利用这本书。是时候创造我自己的传统了。

这些肉馅派便是我根据那本书制作的第一道料理，并且我会根据每年的不同情况做相应的调整。它们真的很美味，比我之前吃过的更多汁、更鲜美，并且因为不加板油，吃起来更没有负担。奈杰拉的肉馅派里加入了许多新鲜的蔓越莓，而我则选择用干果和苹果碎，如此更接近我在老家吃过的味道。虽然相距万里，我还是希望能够尽我所能地和家人联系在一起。

《博物馆幕后》的那个圣诞节也是书中的关键。因为在圣诞节，伦诺克斯一家发生了种种变化。之前延续下来的圣诞传统不复存在了，帕特里夏和鲁比在圣诞节后只能依赖于肉馅派和罐头窝在电视机前度日。而看到这对姐妹一起窝在沙发里的场景，我的思乡之情便涌现了出来，我非常想念有露西的节礼日以及我们一起看的圣诞电影。在没有她的日子里我只能遵循自己新的圣诞仪式，制作一批自己的肉馅派。

配方

肉馅

75毫升／5餐勺／⅓杯波特酒（属于酒精较强葡萄酒）

75克／6餐勺黑糖

1茶勺姜粉

½茶勺丁香粉

1茶勺肉桂粉

2颗小苹果，去皮磨碎

150克／5½盎司／满满的1杯苏丹娜葡萄干

150克／5½盎司／满满的1杯葡萄干

50克／2盎司／不足½杯蔓越莓干

2颗克莱门氏小柑橘的果皮和果汁（大约60毫升／2液盎司／¼杯）

1茶勺香草精

½茶勺杏仁香精

2餐勺蜂蜜

酥皮

90克／3¼盎司／满满的3/4根黄油，切小方块

90克／6½餐勺植物起酥油，切小方块（或者你也可以选择全部用黄油）

360克／12⅔盎司／2¾杯中筋面粉

2颗克莱门氏小柑橘的果皮和果汁

1小撮盐

糖粉（用于装饰）

工具

消毒过的罐子或模具，用于储存肉馅

浅口麦芬模具

1个圆形饼干模具（大约比你的麦芬模具杯口大出1厘米或½英寸的模具）

1个星形饼干模具（宽度和麦芬模具杯口一样）

食物料理机

肉馅派
Mince Pies

24个

1. 先制作肉馅。在炖锅中小火加热波特酒和红糖。转动锅让红糖融化。加入香料、苹果碎、果干以及克莱门氏小柑橘的果皮和果肉。以中火熬煮大约20分钟，保持搅拌以避免粘锅。当里面的液体减少到一定量时关火，加入香草精、杏仁香精和蜂蜜拌匀。将所有混合物倒入罐子里（可以作为礼物送人）或蜜蜂的容器中。这么做可以储存好几个月，你也可以当天就将它们用掉（冷却后）。

2. 开始制作酥皮。将油类揉进面粉中，随后放入冰箱冷冻20分钟。将克莱门氏小柑橘的果皮和果汁装入玻璃瓶，加一小撮盐，放入冰箱冷藏。将面粉混合物从冷冻室取出，用料理机搅打至面包屑的状态（也可以直接用手）。慢慢倒入柑橘汁混合物，直至可以揉成一个面团。如果汁液不够的话可以再添加一些冰水。将酥皮面团整形成球状，盖上保鲜膜放入冰箱冷藏至少1个小时。

3. 预热烤箱至190摄氏度／375华氏度／第5档。将酥皮面团四等分，暂时放入冰箱冷藏至需要时。将每块面团放在2张油纸间擀成1英镑硬币的厚度（大约⅛英寸）。印出圆形和星形面皮，剩下的面皮重新整合在一起并再次擀平按压，直至用完。将每个圆形的面皮压入刷了油的麦芬模具中，填入1餐勺肉馅，上面盖上星形面皮。切忌肉馅不要超过模具边缘，否则烘烤的时候会溢出来。

4. 放入烤箱烘烤15分钟，直至表面呈现金棕色。让肉馅派在模具中冷却一会儿，随后按压一边（一定要轻柔，否则酥皮很容易被按碎），你的肉馅派便会脱离模具。将它们放在烤网上放凉，冷却后搭配糖粉一起享用吧。

荞麦松饼
Buckwheats

梅格已经把荞麦松饼和面包装进一个大盘子了。

"我早就知道你会这么做，"马奇太太满意地微笑着，"我们一起把这些东西给他们送过去，回来后我们再吃这些面包和牛奶当作早餐，等到晚餐的时候再把失去的美餐弥补回来。"

《小妇人》，路易莎·梅·奥尔科特

现在我的圣诞节都是和我的英国监护人在科兹沃尔德度过。每年的圣诞节早晨，我们都会搅拌食材去制作薄饼。在薄饼上我们会搭配些三文鱼、酸奶油和莳萝，最后和香槟一起食用。我们会吃着薄饼打开"袜子"，也就是一些手缝的袋子或长统靴，从里面掏出礼物，会有一些实用的化妆品、好看的圣诞装饰、文具用品，脚趾处通常会塞着巧克力金币和小蜜桔。我们制作薄饼的过程和制作内战时期的传统荞麦饼没什么区别，加了酵母的面糊需要1个小时的发酵时间，然后我们会在重重的铸铁锅上煎制出一个个小圆饼。

虽然《小妇人》这本书跨越了不同季节，甚至不同年份，但对我来说它就是一个圣诞故事。开篇，马奇姐妹们便一起准备迎接圣诞节的到来，为圣诞早餐做准备，排演戏剧，享受老劳伦斯先生送来的美味晚餐。从故事的一开始我们的关注点便是圣诞节，而这个圣诞节和以往的圣诞节不同，就像乔抱怨的那样："没有礼物的圣诞节就不是圣诞节。"

但说实话，只要能够吃到荞麦松饼，我愿意忽略礼物。

配方

350毫升／不足12液盎司／1½杯温热牛奶（接近体温，差不多35摄氏度／95华氏度）

10克／1餐勺酵母粉

250克／8¾盎司／2杯荞麦面粉

2颗鸡蛋

一小撮盐

40克／1½盎司／3餐勺黄油

荞麦松饼
Buckwheat Pancakes

25片

1. 将250毫升／8½液盎司的牛奶和酵母粉与荞麦面粉混合在一起。混合物应该较为黏稠，随后让它们发酵1个小时，直至混合物明显膨胀且充满气泡。

2. 1个小时后，加入2个鸡蛋、一小撮盐和剩下的牛奶拌匀。

3. 在一个较厚的煎锅（铸铁锅是最佳选择）里融化黄油，舀一勺面糊到煎锅中，让面糊呈现圆形。煎制面糊表面开始冒泡时翻面，再煎几分钟。

4. 煎好的荞麦松饼搭配腌制三文鱼和酸奶油、黄油和芝士，或一些糖浆一起食用。

273

圣诞晚餐
Christmas Dinner

从没有这样一只美味的鹅。鲍勃说他不相信有谁能烧出这样一只鹅，它是那么肥嫩鲜美，硕大且便宜，成了大家一致赞美的对象。再搭配苹果酱和土豆泥，这对于全家人来说都是一顿非常充足的晚餐。的确，克拉特太太（审视着碟子上一小块碎骨头）兴奋地说，大家最后还是没能把它全部吃完呢！

《圣诞颂歌》，查尔斯·狄更斯

圣诞晚餐的制作过程总是会让我感到焦虑。因为我希望一切都做到最完美，但这是不可能实现的；开始制作晚餐时我总会喝上两杯酒，当我需要烘焙时总是找不到合适或足够多的烤盘。

二〇一五年的圣诞节，我们家只有两个人在厨房里准备圣诞晚餐。平常都是好多人一起准备，每个人负责一两道菜，挤在小小的厨房里忙碌着。但那一年的圣诞节特别安静，我和科茨沃尔德的"兄弟"汤姆决定一起为家人们制作一顿圣诞晚餐作为礼物。我们买了一只鸡和其他的一些配料，然后他开始做各种准备工作，削皮、切菜、洗菜，而我负责掌勺。在做菜的同时我们还一起看《地心营救》，这简直就是我梦想中最轻松的圣诞节。

这里的圣诞菜单很适合这种轻松的环境。即使你只有一台小小的烤箱，也能够创造出像克拉特家族那样的圣诞晚餐；烤箱在烤制鹅肉时，你可以在炉灶上制作其他任何菜肴，而当配菜需要进烤箱时烤鹅便可以取出来了。这是一顿非常美味且奢华的晚餐，因为现在的鹅肉可比维多利亚时期贵多了。这也是非常值得一试的料理。

我必须承认我是通过布偶电影认识埃比尼泽·斯克鲁奇的。虽然二十年过去了，对于我来说《木偶圣诞颂》仍是那个故事的最佳荧幕版本。当然我也很爱原著：狄更斯对于书中角色的怜悯，对于人们可能做出任何改变的信念，以及对于维多利亚时期圣诞节（可以说是我们今天所过的"圣诞节"的原型）的细致描写都赋予了这个故事巨大的魅力。

埃比尼泽·斯克鲁奇见到"现在的圣诞节"幽灵，这个时刻是个转折点。他的身边围绕着欢乐的气氛以及家人，他最终意识到忠实的雇员对于自己的重要性，并真正感受到庆祝圣诞节的喜悦。

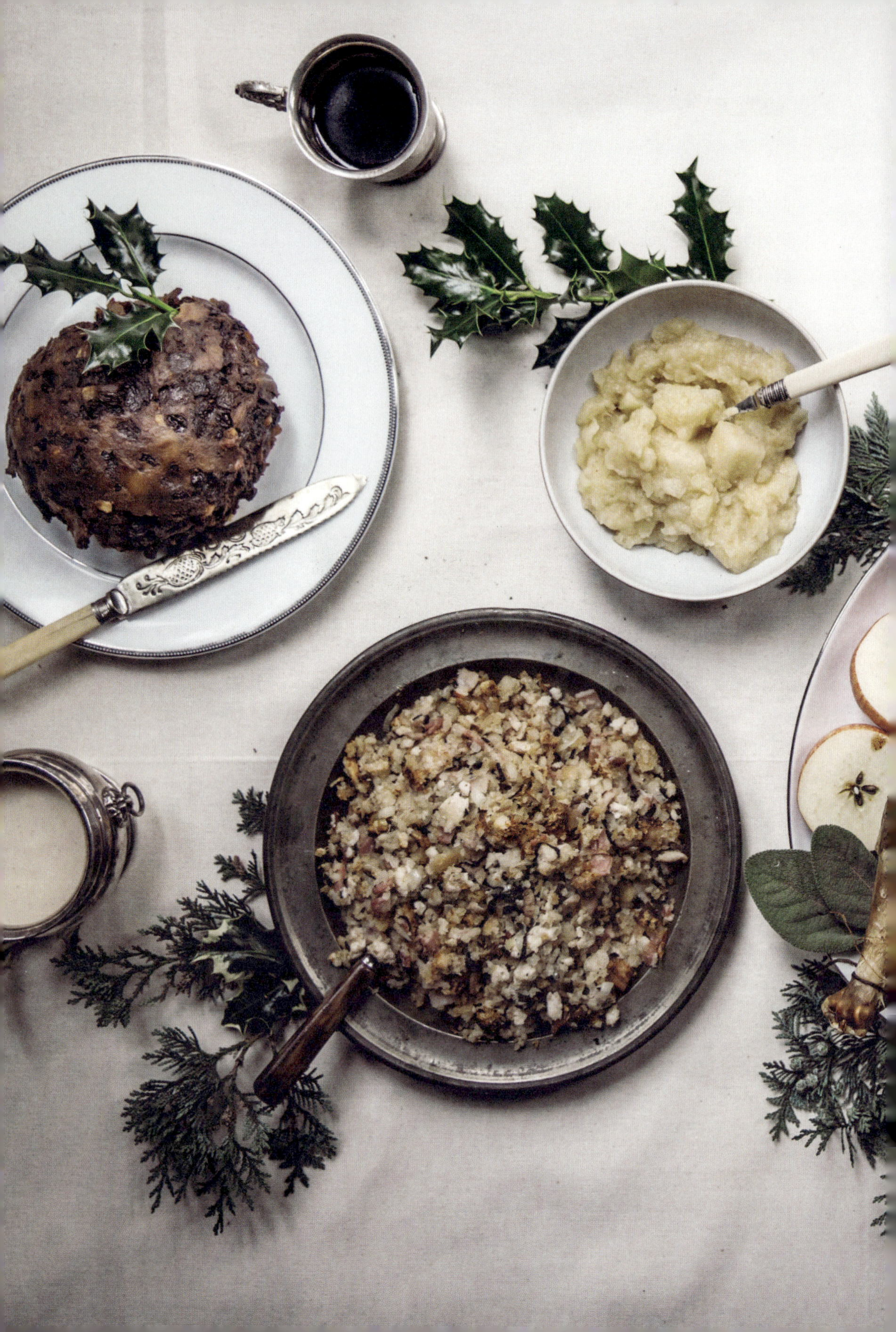

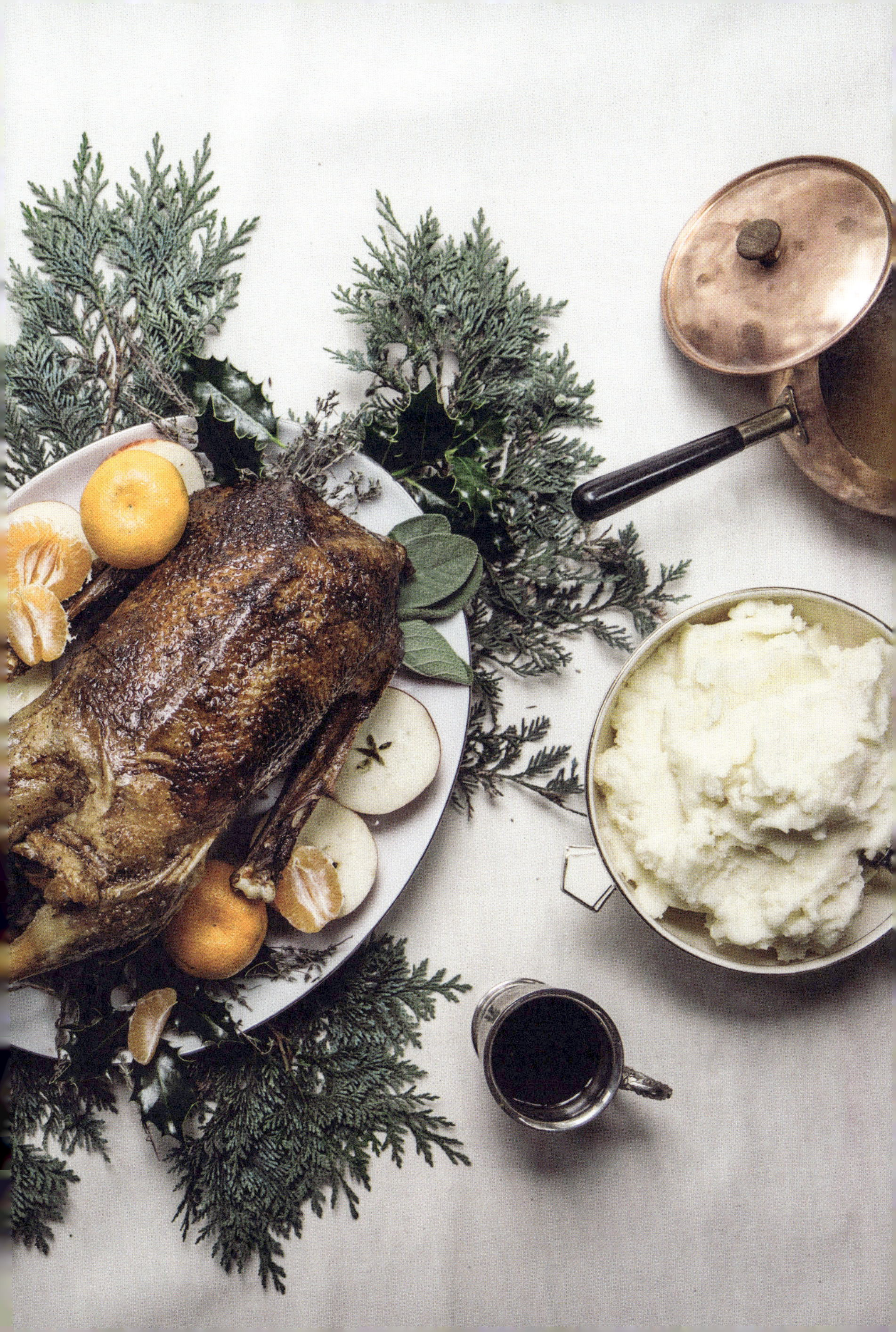

配方

肉汁

30克／1盎司／2餐勺黄油

鹅内脏（不要鹅肝）和翅尖

2颗棕色洋葱，大致切碎

1根胡萝卜，大致切碎

2根芹菜，大致切碎

6颗胡椒籽

250毫升／8½液盎司／满满的1杯白葡萄酒

20克／2⅓餐勺中筋面粉

烤鹅

4至5千克／8¾至11磅鹅肉

盐和胡椒

配菜

3颗棕色洋葱，切小块

200克／7盎司五花培根，切小块

200克／7盎司猪肉馅

30克／1盎司／2½杯鼠尾草，切碎

30克／1盎司／1杯欧芹，切碎

150克／5½盎司／3杯新鲜白面包屑

现磨黑胡椒粉

75克／2½盎司／⅓杯鹅油

苹果酱

50克／2盎司／½根黄油

1千克／2¼磅布拉姆利苹果／烹饪用苹果，去皮切小块

圣诞晚餐
Christmas Dinner

8人份

1. 提前制作肉汁：在一个较大的炖锅中融化黄油，倒入内脏和翅尖煎制金棕色。加入切大块的蔬菜、胡椒籽和2升或3½品脱或8½杯水。用小火慢炖2个小时。过滤出肉汁储存起来至圣诞节。

2. 如果你的鹅肉是冷冻的，提前一个晚上放到冰箱冷藏层解冻。在放入烤箱前1个小时从冰箱中取出鹅肉让其恢复到室温状态。预热烤箱至200摄氏度／400华氏度／第6档。

3. 用厨房纸擦干鹅肉的外皮。用一把较锋利的刀在鹅肉表皮上划几下，不要划到肉，将盐和胡椒抹在表皮上。在一个烤盘上架个烤网，如此在烤制过程中鹅肉的油脂便可以滴在烤盘上。将鹅放在烤网上，鹅胸朝上，鹅腿尽可能展开。放入烤箱烘烤，1千克鹅肉需要烤30分钟。1磅烤65分钟，最后再烤额外的30分钟（我的鹅肉是4.3千克/9.5磅，所以我最后烤了2个半小时以上）。

4. 1个小时后将烤鹅从烤箱中取出，将渗出的油脂倒入一个碗里放在一旁备用，随后重新将鹅肉放回烤箱。

5. 开始准备配菜。用刚刚收集的鹅油将切碎的洋葱煎至透明，倒入碗里。随后煎培根和猪肉馅，煎好后也倒入碗里。在碗里加入切碎的香草、面包屑和大量的现磨胡椒。在一个小小炖锅中加热鹅油，随后淋在配菜上，稍微搅拌下将它们倒在一个耐热的盘子上。

6. 开始准备苹果酱汁：融化黄油，加入切碎的苹果和糖，中火炒15分钟，不断搅拌避免烧焦。

7. 将烤好的鹅肉从烤箱中取出转移到上菜盘上，盖上锡纸保温。同时将配菜放入烤箱中烘烤30分钟。

8. 进一步完善肉汁，将烤盘上的鹅油仍旧倒入之前装鹅油的碗里。烤盘放在火上加热，加入白葡萄酒。待液体减半后，将鹅肉残渣一起倒入。将这些混合物倒入一个炖锅中。取一只小碗加入面粉和些许汁液，搅拌至光滑状态后将其倒入炖锅中，搅拌均匀。

9. 将600毫升／1品脱／2½杯鹅高汤倒入炖锅中煮至你喜欢的浓稠度。将高汤过滤装在罐子里。

10. 开始制作土豆泥。将土豆煮软，滤干水分，压成泥状。加入牛奶和黄油调和，最后用盐调味。

11. 在餐桌上切开烤鹅，搭配土豆泥、温热的苹果酱、肉汁以及热腾腾的配菜一起享用。

3餐勺黄砂糖

土豆泥

2千克／4½磅土豆，去皮切小块

60毫升／2液盎司／¼杯全脂牛奶

50克／2盎司／½根黄油

适量盐

烟熏主教热红酒
Smoking Bishop

"圣诞快乐,鲍勃!"斯克鲁奇拍了拍他的背,真挚地对他说道,"一个更快乐的圣诞,鲍勃,我的好伙计。我要给你加薪,而且还要尽力去帮助你那贫困的家庭。下午我们可以一边喝着烟熏主教热红酒一边讨论你的事。现在你先去把火生着,再去买一个煤框。"

《圣诞颂歌》,查尔斯·狄更斯

在来到英国的第一个十二月,我认识了烟熏主教热红酒。在澳大利亚的圣诞节,我们都喝冰饮,我更偏爱桑格利亚汽酒和玫瑰汽酒。而在欧洲,不管待在舒适的小酒馆还是穿梭于户外市集,热红酒总是最棒的选择。

我所分享的食谱比其他食谱可能更费时一些,但它的浓郁香料味以及其中的克莱门氏小柑橘味都是值得你为此一试的。我所分享的分量刚好适合两个人在圣诞节晚上收拾完一切后共饮,而你可以根据自己的聚会对分量进行调整。你们可以喝着热红酒去讨论各种事宜,就像斯克鲁奇和克拉特那样,或者你也可以在燃烧的火炉前边看书边享用它。

烟熏主教热红酒
Smoking Bishop

2人份

1. 预热烤箱至190摄氏度／375华氏度／第5档。在橙子上插6根丁香，随后放入烤箱烘烤30分钟，直至它变成浅棕色并且厨房里飘散着浓郁的圣诞味。

2. 将剩下的丁香和其他香料放入一只小炖锅中，加入285毫升／9½液盎司水。煮至水量减少一半。让所有香料继续浸泡10分钟，随后使用棉布将所有香料过滤掉。

3. 将红酒和波特酒倒入炖锅中，小火加热。一旦红酒变热就点燃一根火柴，非常小心地将火柴放在红酒上。此时，红酒表面将燃起蓝色火焰。让这股火焰燃烧几秒后将其吹灭。将香料水倒入红酒中，加入从烤箱中取出的橙子。继续小火熬煮10分钟。

4. 在碗里倒入白砂糖，并放入一个克莱门氏小柑橘。稍微压下小柑橘让糖能够沾上小柑橘的香气，随后将糖平均分到2个玻璃杯中。将小柑橘挤出汁液，分到2个玻璃杯中。将另一个克莱门氏小柑橘切厚片分别放入2个玻璃杯中。将热红酒倒入，搅拌，并在上面磨些豆蔻。趁热享用吧。

配方

10个丁香
1颗橙子
1根肉桂棒
3厘米／1¼英寸大小的姜
½茶勺豆蔻花粉
1茶勺多香果粉（或5个碾碎的多香果子）
325毫升／11液盎司红酒
175毫升／6液盎司波特酒
2茶勺白砂糖
2个克莱门氏小柑橘，去皮
新鲜豆蔻

工具

一小块棉布
火柴

282

圣诞布丁
Christmas Pudding

那是圣诞布丁！半分钟内，克拉特太太进来了——脸色通红，但是自豪地微笑着——她端着布丁，布丁好像一颗布满斑点的大炮弹，又硬又结实，在四分之一品脱的一半的一半的燃烧着的白兰地之中放着光彩，顶上插着圣诞冬青作为装饰。

《圣诞颂歌》，查尔斯·狄更斯

这款布丁是我从小吃到大的。在我十岁以前，每年从八月开始，我的曾外祖母家里便到处都是这款布丁。不管是在扫帚柄上还是木勺上都能看到悬挂着的布丁，随着布丁渐渐变干，大大的棉布结也随之变硬。我的母亲仍会聊起制作了二十四个圣诞布丁送人的那一年。

我在这里分享的食谱来自我的曾外祖母，是在我母亲二十多岁离开家去英国前写下来的（准确地说是在我第一次制作这款布丁的三十年前）。食谱中含有班达伯格朗姆酒，这是一款澳大利亚本土的朗姆酒，是用昆士兰州的甘蔗制作的。你当然可以按照自己的口味用白兰地替代，但使用这款朗姆酒是我们家制作这款布丁的传统。

我建议你至少在圣诞节前几个月就开始制作你的圣诞布丁，因为足够的时间不仅能提升布丁的风味，也能避免在最后拉开棉布时布丁散落。根据我的经验，只要存放在足够干燥的环境下，布丁便能够保存至少1年的时间；如果天气过于潮湿，棉布便很有可能滋生霉菌。

配方

1千克／2¼磅综合果干

1颗苹果，磨碎

1根胡萝卜，磨碎

1茶匙磨碎的豆蔻

1茶匙肉桂粉

4茶匙混合香料／南瓜派香料

1餐匙橘子酱

1餐匙糖浆

75克／不足3盎司／满满的½杯杏仁片

125毫升／4液盎司／½杯班达伯格朗姆酒（或根据你的喜好用其他金朗姆酒或白兰地进行替换）

250克／9盎司／2¼根黄油

220克／大约8盎司／1⅛杯黄砂糖

4颗鸡蛋

130克／4½盎司／1杯自发面粉

115克／4盎司／1¼杯干面包屑

½茶匙盐

50毫升／2盎司／¼杯白兰地（如果你想要做燃烧布丁的话）

工具

2块方形的棉布／原色棉布—50厘米／20英寸的正方形

绳子

圣诞布丁
Christmas Pudding

可做出2个布丁，每个可供8人食用——1个给家人，1个当礼物

1. 将果干、苹果、胡萝卜、香料、橘子酱、糖浆和杏仁浸泡在朗姆酒里一个晚上。

2. 将棉布泡在水里。黄油和糖搅拌成糊状，加入鸡蛋，每加一个都要搅拌均匀再加下一个。粉类过筛，连同面包屑和盐一起拌入面糊中。最后拌入酒渍水果。

3. 拧干棉布并在上面撒些面粉。将所有混合物分成两份，每块棉布中各装一份。拉起棉布的边缘与四角，用绳子绑紧，最上方留一个小小的洞口。如果两个人互相协助的话这一步会轻松一些，因为你很难同时拉紧棉布又去系绳子。最后用面粉将刚刚留下的小洞口填上。将棉布的每个角落打结可以避免水汽进入（这时候木勺便可以起到很好的辅助作用）。

4. 取一只较大的炖锅装水煮开。将布丁放入炖锅中，让水再次沸腾后将火调小，慢煮7个小时，如果需要的话期间可以加水。煮好的布丁放在一个碗里或水槽上，确保布丁不会接触到碗的底部，不然这会影响布丁变干后的塑形。

5. 当布丁滤干水分后，将其挂在较通风的地方使其完全晾干。一旦布丁完全晾干便可以连同棉布一起储存在阴凉处直至圣诞节到来。

6. 圣诞节来临时，将布丁连同棉布一起煮1个小时。煮好后打开棉布将布丁装在碟子上。如果想要呈现一个燃烧的布丁，在小炖锅中加热白兰地，随后将其从火上移开，用火柴点燃白兰地，小心别烧到自己。白兰地上将燃起蓝色火焰，你只需要将它倒在布丁上。最后搭配卡仕达酱、朗姆黄油、冰淇淋或浓奶油一起享用即可。

{1}

{2}

{3}

{4}

{5}

{6}

姜糖
Crystallized Ginger

所有的老式甜点，包括埃尔瓦什蜜李和卡尔斯班蜜李、杏仁和葡萄干、蜜饯和姜糖。哎呀，我看上去就像福特南梅森百货的商品目录！

《圣诞布丁历险记》，阿加莎·克里斯蒂

尽管可以找到许多我和我的科茨沃尔德姐妹安娜学步时期的视频、童年时出游的照片，以及不少相互往来的信件，但其实我和安娜真正认识是在二十多岁以后。我们俩几乎同时搬到了伦敦，父母都希望我们能够赶紧见面。而他们对建立友谊的迫切期待让我们两个人都倍感压力。我们双方的父母很早以前便是朋友，自然会希望我和安娜也继承这份友谊。幸好，我们俩真正见面时都有种相见恨晚的感觉。安娜幽默、开朗、温暖，甚至她对书籍的喜好也和我非常相近。在第一次去安娜家的时候我便很认真地观察了她的书架，并兴奋地找到了克里斯蒂的小说。

我非常清楚地记得一件事，当我告诉老师我喜欢阿加莎·克里斯蒂时她露出一个意味深长的微笑并摇了摇头。我不知道当老师询问我喜欢哪个作者时怎样的回答才是"正确"，但显然克里斯蒂不是那个正确答案。我觉得自己没有自信去忽视她的回应，也不能自豪地说自己喜欢"犯罪小说女王"。相反地，她让我产生了一种"负罪的快感"，我在之后几年里一直维持着这种感受。而现在，只要一到圣诞节，我便会去安娜的房间跟她借克里斯蒂的书。虽然在过去的很长一段时间里我们都在尽力朝着规范前行，但现在，我终于可以去拥抱我喜欢的东西了。

这款姜糖是我爷爷非常喜欢的甜点，现在也成了我的心头好，并且它也是一款很容易制作的甜点。制作姜糖时整个房间都会飘散着甜蜜醉人的姜糖水香气，这也是我在这个寒冷的十二月所期盼的。虽然这是很好的欢迎礼物，但我在这里分享的分量足以让你给自己也留下一些。

姜糖
Crystallized Ginger

大约可做100块——堆在圣诞树下

配方

200克／7盎司／2杯姜（去皮后的重量）

2餐勺蜂蜜

1小撮盐

400克／14盎司／4杯精细白砂糖

没有味道的油

1. 将姜切成薄片放入一个小炖锅。倒入水，以中火慢炖，保持冒泡的状态煮12分钟。将煮姜的水滤出，暂时放一旁，然后继续往姜片里加水，然后还是焖煮12分钟。依旧过滤出水分留存待用。

2. 将盐和煮好的姜放入一个较大的炖锅中，加入300克／10½盎司／3杯糖和375毫升／12½液盎司煮姜的水。开火煮沸后慢炖至糖浆变成较稀的蜂蜜状态。

3. 当糖浆里的气泡消失后，你可以准备一个冷却架，下面放个铺着烤纸的烤盘去接掉落物。在冷却网上涂些没有味道的油以免姜糖粘在上面。在一个浅碗里倒入剩下的100克／3½盎司／1杯糖。

4. 将炖锅从火上拿开，置于一旁稍微冷却。用漏勺将里面的姜捞出，放在装了糖的碗里，让其均匀地裹上糖。随后将它们放在冷却架上风干几个小时或过夜。做好后的姜糖可放在罐子里或密封容器中，常温下可储存几周。你可以直接吃也可以将它们切碎加入饼干、蛋糕或布丁中。

*剩下的姜糖浆可以淋在冰淇淋或松饼上，或者加入蛋糕里，它能够为你做出的甜品增添不一样的风味。

新年火鸡咖喱
New Year's Day Turkey Curry

中午。在伦敦，我的公寓里。现在，不管是从生理上还是心理上，我最想要做的一件事便是去尤纳和杰弗里在格拉夫顿安德伍德举办的新年火鸡咖喱自助餐宴会。

《布雷吉特·琼斯的日记》，海伦·菲尔丁

圣诞节过后，虽然一切圣诞装饰依旧还在，我们的假期却快要结束了，此时的我总要面临处理大量剩菜的问题。不管我如何精心规划或在圣诞节上多么努力地大吃，打开冰箱总是能看到各种尺寸的特百惠收纳盒堆得高高的，里面是各种烤蔬菜以及用锡纸包裹着的烤肉。

我的科茨沃尔德母亲对于这些剩菜的解决方法是模仿美食锦标赛，用一些不怎么受欢迎的食材制作出晚餐或午餐。她会将冰箱中所有剩菜拿出放在桌上，唯一的规则便是最后放回冰箱的收纳盒一定要比一开始拿出来时减少五个以上。

而布雷吉特家采取的冰箱清理术则是火鸡咖喱自助餐。虽然尤纳和杰弗里作为举办者确实不算拥有很好的厨艺，但是使用剩下的烤鸡的确是一个聪明的方法，这也能够很好地消耗那些剩下的蔬菜。如果你在新年第一天发现前天晚上留下太多需要整理的东西，你会非常感谢这道超级省事的料理——因为你只需要将剩菜切好放锅里搅拌就行。

剩菜版火鸡咖喱
Leftover Turkey Curry

4人以上的分量（取决于你的剩菜有多少）

1. 取一只较大的炖锅开中火热油。加入洋葱翻炒几分钟，直至洋葱变软呈现透明状态，但不要炒到变色。加入大蒜继续翻炒几分钟，直至炒出香味。加入香料，继续搅拌至少5分钟。在这个过程中洋葱将裹上香料，你会闻到浓郁的香料味。

2. 加入土豆和胡萝卜。如果土豆和胡萝卜是生的，翻炒至少5分钟直至变软。如果它们是烤过的，只需要翻炒一小会儿就好。

3. 加入高汤搅拌均匀。煮沸后慢炖10分钟左右，直至蔬菜全部变软且汤汁有所减少。拌入酸奶并加入肉丝。最后熬煮几分钟确保火鸡肉煮透，随后关火，拌入香菜。搭配米饭、芒果酸辣酱和印度薄饼一起吃吧。当然不要忘了啤酒。

配方

2餐勺油（可以是剩下的鸡油，植物油或澄清黄油）

1颗较大的棕色洋葱，切薄片

2瓣大蒜，切碎

2茶勺孜然粉

2茶勺香菜粉

1茶勺姜粉

1茶勺姜黄粉

4个豆蔻豆荚，稍微碾碎

2颗较大的土豆，切块（你也可以使用烤过的剩下的土豆）

2根较大的胡萝卜，切块（同样你也可以使用剩下的烤胡萝卜）

400毫升／14液盎司／1¾杯鸡肉或火鸡肉高汤*

3餐勺原味酸奶

300克／10½盎司剩下的火鸡肉丝

一大把切碎的香菜叶

*可以使用剥掉肉的火鸡骨架熬制高汤。在炖锅中加入2根大致切碎的芹菜、2根胡萝卜、2颗棕色洋葱、一些欧芹茎以及10颗胡椒粒和火鸡骨架。加水中火慢煮。1个小时后滤掉所有食材便能得到你需要的高汤。

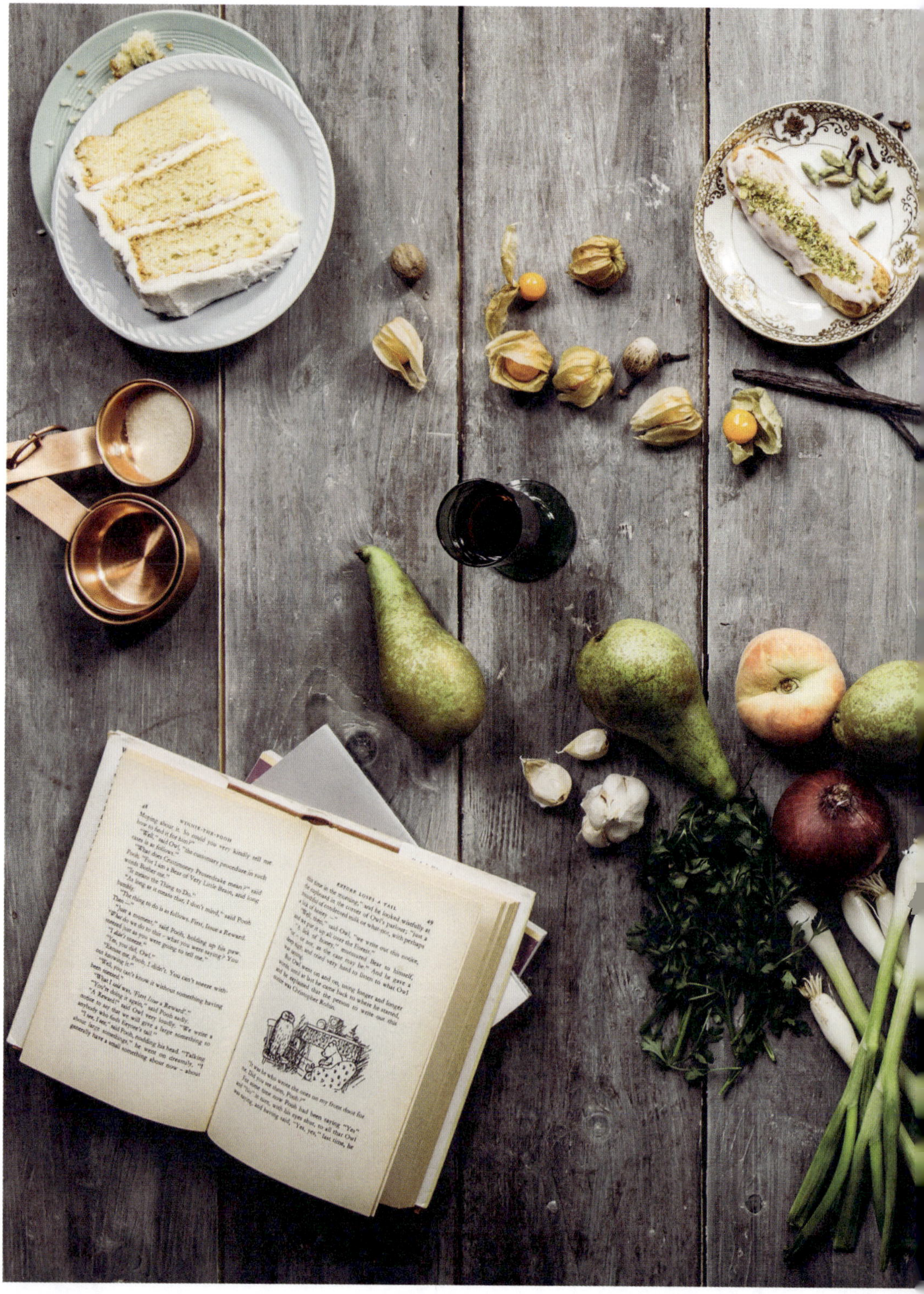
WINNIE-THE-POOH
EEYORE LOSES A TAIL

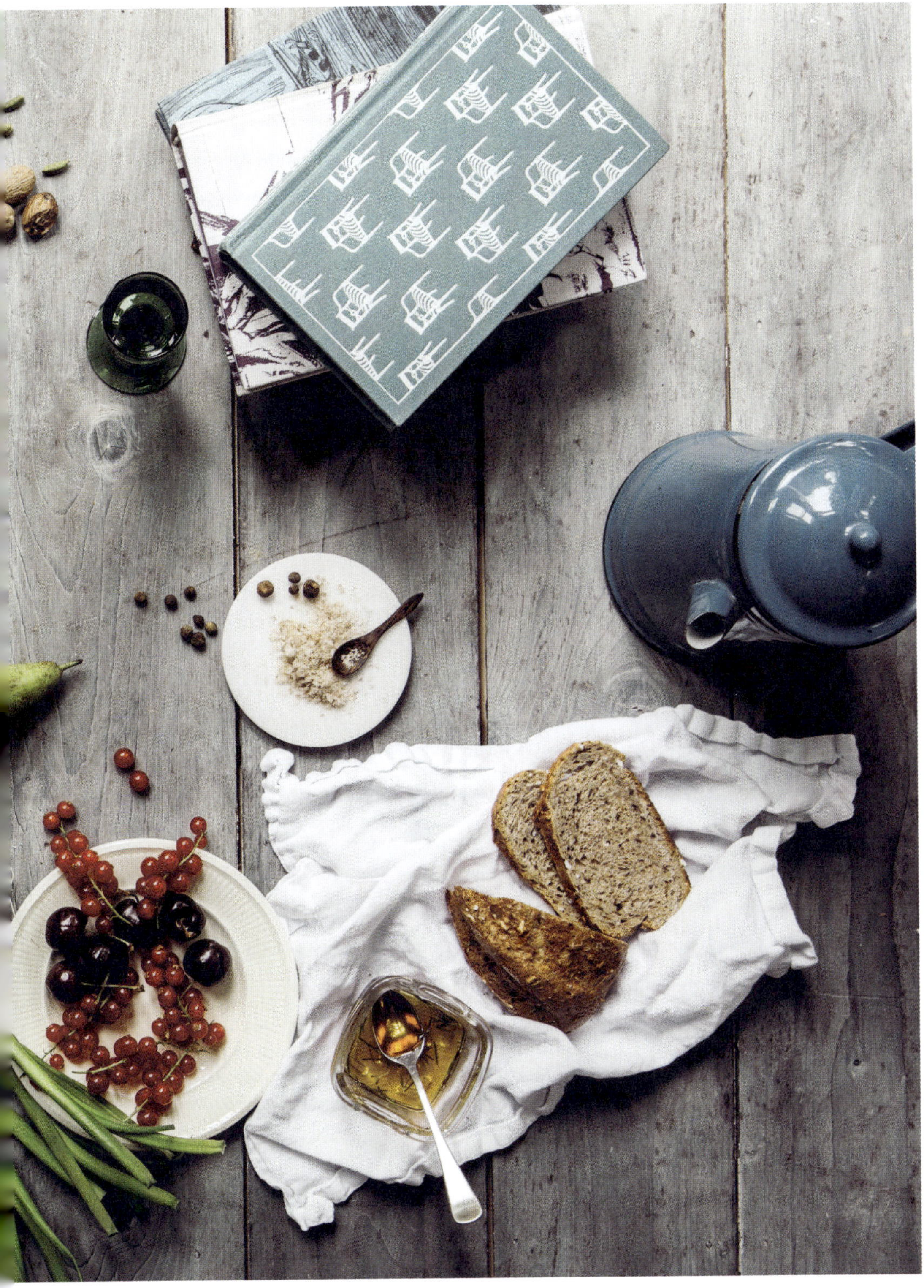

食谱索引
recipe index

a
alcohol
    Christmas Pudding 284
    Currant Buns 87
    Gin Martini 66
    Lane Cake 234
    Mint Julep 115
    Posset 203
    Prunes in Armagnac with Brown Bread and Butter Ice Cream 182
    Seed Cake 215
    Steak and Ale Pie 73
Anzac Biscuits 121
Apple Pie 13–15
apple sauce 278
aubergine, stuffed 57
avocado 50

b
bacon 59, 73, 278
Baked Beans 33
beef
    Beef, Greens and Potatoes 181
    Beef Samosas 64
    Cornish Pasty 257
    Mrs G's Spaghetti and Meatballs 131
    Steak and Ale Pie 73
    Steak and Onions 154
    Toad-in-the-Hole 69
Beef, Greens and Potatoes 181–2
Beef Samosas 64
beetroot, pickled 74
biscuits
    Spice Cookies 93
    Coconut Shortbread 95
    Anzac Bicuits 121
Black Sesame Ice Cream 160
Blancmange 237
Blueberry Pie 164
Boiled Egg with Soldiers 23
bread
    Bread, Butter and Honey 84
    Creamed Haddock on Toast 193
    Oysters, Brown Bread and Vinaigrette 45
    Prunes in Armagnac with Brown Bread and Butter Ice Cream 182
    Queen of Puddings 244
    Rye Bread 53
    Three Kings' Day Bread 248–9
Bread and Butter Pudding 162
Bread, Butter and Honey 84
Brown Butter Madeleines 103
Buckwheat Pancakes 272
butter 84
buttermilk 89, 127, 221

c
cakes
    Brown Butter Madeleines 103
    Chocolate Cake 221
    Christmas Cake 263–4
    Cream Horns 255
    Honey and Rosemary Cakes 81
    Lamingtons 120
    Lane Cake 234–5
    Pear and Lemon Cake 228–9
    Seed Cake 215
    Vanilla Layer Cake 108–9
caraway seeds 52, 53, 215
cheese 26, 127, 138
chicken
    Curried Chicken 39
    Chicken Sandwich 66
    Chicken Casserole 149
    Chicken with Tarragon 175
    Sausage Rolls 212
Chicken Casserole 149
Chicken Sandwich 66–7
Chicken with Tarragon 175
chillies 75, 135, 141, 143
chocolate 120, 191, 221
Chocolate Cake 221
Chocolatl 191
Christmas Cake 263–4

Christmas Dinner 278–9
Christmas Pudding 284
Cinnamon Rolls 20–1
Clam Chowder 157
cocoa powder 120, 221
coconut 95, 120, 121
Coconut Shortbread 95
coffee 98, 221
Cornish Pasty 257
Crab and Avocado Salad 50
cream 175, 191, 228, 255
Cream Horns 255–6
Creamed Haddock on Toast 193
crème pâtissière 100
Crumpets 112
Crystallized Ginger 287
Currant Buns 87
Curried Chicken 39
Curried Sausages 151
custard 167, 196, 231, 244

d

desserts
  Apple Pie 13–15
  Black Sesame Ice Cream 160
  Blancmange 237
  Blueberry Pie 164
  Bread and Butter Pudding 162
  Christmas Pudding 284
  Figs and Custard 167
  Fruit in Liqueur 176
  Ice Pudding 241–2
  Marmalade Roll 196
  Prunes in Armagnac with Brown Bread and Butter Ice Cream 182–3
  Queen of Puddings 244
  Summer Tarts 223
  Treacle Tart and Rosemary Ice Cream 170–1
  Trifle 231
dressings 181
drinks, alcoholic
  Gin Martini 66
  Mint Julep 115
  Posset 203
  Smoking Bishop 281
drinks, non-alcoholic
  Chocolatl 191
  Iced Coffee 98
  Raspberry Shrub 251
drizzles 81
dumplings, Pork and Ginger 135

e

Éclairs 100–1
eggplant, see aubergine
eggs 23, 26, 36

f

Figs and Custard 167
fish
  Creamed Haddock on Toast 193
  Fish and Chips 145
  Kedgeree 30
  Sole Meunière 61
  Turbot in Lemon Sauce 174
Fish and Chips 145
fruit
  Apple Pie 13
  Blueberry Pie 164
  Bread and Butter Pudding 162
  Christmas Cake 263
  Christmas Pudding 284
  Fruit in Liqueur 176
  Fruity nutbread 17
  Ice Pudding 241
  Lane Cake 234–5
  Marmalade 7
  Mince Pies 270
  Pear and Lemon Cake 228
  Queen of Puddings 244
  Raspberry Shrub 251
  Saffron Cake 255
  Smoking Bishop 281
  Summer Tarts 223
  Three Kings' Day Bread 248
  Trifle 231
Fruit in Liqueur 176
Fruity Nutbread 17

g

ganache 221
garlic
  Chicken Casserole 149
  Goat and Potato Curry 143
  Kedgeree 30
  Leftover Turkey Curry 289
  Pickled Onions 75
  Pork and Ginger Dumplings 135
  Ramen 206
  Wild Garlic and Potato Salad 47
gelatine 199, 237
ghee 39, 64, 143
Gin Martini 66
glucose syrup 199
glazes 20, 87, 248
Goat and Potato Curry 143
goose 278
gravy 69, 278
Green (Pesto) Eggs and Ham 26

h

Halwa 105
ham 26
herbs
  Beef, Greens and Potatoes 181
  Chicken with Tarragon 175
  Christmas Dinner 278
  Clam Chowder 157
  Green (Pesto) Eggs and Ham 26
  Leftover Turkey Curry 289
  Mint Julep 115
  Mrs G's Spaghetti and Meatballs 131
  Raspberry Shrub 251
  Spanakopita 138
  Steak and Ale Pie 73
  Steak and Onions 154
  Stuffed Aubergine 57
  Toad-in-the-Hole 69

293

honey 75, 81, 84, 160, 287
Honey and Rosemary Cakes 81

i

ice cream 160, 171, 182-3, 241
Ice Pudding 241-2
icing
    Christmas Cake 263
    Éclairs 100-1
    Honey and Rosemary Cakes 81
    Lamingtons 120
    Lane Cake 234-5
    Vanilla Layer Cake 108-9

j

jam 231-2, 244, 263-4
jelly 231-2
Jollof Rice 141

k

Kedgeree 30

l

Lamingtons 120-1
Lane Cake 234-5
leeks 52, 149, 180
Leftover Turkey Curry 289
lemons
    Blueberry Pie 164
    Chicken Casserole 149
    Marmalade 7
    Posset 203
    Treacle Tart 170
    Turbot in Lemon Sauce 174
    Turkish Delight 267

m

marmalade 7-8, 196-7, 284
Marmalade 7-8
Marmalade Roll with Custard 196-7
Marshmallows 199
marzipan 263-4
mayonnaise 47, 50
meatballs 131

meringue 98, 241, 244
Meringues and Iced Coffee 98
Mince Pies 270
mincemeat 270
mint 115, 251
Mint Julep 115
mirin 36, 206
miso paste 36, 206
Miso Soup 36
Mrs G's Spaghetti and Meatballs 131
Muffins 209
mushrooms 73, 180, 206

n

Neapolitan Pizza 127-8
noodles 206
nuts
    Beef, Greens and Potatoes 181
    Blueberry Pie 164
    Christmas Pudding 284
    Éclairs 100
    Fruity Nutbread 17
    Green (Pesto) Eggs and Ham 26
    Lane Cake 234
    Summer Tarts 223

o

oats 5, 121
olives 66
onion 69, 75, 154, 208
Onion Soup 208
Oysters, Brown Bread and Vinaigrette 45

p

pancakes 11, 272
pancetta 33, 157
pasta (see spaghetti)
pastry
    Beef Samosas 64
    Cornish Pasty 257
    Cream Horns 255
    Éclairs 100-1
    Mince Pies 270

    Sausage Rolls 212
    Spanakopita 138
    Steak and Ale Pie 73
    Summer Tarts 223
    Treacle Tart 170-1
Pear and Lemon Cake 228-9
peas 64, 151
peppers 141
pesto 26
pheasant 59
Pickled Beetroot 74
Pickled Onions 75
pickles 36, 74, 75
pies, savoury/sweet 13-15, 73-4, 138, 164, 270
pizza 127
polenta 209
pork
    Christmas Dinner 278
    Curried Sausages 151
    Pork and Ginger Dumplings 135
    Sausage Rolls 212
    Toad-in-the-Hole 69
Pork and Ginger Dumplings 135-6
Porridge 5
Posset 203
Pot-Roasted Pheasant 59
Potato and Leek Soup 52
potatoes
    Beef, Greens and Potatoes 181
    Beef Samosas 64
    Christmas Dinner 278
    Clam Chowder 157
    Cornish Pasty 257
    Fish and Chips 145
    Goat and Potato Curry 143
    Leftover Turkey Curry 289
    Potato and Leek Soup 52
    Wild Garlic and Potato Salad 47
Prunes in Armagnac with Brown Bread and Butter Ice Cream 182-3
puddings (see desserts)
Pumpkin Scones 117

q

Queen of Puddings 244
quince 59

r

raisins 162, 255, 263, 270
Ramen 206
Raspberry Shrub 251
rice 30, 36, 141
Rice, Pickles, Egg 36–7
Rosemary Ice Cream 171
rosewater 100, 237, 267
Rye Bread 53

s

Saffron Cake 255
salads 47, 50
samosas, beef 64
sauces, savoury 131, 135, 174
Sausage Rolls 212
sausages 69, 151, 212
scones 89, 117
Scones 89
seaweed 36
Seed Cake 215
semolina 105, 127
sesame seeds 160, 212
shortbread 95
Smoking Bishop 281
Sole Meunière 61
soup
    Clam Chowder 157
    Miso Soup 36
    Onion Soup 208
    Potato and Leek Soup 52
    Vegetable Consommé 180
soy sauce 135, 206
spaghetti 131
Spanakopita 138
Spice Cookies 93
spices
    Beef Samosas 64
    Chocolatl 191
    Christmas Pudding 284
    Cinnamon Rolls 20
    Currant Buns 87
    Goat and Potato Curry 143

Kedgeree 30
Leftover Turkey Curry 289
Mince Pies 270
Pear and Lemon Cake 228
Pickled Beetroot 74
Saffron Cake 255
Seed Cake 215
Smoking Bishop 281
Spice Cookies 93
spinach 138
sponges (see cakes)
Steak and Ale Pie 73–4
Steak and Onions 154
stock
    Chicken Casserole 149
    Curried Chicken 39
    Goat and Potato Curry 143
    Leftover Turkey Curry 289
    Onion Soup 208
    Pot-Roasted Pheasant 59
    Potato and Leek Soup 53
    Ramen 206
    Steak and Ale Pie 73
    Toad-in-the-Hole 69
Stuffed Aubergine 57
stuffing 278
sugar, preserving 7
Summer Tarts 223–4
Swedish Pancakes 11
syrup, golden 121, 170, 228, 284

t

tahini 93
tarts, sweet 170–1, 223–4
tea 167
Three Kings' Day Bread 248–9
Toad-in-the-Hole with Onion Gravy 69
tofu 36, 206
tomatoes 57, 131, 141
treacle, black 93, 263
Treacle Tart 170–1
Trifle 231–2
Turbot in Lemon Sauce 174
turkey 289

Turkish Delight 267

v

Vanilla Layer Cake 108–9
Vegetable Consommé 180
vinaigrette 45
vinegar 36, 74, 75, 135, 251

w

Wild Garlic and Potato Salad 47
wine
    Chicken Casserole 149
    Chicken with Tarragon 175
    Mince Pies 270
    Mrs G's Spaghetti and Meatballs 131
    Pot-roasted Pheasant 59
    Raspberry Shrub 251
    Smoking Bishop 281
    Turbot in Lemon Sauce 174

作家索引
author index

a
Adichie, Chimamanda Ngozi 140
Ahlberg, Allan 144
Ahlberg, Janet 144
Aiken, Joan 202
Alcott, Louisa May 82, 271
Atkinson, Kate 268
Austen, Jane *xiii*, 22

b
Blyton, Enid *xiii*, 72, 188
Bond, Michael 6
Burrell, Jane 262

c
Carroll, Lewis 44, 222
Child, Julia 25, 60
Christie, Agatha 192, 286
Conan Doyle, Sir Arthur 38
Coolidge, Susan 250

d
Dahl, Roald 58, 190, 220
Dickens, Charles 274, 280, 283
du Maurier, Daphne 110
Dugan, Michael 262

e
Edwards, Dorothy 230
Esquivel, Laura 245
Eugenides, Jeffrey 137

f
Ferrante, Elena 126
Fielding, Helen 288
Fitzgerald, F. Scott 113
Forster, E.M. 97
Fox, Mem 116

g
García Márquez, Gabriel 54
Gibbons, Stella 240
Gleitzman, Morris 150
Goudge, Elizabeth 254
Greene, Graham 152

Grossmith, George 236
Grossmith, Weedon 236

h
Hodgson Burnett, Frances 4, 207
Hosseini, Khaled 104

i
Ingalls Wilder, Laura 32

j
Jackson, Shirley 92
Jacques, Brian 16
Jansson, Tove 225
Joyce, James 166, 243

l
Lee, Harper 233
Lewis, C. S. 195, 265
Lindgren, Astrid 9

m
McEwan, Ian 161
Marsden, John 198
Melville, Herman 156
Milne, A. A. 80
Mitford, Nancy 99
Montgomery, L. M. 107
Morpurgo, Michael 88
Murakami, Haruki 35

n
Nesbit, E. 12

p
Perry, Sarah 94
Plath, Sylvia 49
Potter, Beatrix 86
Proust, Marcel 102
Prud'homme, Alex 60
Pullman, Philip 190
Puzo, Mario 130
Pym, Barbara 148